Julie Mata

Mein Sommer unter Hühnern

Julie Mata

MEIN SOMMER UNTER HÜHNERN

Aus dem Englischen
von Ursula Held

cbt

Kinder- und Jugendbuch-Verlag
in der Verlagsgruppe Random House

MIX
Papier aus verantwortungsvollen Quellen
FSC® C014496

Verlagsgruppe Random House FSC® N001967
Das für dieses Buch verwendete FSC®-zertifizierte Papier
Super Snowbright liefert Hellefoss AS, Hokksund, Norwegen.

1. Auflage 2015

Die Originalausgabe erschien 2014 unter dem Titel »Kate Walden Directs: NIGHT OF THE ZOMBIE CHICKEN« bei Disney Hyperion, USA.

Übersetzung: Ursula Held
Umschlaggestaltung: Geviert, Grafik & Typografie
Umschlag- und Innenillustrationen:
Shutterstock (Ovocheva (2 x), Maria-Galybina, RoyStudio.eu)
mi · Herstellung: kw
Satz: Uhl + Massopust, Aalen
Druck: GGP Media GmbH, Pößneck
ISBN: 978-3-570-16372-6
Printed in Germany

www.cbt-buecher.de

Für Antonio,
der immer an diese Geschichte geglaubt hat.
Der niemals Nein gesagt hat, nicht einmal zu Hühnern.
Con todo mi amor.

Und für meine Mutter,
die mir das Schreiben beigebracht hat,
und meinen Vater, der mir beigebracht hat,
was richtig ist.

1.

Der letzte normale Tag in meinem Leben ist ein Samstag und er beginnt ziemlich so wie jeder andere Tag auch. Als ich nach unten in die Küche komme, raschelt mein Dad mit der Zeitung, und meine Mutter murmelt irgendetwas in meine Richtung und gähnt. Die beiden sehen aus wie Zombies, also haben sie noch nicht genug Kaffee intus. Wilma, unser Terrier, springt an mir hoch und jault und winselt, als hätte sie mich ein ganzes Jahr nicht gesehen.

Meine Mutter brät Spiegeleier und die ganze Küche stinkt. Ich halte mir die Nase zu, während ich meine Fruit Loops esse. Ich hasse alles, was mit Eiern zu tun hat. Eier sind ein Scherzartikel der Natur. Sie zerbrechen, sobald man sie anfasst, und dann kleckert ihr ekliger Schleim überallhin. Gekocht schmecken sie wie gekochte Qualle. Das Schlimmste aber sind die Hühner. Hühner sind das Allerletzte.

Ich spüre, wie meine Mutter mich beobachtet, weil ich mir die Nase zuhalte. Sie fragt sich sicher, ob es sich lohnt, deswegen zu streiten. Dann seufzt sie nur und schlägt noch ein Ei in die Pfanne.

Mein Vater gießt sich eine zweite Ladung Kaffee ein und schaut hinter seiner Zeitung hervor. Das Koffein dockt langsam an. »Na, Kate, was hast du heute vor?«

»Alyssa kommt.«

»Und was macht ihr?«

»Wir arbeiten an meinem Film.«

»Und, braucht ihr noch Zombies?« Er zieht ein übles Zombiegesicht.

»Du warst schon Zombie«, erinnere ich ihn. »Und du wurdest getötet, also wäre es komisch, wenn du wieder auftauchst.«

Er streicht sich Butter auf seinen Toast und denkt nach. »Ich könnte mich doch verkleiden, mit einem Bart oder Hut. Oder wir machen es wie in *Die Nacht der lebenden Toten*, die steigen andauernd wieder aus dem Grab.«

Mein Vater ist begeistert von meinem Filmprojekt. Meine Mutter ist sich nicht so sicher. Sie versucht das zu verbergen, aber ich weiß es trotzdem.

Ich habe schon Tausende Kurzfilme mit meinen Freunden gemacht, aber als mir die Idee zu *Die Nacht der Zombiehühner* kam, wusste ich, das kann nur ein richtiger Spielfilm werden, mit allem Drum und Dran. Jedenfalls habe ich im Internet gelesen, wenn man Filmemacher werden will, lernt man das am besten, indem man einfach loslegt. Also einfach einen Film macht. Und genau das tue ich jetzt. Und es stimmt. Ich habe viel gelernt. Manchmal auch auf die harte Tour.

Die Nacht der Zombiehühner handelt von einem Mädchen namens Mallory, die auf einem Bauernhof wohnt und Eier hasst. Sie weigert sich, Eier zu essen. Zum Glück. Echt zum Glück.

Ich sehe, wie meine Mutter eine halbe Tasse Kaffee runterkippt und sich den Mund abwischt.

»Hast du schon die Hühner gefüttert, Kate?«, fragt sie überfallmäßig. Jetzt zahlt sie mir mein Nasezuhalten heim.

Ich schütte mir noch Fruit Loops nach. So kann ich den schrecklichen Moment noch rauszögern. »Warum muss immer ich die Hühner füttern? Warum kann Derek das nicht machen?«

»Das haben wir schon x-mal besprochen. Du fütterst die Hühner und Derek bringt den Müll raus und mäht den Rasen.«

»Aber ich hab noch massenhaft zu tun für meinen Drehtag heute.« Ich sehe zu meinem Dad, aber der bleibt hinter der Zeitung in Deckung. »Ich muss die Requisiten zusammensuchen und die richtige Beleuchtung ausprobieren, und außerdem brauche ich noch mehr Blut ...«

»Erst die Pflicht.« Da schwingt so ein scharfer Ton mit. Ich muss vorsichtig sein. Maulen am Morgen ist bei uns gefährlich.

»Ich wette, George Lucas muss nicht erst noch zu Hause mithelfen, bevor er einen Film drehen darf«, brumme ich.

Meine Mutter versucht es mit einer anderen Taktik. »Du willst doch nicht, dass deine Hauptdarsteller sterben, oder?«

Meine Mutter denkt, ich müsste mich besonders um die Hühner kümmern, weil sie schließlich in meinem Film mitspielen. Ich persönlich finde ja, die Ladys könnten ruhig ein paar Pfund abnehmen. Manchmal hat ein Regisseur ja echt Glück mit seinen Filmstars, manchmal endet das Ganze aber auch im Hass. Ich würde sagen, die Hennen und ich sind durch Hassliebe verbunden. Ich liebe Tiefkühlhuhn und sie hassen mich.

Man könnte meinen, sie würden begeistert sein, endlich mal was Spannendes zu erleben, anstatt immer nur Würmer zu picken und Eier zu legen. Aber die Arbeit mit den Hühnern war schlimmer als ein Zombie-Albtraum. Sie gackern nie aufs Stichwort, stehen nie am markierten Punkt und haben einfach nicht diesen irren Blick drauf, den ich brauche. Meistens rennen sie nur weg und scharren weiter im Dreck.

Erst dachte ich, sie sind einfach zu dumm. Schließlich kacken Hühner auch ins eigene Essen, wenn man sie lässt, was ja wohl ziemlich eklig ist. Dann aber wurde ich misstrauisch. Ich habe *Hennen rennen* im Kino gesehen, und dabei ist es mir echt kalt den Rücken runtergelaufen, weil ich manchmal, genau wie Mr Tweedy, das starke Gefühl habe, dass die Hühner was aushecken.

Ob ich paranoid bin? Kann sein. Aber hört sich das mal einer an. Das ist jetzt keine Filmszene, das ist wirklich so passiert. Es war ein ganz normaler Tag, außer dass ich in Eile war, also hatte ich meine Flipflops an statt Moms alte Stiefel. Eine Henne beschloss, dass meine Zehen Würmer sind, und fing an, sie in kleine Happen zu zerhacken. Als ich nach ihr trat, flog mein Flipflop ab und ihr direkt an den Kopf. Das war keine Absicht, aber es war irgendwie witzig, also habe ich gelacht.

Ich glaube Hennen mögen es nicht, wenn man sie auslacht.

Ich habe die Futterspender aufgefüllt und bin dann schnell zur Tür. Und was dann geschah, geschah so schnell, dass es mich vollkommen unvorbereitet traf. Eine Henne läuft mir zwischen die Füße, ich stolpere und lande mitten in einem frischen, dampfenden Hühnerkackehaufen. Ich liege wie betäubt im Stall, mit grünem Kot beschmiert, und da kommt die Henne angewatschelt, die meine Zehen fressen wollte. Sie gackert rum und dann …

Zwinkert sie mir doch tatsächlich zu.

Also, meine Mutter kann mir noch so oft erzählen, dass es nicht dieselbe Henne war und dass die Kacke nicht strategisch platziert wurde und dass Hennen nicht zwinkern können. Ich weiß, was ich gesehen habe. Und deshalb traue ich diesen Viechern nicht und gehe nicht gerne in den Hühnerstall. Wenn ich was zu sagen hätte, müssten die Ladys ab sofort Diät halten.

2.

Es sollte ein Gesetz geben, dass Eltern untersagt, ihre Kinder samstags arbeiten zu lassen. Der Samstag ist der absolut beste Tag der Woche und nichts versaut ihn mehr als »häusliche Pflichten«. Und nichts ist schlimmer als Hühnerfüttern, außer vielleicht ihren Stall ausmisten. Ich rühre in meinen Fruit Loops und überlege, wie ich um den Job rumkommen kann. Mir fällt nichts ein. »Es sind doch eure Hühner«, sage ich schließlich. »Warum muss ich sie füttern? Hühner sind ekelhaft.«

Meine Mutter wirft den Pfannenheber beiseite, und ich weiß, dass ich zu weit gegangen bin. Derek kann mich ruhig Warzenschwein nennen, da schüttelt sie nur den Kopf, aber wenn man ihre Hennen beleidigt, macht sie gleich ein Riesenei draus.

»Du bist Teil dieser Familie und hast deswegen bestimmte Pflichten«, belehrt sie mich. »Früher mussten die Kinder von einem Bauernhof erst Stunden arbeiten, bevor es überhaupt Frühstück gab. Du und Derek habt es dagegen richtig leicht.«

Meine Mutter hat zu viel *Unsere kleine Farm* geguckt, als sie klein war. Man könnte meinen, sie hätte die Schweine füttern und die Kühe melken müssen, bevor sie sich fünf

Kilometer durch den Schnee zur Schule kämpfte. Tatsächlich aber ist sie in einem Vorort von Detroit groß geworden und ist jeden Tag mit dem Bus gefahren. Außerdem: Wir haben keinen richtigen Hof, sondern nur eine kleine Hühnerfarm.

Aber ich hüte mich, irgendwas zu sagen. Ich stopfe mir einen Donut in den Mund, damit mir nicht noch was Schnippisches rausrutscht. Sonst muss ich todsicher auch den Hühnerstall sauber machen.

Derek trottet übel zerknautscht in die Küche. Seine Augen sind noch ganz verkrustet und seine Unterlippe hängt runter. Er lässt sich auf einen Stuhl fallen und legt den Kopf in die Arme. Aber sobald meine Mutter ihm die Eier vor die Nase stellt, wird er lebendig und haut rein. Dieser Mensch isst einfach alles. Er pikst mit seiner Gabel ins Eigelb, und ich muss mir eine Hand vor die Augen halten, damit ich nicht zusehen muss, wie der gelbe Schleim raussickert, als hätte er ein Alienauge angestochen.

Alle anderen aus meiner Familie mögen Eier, und das ist wahrscheinlich gut so, denn das neue Geschäftsmodell meiner Mutter besteht darin, Biohennen großzuziehen, deren Fleisch und Eier sie verkauft. Früher ist sie in Hosenanzug und hochhackigen Schuhen zur Arbeit gegangen und sah todschick aus. Jetzt trägt sie weite Arbeitshosen und derbe Stiefel, dazu ein altes Bandanatuch im Haar. Sie sieht aus wie eine Erntehelferin, aber sie sagt, es sei das Beste, das ihr je passiert ist, außer dass sie Dad geheiratet und Derek und mich bekommen hat.

Mein Vater faltet seine Zeitung zusammen und sieht mich an. »Also, falls du noch ein Schreckgesicht brauchst, sag Bescheid.«

»Ich brauche keinen Zombie«, antworte ich. »Aber du könntest mein Gaffer sein.«

»Haha!«, fällt Derek ein. »Ja, gaffen kann Dad bestimmt gut.« Derek bringt immer gern einen blöden Witz. Zum Glück ist er erst im vierten Schuljahr, also gehen wir auf verschiedene Schulen. Ich bin im siebten Schuljahr auf der Medford Junior High. Die Lehrer dort tun mir jetzt schon leid, wenn nächstens Derek und seine Freunde zu uns rüberwechseln.

Ich verdrehe die Augen. »Mann, Derek, der Gaffer ist der Oberbeleuchter. Die Szene spielt im Keller, aber da unten ist es zu dunkel. Wir brauchen Licht.«

»Beleuchtung, klar. Mach ich«, meint mein Dad.

Filmemacher sprechen eine eigene Sprache. Ich habe mir extra einen Spickzettel mit den Ausdrücken gemacht. Die meisten habe ich aus dem Internet. Eine ganz normale Wäscheklammer heißt zum Beispiel C47-Klammer. Ich nehme an, »Gib mir mal 'ne Wäscheklammer« klingt am Set in Hollywood zu wenig besonders.

»Bist du nicht bald fertig mit deinem Film?«, erkundigt sich meine Mutter übertrieben gut gelaunt. »Ich wette, du hast noch viel mehr Ideen für Filme.«

Sie weiß genau, dass das ein empfindliches Thema ist. Ich versuche seit Monaten, einen Schluss für *Die Nacht der Zombiehühner* zu finden. Ich kratze meine restlichen Fruit Loops zusammen und schlürfe die Milch.

»Kunst lässt sich nicht hetzen«, erwidere ich. Ich drehe schließlich keine seichte Schmonzette.

»Ganz richtig«, bestätigt mein Vater. »Vielleicht haben wir hier den neuen Spielberg. Wir müssen ihrer Kreativität freien Lauf lassen.« Er wirft meiner Mutter einen Blick zu, der sagen will, dass mein zartes vorpubertäres Selbstwertgefühl Stärkung benötigt.

Meine Mutter schrubbt seufzend die Pfanne. »Ich meine ja nur. Die meisten Filme gehen nicht länger als anderthalb Stunden.«

Alle sind sie Kritiker. Stimmt ja, *Die Nacht der Zombiehühner* ist inzwischen fast drei Stunden lang, aber man braucht halt Zeit, um so eine Geschichte zu entwickeln.

Meine Hauptfigur Mallory hasst wie gesagt Eier und findet irgendwann heraus, dass die Hühnerfutterfabrik Menschenknochenmehl verarbeitet, um Geld zu sparen. Aber die Knochen stammen von einem Friedhof, der als geheime Giftmülldeponie verwendet wurde, und so haben die Hühner einen Cocktail aus verrotteten Knochen und verseuchtem Müll zu fressen bekommen.

Als meine Mutter zum ersten Mal mein Drehbuch gelesen hat, musste sie andauernd blinzeln, als würde das Licht sie blenden. »Warum Hühnerfutter?«, fragte sie.

Ich zuckte mit den Schultern. »Wir haben Hühner und ich brauche Darsteller.«

»Ich versuche hier, ein Unternehmen aufzubauen, Kate. Meine Hennen sind kein Spielzeug.«

»Ich spiele nicht«, protestierte ich. »Filmemachen ist auch ein Geschäft.«

Meine Mutter schüttelte den Kopf. »Das kann man doch beim besten Willen –«

Da legte ihr mein Vater den Arm um die Schulter. Er sah sie wieder mit diesem bestimmten Blick an. »Also, Jean, es macht den Hennen doch bestimmt nichts aus, mal ihren schlummernden DiCaprio auszuleben.«

Mein Vater hat dieses verrückte Biohuhn-Unternehmen

von Anfang an unterstützt. Er war einverstanden, dass wir aufs Land ziehen und meine Mutter ihren Job aufgibt, obwohl wir jetzt mit viel weniger Geld auskommen müssen. Das weiß ich, weil ich die beiden manchmal spätabends über Geld streiten höre, wenn sie glauben, dass Derek und ich schlafen. Ich habe meinen Vater mal darauf angesprochen, und er meinte, sie würden nicht streiten, sondern diskutieren. Dann haben sie aber ziemlich laut diskutiert.

Seit dem Umzug verbringt mein Vater die meisten Wochenenden damit, irgendetwas am Haus zu reparieren oder Hühnerställe zu bauen. Nach diesem Blick von Dad hat meine Mutter jedenfalls nur noch geseufzt und gesagt, ich müsste dann wenigstens ihre Firma *Himmlische Hühner* im Abspann nennen.

Meiner Mutter macht natürlich nicht die Länge meines Films Sorgen, sondern die Handlung. Nachdem die Hennen das schlechte Futter gefressen haben, fangen sie an, sich komisch zu benehmen. Zuerst merkt es keiner. Als den Leuten schließlich auffällt, dass die Hennen sich in tollwütige Zombies verwandelt haben, ist es schon zu spät. Mallorys Familie, die Nachbarn, alle Bewohner der Stadt haben von den verseuchten Eiern gegessen. Alle verwandeln sich in Zombies und jagen durch die Gegend, weil sie Mallory auch noch verwandeln wollen.

Ich gebe es sehr ungern zu, aber meine Mutter hat recht. Langsam muss mir mal ein Ende einfallen. Ich liege schon nachts wach deswegen. Ich kann dann nicht mehr einschlafen, kaue an den Fingernägeln und rätsele hin und her, wie die Schlussszene aussehen soll. Eher tragisch, romantisch, überraschend? Nichts erscheint mir richtig.

»Gib uns mal einen Tipp«, bohrt mein Vater nach. »Verwandelt sich Mallory auch in einen Zombie? Oder kann sie entkommen und findet die wahre Liebe?«

Ich starre in meine leere Fruit-Loops-Schüssel, aber mir fällt einfach nichts Geniales ein. »Ich hab keine Ahnung. Ich kann mich nicht entscheiden.«

Die fehlende Schlussszene macht mir Bauchschmerzen. Vielleicht habe ich auch zu viel gegessen. Ich kriege absolut nichts mehr runter, also beginnt jetzt der schlimmste Teil des Tages. Ich schiebe meinen Stuhl mit lautem Protestgeschrammel zurück und stampfe aus der Küche.

Draußen scheint die Sonne, der Himmel ist blau. Die Luft ist knackig frisch. Wenn ich jetzt drehen könnte. In Hollywoodfilmen wird viel Aufwand betrieben, um dieses Morgenleuchten hinzubekommen. An solchen Tagen macht es mir weniger aus, in der Pampa zu wohnen. Bis ich in den Hühnerstall muss. Sobald ich die Tür öffne, wollen drei Hennen an mir vorbeischießen. Zwei kann ich zurückscheuchen, aber eine entkommt mir.

Die Hühner dürfen auch draußen herumlaufen, aber erst nachmittags. Morgens müssen sie im Stall bleiben, bis sie Eier gelegt haben. Also muss ich die Henne einfangen. Aber ich kann mich kaum bewegen, weil mein Magen so voll ist. Ich renne ihr hinterher, aber sie zischt flatternd ab.

»Ich hasse Eier!«, rufe ich um zu testen, ob ich eine Reaktion bekomme. Sie pickt im Gras und tut so, als würde sie mich gar nicht beachten, aber sobald ich näher komme, rennt sie davon. »Hühner sind saudumm!«, rufe ich ihr nach. Ich lache laut, um ihr zu zeigen, dass ich alles voll unter Kontrolle habe.

Die Henne wackelt mit dem Kopf und blinzelt mich mit ihren Knopfaugen an. Da fällt mir etwas ein. Ich reiße ein

Büschel Gras aus und singe »Puut, puut, puut« wie beim Füttern. Ich werfe das Gras in die Luft, als wäre es Futter, und tatsächlich kommt die Henne angerannt. Ich sag doch, saudumm.

Ich bringe sie zurück in den Stall und fülle die Futter- und Wasserspender auf. Dann nehme ich den Korb und sammele die Eier von heute morgen ein. Als ich gerade gehen will, entdecke ich in der Stallecke noch ein Ei. Seltsam, sonst legen die Hühner ihre Eier immer in den Legeboxen. Das Ei hat eine seltsame Kartoffelform. Die Schale ist dünn wie Papier. Sobald ich es aufheben will, bricht es auf, und der übelste Horrorgestank breitet sich aus. Die Luft wird grün oder mein Blick verdunkelt sich wegen der fauligen Dämpfe.

Ich stolpere zur Tür, mein Magen dreht sich um. Ich schaffe es nicht. Stattdessen spucke ich mein Frühstück mitten in den Stall. Und die Hühner picken gleich darin herum. Ekelhaft, ich sag's ja. Ich wische mir den Mund ab und schwanke nach draußen. Als die Tür hinter mir zuschlägt, höre ich gackriges Hühnergelächter.

Als ich meiner Mutter erzähle, was passiert ist, weigert sie sich zu erkennen, dass das verfaulte Ei eine Racheaktion war.

»Du guckst zu viele Filme«, schimpft sie. Und sie ist ganz in Sorge – nicht etwa wegen ihrer Tochter, die eben ihr Frühstück von sich gegeben hat, nein – wegen ihrer Hennen. Fruit Loops sind bestimmt nicht biologisch-dynamisch. Meine Mutter zetert, ich hätte den Hühnern nicht mein Frühstück dalassen dürfen. Sie rennt nach draußen, ohne sich nur einmal zu erkundigen, wie es mir geht.

Mein Vater legt mir den Arm um die Schulter und drückt mich. Er denkt wahrscheinlich dasselbe wie ich: dass meine Mutter frei laufende Bio-Teufelshühner lieber mag als mich.

3.

Alyssa Jensen spielt die Mallory in *Die Nacht der Zombiehühner*. Sie ist seit dem ersten Schuljahr meine beste Freundin. Sie möchte mal nach Hollywood, also kann sie perfekt kreischen und so richtig Drama machen. Alyssa hat lange Beine, lange Arme und lange blonde Haare. Sie sieht aus wie ein Filmstar, aber manchmal bricht was in ihrem Gesicht aus. An einem schlechten Tag fuchtelt sie deswegen vor dem Spiegel herum und schmiert seltsame Tinkturen auf ihr Gesicht, obwohl ich ihr versichere, dass sie absolut normal aussieht. Als sie an diesem Samstagmorgen vorbeikommt, sieht ihre Haut pickelfrei aus.

Sie bürstet sich vor meinem Spiegel die Haare, während wir in meinem Zimmer hocken. Alyssa war schon immer größer als ich, und manche denken, sie wäre älter. Sie ist erst in der Siebten, aber letztens haben sie zwei verschiedene Personen gefragt, ob sie schon zur Highschool geht. Das macht mir nichts. Also gut, ein bisschen ärgert es mich schon. Bei mir vermutet niemand, ich könnte in der Highschool sein. Gerade letzte Woche hat mich die Kassiererin im Supermarkt gefragt, ob ich mit ihrer Tochter in die

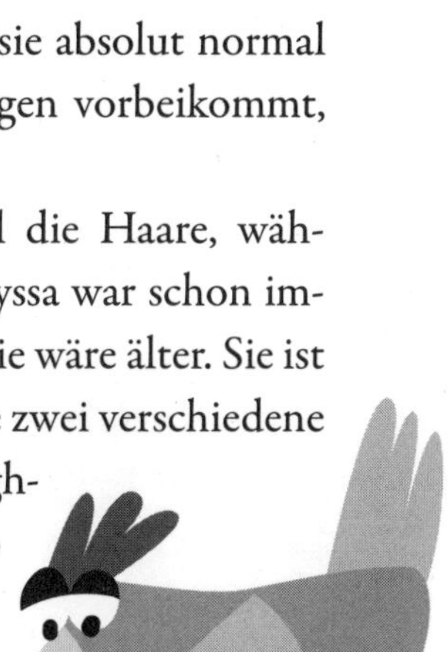

sechste Klasse gehe. Ich sage mir immer, es liegt daran, dass ich etwas klein gewachsen bin. Trotzdem, als ich Alyssa so im Spiegel sehe, muss ich seufzen.

»Wer ist der Zombie der Woche?«, fragt sie mich.

Den Witz machen wir ständig, weil ich inzwischen schon so viele Menschen gebeten habe, für mich einen Zombie zu spielen, dass mir langsam aber sicher die Darsteller ausgehen. An einem Samstagnachmittag haben wir sogar ein Picknick veranstaltet und alle Nachbarn dazu eingeladen. Als das Essen dann beendet war, haben sie ihre Zombieklamotten angezogen und Alyssa durch den Garten gejagt. Herausgekommen ist eine meiner Lieblingsszenen.

Ich druckse, weil ich weiß, Alyssa wird die Antwort nicht gefallen. »Derek«, antworte ich dann. »Und sein Freund Trevor.«

Alyssa stöhnt. »Ich dachte, der hätte Auftrittsverbot in deinem Film.«

»Die beiden sind die Letzten, die übrig sind. Der Postbote wollte nicht.«

»Vielleicht solltest du den Film beenden, Alfred. Jetzt echt mal, wie und wo sollen mich die Zombies denn noch anfallen?«

Alfred nennt sie mich nach Hitchcock, einem meiner Lieblingsregisseure. Ich hatte einen irren Albtraum mit blutrünstigen Kampfhennen, nachdem ich *Die Vögel* gesehen habe. So bin ich auch auf die Idee zu *Die Nacht der Zombiehühner* gekommen.

Alyssa fingert an einem Flakon auf meiner Kommode herum. »Reicht es dir nicht langsam, dich immer nur mit dem einen Film zu beschäftigen? Dafür geht so viel Zeit drauf.«

Ich bin so überrascht, dass mir tatsächlich die Kinnlade runterfällt. Alysssa und ich machen schon seit Jahren zusammen Filme. Das ist das erste Mal, dass es so klingt, als wäre sie genervt.

»Ich bin fast fertig«, sage ich langsam. »Ich arbeite gerade an der letzten Szene.« Was ja stimmt, wenn man bedenkt, wie viele Stunden ich schon darüber nachgedacht habe. »Auf jeden Fall ist es eine gute Übung für dich. Hollywoodschauspielerin wird man nicht einfach so.«

Alyssa zuckt mit den Schultern. »Kann sein.«

Aber sie klingt gelangweilt. Alyssa muss meinen Gesichtsausdruck bemerkt haben, denn sie sagt schnell: »Ich bin bestimmt bis zum Ende dabei! Ich meine nur, nächstes Mal könnten wir es doch mal mit einer Liebesgeschichte probieren. Dann kann ich ein Kleid anziehen und muss nicht immer kreischen. Ich habe irgendwo gelesen, wenn man im jungen Alter seine Stimme überstrapaziert, schädigt man die Stimmbänder.«

Jetzt hört sie sich an wie meine Mutter. Was hat sie bloß? »Eine Liebesgeschichte? Spinnst du? Und wer soll dein Filmpartner sein?«

»Scot Logan«, antwortet sie mit einem Grinsen. Ich pruste los, denn der geht ihr nur bis zum Kinn.

»Nathaniel Morgan«, schlage ich vor und ernte einen bösen Blick. Nathaniel ist so ein schielender großer Dürrer, der seit der Fünften in Alyssa verschossen ist. »Ach ne, wie wär's denn lieber mit ... Jake Knowles?«, schlage ich vor.

Alyssa schwärmt schon seit drei Jahren für Jake Knowles. In Mädchenjahren ist das eine lange Zeit. Sie behauptet, sie ist darüber hinweg, aber da bin ich mir nicht so sicher.

Sie schnaubt verächtlich. »Igitt.« Aber eine Sekunde

später schaut sie verträumt in den Spiegel und überlegt wahrscheinlich, wie sich Jake in der Rolle machen würde.

»Die sind alle widerlich«, erkläre ich. »Da würde ich mich ja lieber von einem Zombie jagen lassen.«

»Na gut. Aber du musst mal langsam zum Ende kommen.«

»Ich versuche es ja! Aber du bist die einzige normale Person, die noch übrig ist, oder? Ich hätte ja gerne ein Happy End, aber wie soll man das hinkriegen, wenn alle dich in einen Zombie verwandeln wollen?«

Wir sehen uns an und kriegen einen Lachflash. Wenn jemand uns zuhören würde, fände der unsere Gespräche sicher reichlich seltsam.

»Weißt du noch, das alte Ehepaar im McDoof?«, fragt Alyssa.

Gerade eben wollte ich sie noch daran erinnern. Das ist das Tolle an Alyssa – wir kennen uns schon so lange, dass wir die gleichen Erinnerungen haben.

Ich nicke glücklich. »Klar. Ich dachte, die rufen die Polizei.«

»Weißt du noch, wie der Mann geguckt hat, als wir uns darüber unterhalten haben, wie man jemanden am besten mit einem Aufsitzmäher überrollt?«

»Ja, und die Frau! Die hat beinahe ihre Fritten rückwärts gegessen, als wir gemeint haben, wir bräuchten eine größere Blutspritze.«

Inzwischen kriegen wir uns beide kaum noch ein. Wir haben diese Unterhaltung bestimmt schon zehn Mal geführt, aber das ist total egal. Dadurch wird es nur noch besser. Das ist wie mit dem Lieblingsessen – es wird mit jedem Mal besser.

Wahrscheinlich darf ich Alyssa nicht übel nehmen, dass sie *Die Nacht der Zombiehühner* langsam über hat. Wir arbeiten jetzt schon echt lange an dem Film. Selbst das allerbeste Lieblingsgericht wird langweilig, wenn man es zu oft isst. Ich brauche ein Ende, und zwar schnell.

Nur Ahnungslose können behaupten, das Drehbuch und die Regie für einen Film zu machen wäre leicht. Es ist ein Haufen Arbeit, erst recht mit null Budget und einer nicht existierenden Crew. Trotzdem weiß ich, dass ich später unbedingt Filme machen will. Warum? Weil das echte Leben meistens so aufregend ist wie Kuchenbacken. Ich finde es toll, wie Hollywood so was wie Sockenanziehen zu einem höchstdramatischen Ereignis machen kann. In Filmen können Tiere sprechen, Menschen fliegen, und Hühner verwandeln sich in Zombies. Alles ist möglich – wenn das Budget stimmt. Ich kann die irrsinnigsten Träume wahr werden lassen. Deswegen will ich Filme machen. Deswegen werde ich irgendwann eine berühmte Regisseurin mit Riesenbudget.

4.

Alyssa bürstet sich wieder die Haare. Sie sahen schon vor zehn Minuten okay aus, aber ich halte mich lieber zurück. Insgeheim habe ich Alyssa immer um ihre Haare beneidet. Sie sind blond und glatt und sie glänzen. Meine sind braun und gekräuselt. Im Grunde ist es kein großes Geheimnis, dass Alyssa hübscher ist als ich. Meine Mutter meint, wir wären auf verschiedene Arten schön, aber sie ist meine Mom, also muss sie das sagen. Mein Vater sagt, ich bin schön, und Derek sagte, ich bin grottenhässlich, also muss ich irgendwo dazwischenliegen.

Alyssa legt endlich die Bürste weg. »Vielleicht kann ich ja ein Floß bauen und auf dem Fluss davontreiben, als würde ich ein neues Leben beginnen.«

»Hier gibt es keinen Fluss«, erinnere ich sie.

Sie sieht mich auf einmal ganz aufgeregt an: »Apropos Wasser – hast du schon gehört, was Lydia passiert ist?«

»Ist sie ertrunken?«, frage ich gelangweilt.

Alyssa kichert. »Ja, schön wär's, was? Jack Timner hat sie gestern im Freibad ins Wasser geschubst und dabei ist ihr fast das Oberteil abgefallen.«

»Sie hat es wahrscheinlich selbst geöffnet, damit alle gucken«, brumme ich. »Aber das tun sie ja eh.«

Lydia Merritt ist die Beliebteste in unserer Klasse. Ich hab schon gesehen, wie Mädchen sich gegenseitig wegdrängeln, nur um neben ihr zu stehen, über ihre Witze zu lachen und sich in ihrem Glanz zu sonnen. Man stelle sich ein hübsches Mädchen vor, das ohne Pause quatscht, und zwar etwa zehn Dezibel lauter als alle anderen. Und so kommt sie dann über den Flur gewackelt, die Flipflops klatschen, das Kaugummi knackt, sie kreischt vor Lachen und hat lauter Möchtegern-Lydias im Schlepptau. Lydia sieht auch aus, als wäre sie schon auf der Highschool, aber das kommt wahrscheinlich von dem ganzen Make-up in ihrem Gesicht.

Völlig unerwartet fragt Alyssa: »Lydia war noch kein Zombie. Warum fragst du sie nicht?«

Ich hatte mir einen Keks in den Mund geschoben und muss jetzt Krümel speien. Ich huste, pruste und bekomme endlich wieder genug Sauerstoff, um zu röcheln: »Bist du bescheuert?« Ich befürchte, hinter Alyssa war ein Zombie zu viel her. Lydia hätte wahrscheinlich sogar Mitleid mit mir, falls ich irre genug wäre, sie anzurufen, aber ich liefere ihr ganz bestimmt nicht noch eine Version von »Die Arme will meine Freundin werden«. Von diesen Geschichten hat sie genug. Nicht dass ich zu bemitleiden wäre. Aber es würde so aussehen.

Alyssa dreht an einer Haarsträhne. »Ich habe gestern allen von deinem Film erzählt, und dass du Regisseurin werden willst. Lydia hat das mitbekommen und fand das richtig cool mit den Zombies.«

»Halt mal«, unterbreche ich. »Wo war das? Und wer ist ›alle‹?«

»Ein paar Leute, mit denen wir gestern im Park waren.«

Sie sagt das so dahin, aber mir versetzt es einen Stich.

Ich bin eifersüchtig. Bevor wir auf die Hühnerfarm gezogen sind, wohnte ich fünf Straßen von Alyssa entfernt und gleich um die Ecke vom Granger Park, dem Treffpunkt der ganzen Gegend. Ich konnte, immer wenn mir gerade danach war, zu Alyssa rüber. Jetzt muss alles geplant werden. In die Stadt muss ich eine halbe Stunde fahren und so verpasse ich die Treffen im Park und das spontane Körbewerfen im Käfig. Ich verpasse so ziemlich alles.

»Was wollte Lydia denn da?«, erkundige ich mich. »Ich dachte, ihre Eltern wohnen in einem ganz anderen Viertel.«

»Ihre Eltern haben sich doch letzten Sommer scheiden lassen. Ihre Mutter hat eine Wohnung in der Sycamore bekommen und sie und ihre Schwester wohnen jetzt also da.«

Die Sycamore Street ist nicht weit von meinem alten Zuhause, sodass Alyssa und Lydia jetzt praktisch Nachbarn sind. Die Eifersucht sticht noch heftiger zu.

Alyssa sagt jetzt nichts mehr und ich weiß auch warum. Sie denkt an ihre Eltern. Die beiden haben sich scheiden lassen, als sie neun war. Ich weiß noch, wie ich mit Alyssa geweint habe, nachdem sie es erfuhr. Mr und Mrs Jensen waren wie meine zweiten Eltern. Ich begriff nicht, warum sie sich trennen wollten. Ich kapiere es noch heute nicht so ganz. Alyssa hat lange gehofft, ihre Eltern würden wieder zusammenkommen, aber voriges Jahr hat ihr Vater eine andere geheiratet. Alyssa war derart fertig mit der Welt, dass sie beinahe nicht zur Hochzeit gegangen wäre.

»Ich weiß, Lydia nervt irgendwie«, meint Alyssa jetzt, »aber sie hat mich richtig angefleht, bei deinem Film dabei zu sein. Also habe ich ihr gesagt, sie wäre sicher ein guter Zombie ...« Sie unterbricht sich, als sie meinen bösen Blick bemerkt. »Ich musste doch was sagen! Sie hat mich ständig ausgefragt. Ich habe ihr erzählt, dass du eigentlich ständig Zombies suchst und dich vielleicht bei ihr meldest.« Den letzten Teil sagt sie ganz hastig.

Und eigentlich ist es so – ich werfe Alyssa einen *Du Verräterin!*-Blick zu, aber insgeheim freut es mich irgendwie. Lydia Merritt findet meinen Film also cool. Das ist er ja auch. Aber trotzdem. Ich spüre so ein seltsames Kribbeln, wenn ich mir vorstelle, dass Lydia bei mir vorbeikommt und mit uns was macht. Wer will denn nicht berühmt sein oder wenigstens beliebt? Die Ruhmsucht macht aus ganz normalen Leuten gedankenlose Zombies. Alyssa spürt, dass ich die Idee nicht ganz so schlecht finde.

»Gib's zu, sie ist auf jeden Fall besser als Derriere und sein seltsamer Freund.« *Derrière* ist das französische Wort für Hintern und Alyssas Spitzname für meinen Bruder Derek. Er dagegen nennt sie *Analpha-Lyssa.* Die beiden sind definitiv die größten Fans voneinander. Alyssa hasst den Spitznamen, vielleicht auch, weil Musik und Sport ihre besten Fächer sind und ihre Noten ansonsten ziemlich im unteren Bereich liegen. Derek nennt sie auch nur aus sicherer Entfernung so, weil sie immer komplett ausrastet.

Das Ergebnis nach endlosem Hin und Her mit heftigsten Diskussionen und nervösem Kreischen ist, dass ich Lydias Handynummer wähle, die sie Alyssa ganz zufällig gegeben hat. Ich bete, dass sie nicht abnimmt, aber sie ist gleich dran, als habe sie auf meinen Anruf gelauert. Sobald ich ihre Stimme höre, wünschte ich, ich hätte nie angerufen. Mein Gesicht wird heiß, mein Gehirn friert ein – aber es ist zu spät. Lydia wartet darauf, dass ich etwas sage.

»Äh, hallo Lydia, ich bin's, Kate.«

»Kate!«, kreischt sie. »Die Zombie-Regisseurin! Extrem

cool ist das mit deinem Film! Alyssa hat mir alles erzählt, und ich bin echt neidisch, dass sie die Hauptrolle hat. Wann darf ich mal einen Zombie spielen?«

So ist Lydia. Es dauert vielleicht eine halbe Sekunde und man ist vollkommen von ihr eingenommen. Ich versuche mich zu erinnern, warum ich sie nicht mag. Und muss sogar zugeben, dass sie ziemlich nett ist.

Tief durchatmen. »Deswegen rufe ich an. Alyssa und ich drehen heute noch eine Szene und wir brauchen einen Zombie.« Mir ist ganz wirr im Kopf. Soll ich versuchen, witzig zu sein? *Wir wollten schon meinen kleinen Bruder nehmen, so verzweifelt waren wir, haha!* Wenn man aber den richtigen Moment verpasst, kommt es total lahm rüber. Also lieber keine Experimente, beschließe ich. »Vielleicht hättest du Lust, den Part zu übernehmen?«

Ohrklingeln verursachendes Kreischen. »Im Ernst? Soll ich Zombie-Klamotten anziehen? Was sind eigentlich Zombie-Klamotten? Ich hab zerfetzte Jeans, und ich könnte meine Haare verwuscheln und, ach ja, ich hab auch noch Kunstblut von Halloween, kann aber sein, dass das schon eingetrocknet ist, aber ich bringe es trotzdem mit, und schwarzen Nagellack und Vampirzähne. Haben Zombies Draculazähne?«

Jetzt wirklich, einen so begeisterten Zombie hatte ich noch nie, außer vielleicht meinen Dad. Wir klären das mit dem Kostüm, und Lydia verkündet, dass ihre Mutter unsere Adresse googeln will und sie in einer Stunde da sein wird. Ich lege auf und bin komplett nervös. Weil hier ziemlich viel schiefgehen kann. Und weil ich eben die Beliebteste unserer

Klasse zu mir eingeladen habe … und ich auf einer Hühnerfarm wohne.

Alle, die ich kenne, wohnen innerhalb der Stadtgrenzen von Medford. Nur ich nicht. Wir wohnen in einem Bauernhaus, das vor Millionen Jahren erbaut wurde. Es wurde mehrmals »modernisiert« und sieht jetzt aus wie von 1970 statt von 1870. Mit orangefarbenem Flauschteppich und einer Holzvertäfelung im Wohnzimmer. Die Badewanne ist erntegelb, das ist der Tarnname für kotzfarben. Wir sind vor einem Jahr hergezogen, nachdem sich meine Mutter in den Kopf gesetzt hat, dass sie Biohühner halten will. Sie sagt, wir renovieren das Haus, sobald wieder Geld da ist, aber weil sie ihren gut bezahlten Job aufgegeben hat, wird das wohl noch eine ganze Weile dauern.

Die Küche ist das Schlimmste. Knapp unter der Decke verläuft so eine Borte mit albernen Gockeln drauf, die bescheuerte Sachen machen: krähen, wegrennen, und einer spricht sogar in so ein altmodisches Telefon. Ich zucke zusammen, sobald ich die Bilder sehe, aber meine Mom findet sie »süß«.

Da fällt mir was ein. Was wird Lydia zu den echten Hühnern sagen? Sie sind frei laufend, das heißt sie rennen wirklich überall rum. Mein Vater will noch ein großes Gehege bauen, damit sie draußen sein können und trotzdem vor Füchsen und Raubvögeln geschützt sind, aber er ist noch nicht fertig. Hoffentlich findet Lydia Hühner süß. Ich habe keine Zeit, mir lange darüber Sorgen zu machen, weil ich erst noch Kunstblut mischen muss.

Gutes Kunstblut hinzubekommen ist eine Kunst, aber ich bin inzwischen Expertin. Zuerst muss ich mir überlegen, wie viel Blut ich brauche. Manchmal ist es nur eine Tasse voll.

Für die Szene mit dem Aufsitzmäher habe ich einen guten Liter angerührt und musste dann einen ganzen Tag die Garage schrubben.

Blutmachen ist klasse. Ich fühle mich dann immer ein bisschen wie Frankenstein. Zuerst vermische ich Speisestärke und warmes Wasser in einer Schüssel und rühre es glatt. Dann kommt Maissirup dazu und ein paar Esslöffel rote Lebensmittelfarbe. Und dann greife ich zu meinem Geheimmittel.

Man muss nämlich die richtige Farbe und Konsistenz hinbekommen. Meine ersten Mischungen waren zu dick und sahen aus wie wässriger Wackelpudding. Absolut nicht zum Fürchten.

Meine Geheimzutat ist nicht so richtig geheim, weil ich das Rezept aus dem Internet habe. Es funktioniert aber echt gut. Mein Blut hatte immer die falsche Farbe, bis ich Kakaopulver zugegeben habe. Dadurch wird es schön dunkelrot – ganz so, wie es Graf Dracula appetitlich finden würde.

Ich rühre und mische, streue noch etwas Kakao ein, dann ist mein Blut perfekt. Am Anfang haben Alyssa und ich, wenn ich eine Portion fertig hatte, unsere Hände darin eingetaucht und so getan, als hätten wir unsere Finger ab, oder wir haben mit den Augen gerollt und das Blut aus unseren Mündern sickern lassen. Inzwischen sind wir ganz gelassen. Wir wären sicher gute Chirurgen, denn wir ertragen den Anblick von eimerweise Blut.

Als ich das fertige Blut in einen Tupperbehälter fülle, kommt mir ein Gedanke. Was ist, wenn Lydia Kunstblut albern findet? Ich zeige Alyssa die Mischung und frage, was sie dazu meint. Sie wirbelt die Flüssigkeit auf und hält sie ins Licht wie einen edlen Wein. Dann taucht sie einen Finger ein, betrachtet die rote Schmiere und leckt sie ab.

»Perfekt«, erklärt sie. »Lydia wird begeistert sein.«

Ich grinse sie an. Alyssa hat recht – warum sollte man Kunstblut nicht toll finden? Klar wird Lydia begeistert sein. Sie wird wahrscheinlich loskreischen und die Hand reinhalten.

Trotzdem, manche Mädchen fänden Blut bestimmt eklig oder hätten Angst, sich dreckig zu machen. Das ist das Geniale an Alyssa. Sie ist für jede verrückte Idee zu haben.

Als ich noch in Medford gewohnt habe, wollte ich den alten Wasserturm hochklettern, nachdem ich in einem Film gesehen hatte, wie Leonardo DiCaprio so ein Ding hochklettert. Erst hatte ich den neuen Turm im Auge, aber der war viel zu hoch, und der Sicherheitszaun sah echt gemein aus. Der alte Turm aber war bestens geeignet – als würde er nur drauf warten, dass jemand ihn hochklettert. Dem Grafitti nach zu urteilen haben das auch schon einige Leute getan.

»Du bist wahnsinnig«, meinte Alyssa, als ich ihr davon erzählte. »Da würde ich nicht für eine Million Dollar hochsteigen.«

»Komm schon, das ist ein Abenteuer«, sagte ich. »Wenn wir jetzt nichts Verrücktes machen, sind wir bald zu alt dafür.«

»Rückwärts vom Dreier springen ist verrückt, den Wasserturm hochklettern ist Selbstmord«, schnaubte sie.

»Leonardo hat das im Film auch gemacht«, informierte ich sie, aber sie verdrehte nur die Augen.

Ich stellte mir den Wecker für Samstagmorgen superfrüh und fuhr dann auch gleich mit dem Fahrrad los. Die Sonne stand wir ein rundes Eigelb am Horizont, während ich zum Stadtrand strampelte. Ich stellte mir vor, wie jemand eine Riesengabel nahm und es kaputt stach. Würde dann schleimig gelbes Licht in die Straßen von Medford strömen, wie bei einer Atombombe? Das musste ich mir für ein potenzielles Filmprojekt merken.

Als ich am Turm ankam, stand da Alyssa und lehnte an ihrem Fahrrad. Sie grinste mich an und tat so, als hätte sie schon Stunden auf mich gewartet. Sie war extra früh aufgestanden und würde jetzt mit mir auf den Turm steigen, obwohl sie es eigentlich nicht wollte. Das nennt man echte Freundschaft. Ich freute mich wirklich, sie zu sehen. Bis ich nach oben blickte. Der Turm wirkte auf einmal gigantisch. Er verdeckte die Eigelbsonne und verschattete die ganze Umgebung. Aber jetzt gab es kein Zurück, nicht mit Alyssa als Zeugin.

Wir kletterten die schmale Leiter hoch. Zuerst war es gar nicht so schlimm. Weiter oben bestätigte mir Alyssa aber leise murmelnd, ich wäre komplett verrückt. Bald darauf sagte sie es alle zehn Sprossen und ihre Stimme wurde immer zittriger.

»Guck bloß nicht nach unten!«, ermahnte ich sie. Ich selbst tat es natürlich und mir wurde sofort schwindelig. Mein Magen fühlte sich an, als hätte er sich vom Körper losgerissen und würde gerade in diesem Augenblick zurück nach unten sausen. Da wurde mir eins klar: Leo hatte in der Szene sicher ein Double. Er war bestimmt nie mehr als zwei Meter über dem Boden. Der Regisseur hat bestimmt nicht riskiert, dass sein Star abrutscht und in den Tod stürzt. Ein kluger Mann, dieser Regisseur.

Ich rechnete die ganze Zeit damit, dass Alyssa aufgeben und wieder runterklettern würde, aber das tat sie nicht. Wir schafften es bis zum Rundlauf und ließen uns dort fallen. Unsere Beine waren wie Pudding. Alyssa boxte erschöpft gegen meinen Arm.

»Du bist komplett irre«, stieß sie hinter klappernden Zähnen hervor.

Wir setzten uns und ließen die Beine durch das Geländer baumeln. Medford lag vor uns wie eine Spielstadt, mit Puppenhäusern und Matchbox-Autos. Ein kleiner Güterzug zuckelte über die Gleise unter uns und trötete. Wir sahen uns alles eine Zeit lang an, dann drehte sich Alyssa grinsend zu mir um und fand, ich wäre einfach genial.

Wir aßen Kekse und beobachteten, wie die Ameisenmenschen über die Bürgersteige wanderten. Medford wirkte auf einmal winzig, umgeben von einem riesig weiten blauen Himmel. Von da oben hatte man den Eindruck, der Horizont wäre ganz nah, und ich wusste, dass Hollywood nur kurz dahinter lag, gleich um die Ecke, und darauf wartete, dass ich rüberhüpfte, sobald ich so weit sein würde.

Vorm Runtersteigen warf Alyssa einen Blick über den Rand und hatte gleich einen Zusammenbruch. »Du bist wahnsinnig!«, schrie sie mich an. »Warum hast du mich hier hochgezerrt? Wir STERBEN!«

Mir war auch ziemlich nach einem Nervenzusammenbruch. So in die Ferne zu blicken war wunderbar. Als ich aber an der dünnen Leiter nach unten sah, drehte sich mir der Magen um. Ich versuchte ruhig zu wirken, schließlich hatte tatsächlich ich mir die Aktion ausgedacht. Die erste Sprosse war die schlimmste. Meine Beine waren ganz wackelig und meine Handflächen so schwitzig, dass ich Angst hatte, sie würden abrutschen.

Alyssa sagte die ganze Zeit nicht ein Wort. Sie stöhnte nur ab und zu. Als wir unten ankamen, ließ sie sich zu Boden fallen und küsste den Bürgersteig. Ich dachte, sie wäre wütend auf mich, weil sie mich packte und herumschrie, aber dann rief sie, das wäre das Unglaublichste, was sie je gemacht hätte, und sie würde es nie wieder machen.

Eines Tages drehe ich, glaube ich, einen Film über meine Jugend. Und es kommt auf jeden Fall eine Wasserturm-Szene darin vor. Es fühlt sich nur seltsam an, wenn ich zwei Mädchen casten muss, die dann Alyssa und mich spielen. Eigentlich müssen *wir* uns spielen. Und da wird mir klar, dass wir das ja die ganze Zeit tun. Wir spielen uns in unserem eigenen Leben, das so eine Art langer Film ohne Skript ist. Und manchmal denke ich dann, dass mein Film eines Tages enden wird, also sollte ich in jeder Szene ganz da sein. Das versuche ich auch. Ich sehe mir den tollen Sonnenuntergang an. Ich höre meiner Mutter zu, wenn sie andauernd von »Pflichten im Haushalt« und Hausaufgaben redet. Ich umarme meinen Vater. Und dann klingelt das Telefon, oder Derek nennt mich ein Warzenschwein, oder ich kriege Hunger, und dann vergesse ich es. Ich vergesse, darauf zu achten.

Vielleicht möchte ich deshalb so gerne Filme machen – weil ich dann die schönen Momente festhalten und immer wieder abspielen kann. Ganz egal was passiert, in einem Film wären Alyssa und ich immer so alt wie jetzt, wir würden den Wasserturm hochklettern und über das Ehepaar im McDonalds lachen, und sie wäre immer meine beste Freundin.

5.

Ich zeige Alyssa das Skript, damit sie die aktuelle Szene durchgehen kann. Sie muss nie viel sagen, nur schreien und davonrennen. Trotzdem verzieht sie das Gesicht. »Oh Mann, wir drehen im Keller? Muss das sein?«

Oh weh. Ich wollte ihr das sanft beibringen, aber wegen dem Theater mit Lydia habe ich es vergessen. Unser Keller ist die beste Location für einen Horrorfilm. Da unten ist es finster und unheimlich und es riecht nach Leiche mit Mundgeruch. Meine Mutter meint, im Keller wohnen Mäuse, aber ich bin mir ziemlich sicher, dass es Ratten sind, und die Wände sind immer feucht, so als würden sie schwitzen.

Eigentlich ist der Keller zu perfekt für einen Horrorstreifen. Es ist dort nämlich wirklich beängstigend. Es gibt da eine alte Zisterne, eine Art gemauertes Schwimmbecken. Nie im Leben würde man in dem Ding schwimmen, aber es ist sowieso kein Wasser mehr drin. Früher, bevor Wasserleitungen durchs Haus verlegt wurden, wurde da Wasser gespeichert. Ich bin mir ziemlich sicher, dass jetzt die Ratten in die Zisterne eingezogen sind, und bleibe deswegen auf Abstand. Der ganze Keller wird nur von zwei nackten Glühbirnen beleuchtet, und deswegen gibt es viele dunkle Ecken und riesige unsichtbare Spinnweben, die einem im Gesicht kleben bleiben, sodass man am liebsten kreischend nach oben rennen würde.

Bevor sie die Rolle der Mallory angenommen hat, musste ich Alyssa versprechen, dass wir nicht im Keller drehen.

»Mir gehen die Locations aus«, erkläre ich. »Was erwartest du? Wir haben schon dreiundzwanzig Szenen gedreht.«

»In den Keller gehe ich jedenfalls nicht«, entgegnet sie stur, »und auch nicht in den Wald. Ich kriege andauernd Kletten ins Haar und letztes Mal sogar Giftefeu.«

»Wo sollen wir denn sonst hin?«, frage ich genervt. Wir waren schon in jedem Zimmer in unserem Haus, zweimal im Hühnerstall, dreimal im Wald, auf der Straße, im Graben... Stimmt ja, Lydia kommt, da möchte ich eigentlich auch nicht im Keller drehen. Vielleicht erzählt sie dann in der Schule, wie widerlich es da ist.

Alyssa zuckt mit den Schultern. »Wir könnten durchs Maisfeld rennen. Das haben wir noch nicht gemacht.«

Mal eben so liefert sie eine absolut brillante Idee. »Das ist es! Perfekt!«, rufe ich, und Alyssa lächelt bescheiden.

Wir haben September und der Mais auf dem Feld nebenan überragt unsere Köpfe ein gutes Stück. Die Pflanzen sind schon ganz vertrocknet und rascheln im Wind. Ich glaube nicht, dass Mr Edgarton etwas dagegen hat. Ihm gehört das Feld und er war einer der Picknick-Zombies. Ich gehe mal einfach davon aus, dass es ihm nichts ausmacht, wenn wir ein paar Maisstängel der Kunst opfern.

Ich schreibe die Szene also schnell um. Jetzt fängt sie so an:

INT: MALLORYS KÜCHE, TAG

Mallory öffnet den Kühlschrank. Er ist leer, bis auf eine Flasche Ketchup und einen Becher saure Sahne. Sie öffnet die saure Sahne, aber in der schwimmen widerliche blaue Schimmelklumpen.

[Meine Mutter hat ständig verschimmelte Sahne hinten im Kühlschrank und liefert mir so meine Horrorfilmrequisiten.]

Sie öffnet einen Schrank, holt eine Cornflakes-Packung heraus, dreht sie um und schüttelt. Ein paar Flocken fallen zu Boden. Ansonsten ist der Schrank leer.

MALLORY (*besorgt*): Es ist nichts zu essen da. Was soll ich jetzt nur machen?

Sie geht zum Fenster, zieht vorsichtig den Vorhang zurück und sieht nach draußen. Der Hof ist menschenleer. Sie bemerkt den hohen Mais auf dem Feld gegenüber. Ihr Gesicht hellt sich auf.

MALLORY: Zum Glück haben die ihren Mais angepflanzt, bevor sie zu Zombies wurden.

Kann sie es wagen? Sie blickt über die Straße. Da ist niemand. Kein Zombie in Sicht.

EXT: MALLORYS VORGARTEN – CONTINUOUS

Mallory läuft auf Zehenspitzen über die Veranda, dann rennt sie über die Straße.

Und an dieser Stelle hakt es. Wie soll ich Zombie Lydia einführen? Ich brauche einen guten Einfall. Aber da habe ich eine geniale Eingebung: Der Zombie kommt in unserem alten Pick-up angefahren und hält mit quietschenden Reifen direkt vor Mallory. Natürlich muss mein Vater das Fahren übernehmen. Wenn ich die richtige Einstellung wähle, sieht man wegen der Reflexionen auf der Windschutzscheibe nicht, wer am Steuer sitzt. Und dann Schnitt auf Alyssas entsetztes Gesicht. Und als Nächstes sieht man, wie Lydia aus dem Auto steigt, als wäre sie gefahren.

Mich begeistert die Idee, zum ersten Mal ein Stunt-Auto einzusetzen. Jetzt muss ich nur noch meinen Stunt-Fahrer für die Aktion gewinnen.

Mein Vater liest sich die Szene durch und beißt sich auf die Lippe.

»Ich brauche keinen Gaffer mehr«, erkläre ich. »Aber ich würde mich so freuen, wenn du uns hilfst, und da wäre das hier echt perfekt.« Ich sehe ihn mit diesem flehenden »Ich brauche Selbstvertrauen«-Blick an.

Irgendwann lächelt er. »Klar, warum nicht. Wir wohnen schließlich nicht an einer Autobahn.«

»Danke, Dad!«

Nach dieser Einstellung wird Alyssa von Lydia

durch das Maisfeld gejagt und Alyssa schreit die ganze Zeit. Aber mir muss noch ein Schluss einfallen. Eigentlich ist es immer so, dass Mallory die Zombies tötet, die hinter ihr her sind, und zwar immer mit einer anderen Waffe – das ist mein persönliches Stilmittel. Die Picknick-Zombies hat sie getötet, indem sie sie in den Teich hinterm Haus gelockt hat. Zombies können nicht schwimmen, also sind alle ertrunken. (Das ist mein Film, also bestimme ich die Regeln. Wenn ich sage, Zombies gehen unter wie nasse Säcke, dann ist das so. Filme sind eben viel besser als das wahre Leben.)

Derek hat praktischerweise ein Spielzeugwaffenarsenal, mit dem man eine ganze Armee versorgen könnte. Bis jetzt hat Mallory unter anderen eine Pistole, ein Maschinengewehr, ein Messer, ein Schwert, ein Seil, einen Schraubenschlüssel, ein ausgehängtes Fenster (war gar nicht so einfach), Giftpflanzen, Rattengift, den Rasenmäher, einen angespitzten Stock und einen Dosenöffner als Waffe eingesetzt.

Mir fällt spontan nichts ein, was Mallory auf dem Maisfeld finden und benutzen könnte. Einen Zombie hat sie schon mit einem schweren Stein erschlagen, das geht nicht noch mal, und ein Maiskolben ist wohl kaum tödlich. Da habe ich die zweite Eingebung des Tages: Mallory könnte doch zurückrennen, in den Pick-up springen und den Zombie überfahren.

Mein Vater ist nicht so begeistert von meinem Einfall, aber ich kann ihn überzeugen, indem ich ihm ganz genau erkläre, wie wir vorgehen. Mit dem richtigen Kamerawinkel wird es aussehen, als würde der Pick-up Lydia erwischen, ohne dass wir sie tatsächlich anfahren. Irgendwann sind es nur noch zehn Minuten, bis Lydia ankommt, und ich habe noch einen Haufen zu tun. Zum Beispiel mit der Küchenszene. Der gesamte Kühlschrank muss ausgeräumt werden, da setze ich Alyssa ran. Dann muss das Essen aus den Schränken und ich brauche eine leere Cornflakes-Packung. Unsere sind alle voll, also schütte ich die Bioflocken meiner Mutter in eine Tiefkühltüte und lege ein paar Crispies in die Packung, die Mallory später herausschütteln kann.

Draußen knirscht der Schotter und mein Magen macht einen Salto. Mein Zombie ist da.

6.

Manchmal werde ich gefragt, warum ich einen Zombiefilm drehe, obwohl ich doch gar keine Horrorfilme sehen darf. (Meine kontrollwütigen Eltern lassen mich in keine Filme, die erst ab sechzehn freigegeben sind. Dabei habe ich ihnen schon tausendmal erklärt, dass das ganz entscheidend für meine berufliche Weiterentwicklung ist.)

Der Grund ist ganz einfach und lautet: schauspielerisches Unvermögen. Nichts ruiniert einen Film schneller. Alyssa ist ja ganz gut, aber die meisten meiner Darsteller standen noch nie vor der Kamera, und sagen wir so: Sie sind noch nicht bereit fürs große Kino. Aber selbst der schlechteste Schauspieler kann die Arme hochwerfen, mit den Augen rollen und stöhnen.

Deswegen habe ich auch kein Problem damit, Lydia zu casten, obwohl ich gar nicht weiß, ob sie schauspielern kann. Aber wenn irgendjemand weiß, wie man Lärm macht, dann sie. Lydia klingelt nicht mal, sie steckt einfach den Kopf durch die Haustür, trällert ein »Hallo!« und hüpft rein. Ihre Dreistigkeit ist bewundernswert.

»Na, sehe ich aus wie ein Zombie?« Sie dreht sich um die eigene Achse und zieht ein Zombiegesicht. Sie ist ein trendiger Zombie. Sie trägt eine zerrissene Jeans, die sie in ihre schwarzen Stiefel gesteckt hat, und ihr T-Shirt hat an genau den richtigen Stellen Löcher und hat wahrscheinlich ein Vermögen gekostet. Ihr schwarzer Lippenstift und das dicke schwarze Augen-Make-up stehen ihr richtig gut, und das weiß sie auch. Ein paar Tropfen Kunstblut laufen ihr wie Tränen aus den Augen. Ich bin beeindruckt. Die meisten Zombies kommen nicht drehfertig bei mir an.

»Krass!«, rufe ich. Erstaunlich, wie laute Menschen einen annehmen lassen, man müsste auch laut sein. Aber das ist noch nichts gegen Alyssa. Sie fängt an zu kreischen.

»Der Hammer! Du bist der totale Zombie! Der beste Zombie in diesem Film!«

Na, das geht ein bisschen zu weit. Als mein Vater den Zombie gespielt hat, hat er Alyssa einen richtigen Schreck eingejagt. Wir haben ein altes T-Shirt zerfetzt, ihn überall mit Kunstblut bespritzt und es in seinem Gesicht verschmiert. Außerdem hat er eingewilligt, Backpulver und Cola im Mund zu mischen, worauf er schäumte wie ein tollwütiger Hund.

Und dann ist mein Vater hinter Alyssa hergewetzt, als es schon dunkel wurde, durch den Wald, blutig und grausig und schäumend, und hat würgende Geräusche gemacht, die glaube ich echt waren wegen dem Backpulver mit Cola (das Schlimmste, was er seit seiner Studentenzeit getrunken hat, meinte er später). Alyssa hat geheult wie eine Sirene und nicht aufgehört, bis sie wieder an unserem Haus angekommen war. Sie meinte, sie hätte mich nicht *Schnitt!* rufen hören, obwohl ich das sicher zwanzig Mal gebrüllt habe. Das Gerenne hat sie völlig ausgelaugt und sie wollte nicht mehr in den Wald. Zum Glück war der erste Take perfekt.

Ich glaube nicht, dass Lydia das toppen kann, halte mich aber zurück. »Also, das ist die Szene. Lies sie mal durch und sag mir, wie du sie findest.« Ich tue so, als wäre ich arg beschäftigt, aber die ganze Zeit beäuge ich Lydia.

»Cool, ich darf Auto fahren!«, kreischt sie.

Mein Vater kommt herein und klimpert mit den Autoschlüsseln. »Berühmte Schauspielerinnen machen ihre Stunts nie allein. Dafür haben sie unterbezahlte Stuntmen.«

»Okay, fangen wir an«, unterbreche ich nervös, weil ich Angst habe, dass mein Vater noch was Peinliches sagt, wenn er weiterredet.

Wir drehen die Küchenszene zuerst. Es läuft ganz gut, nur lässt sich Alyssa von Lydia irritieren und fängt an zu kichern, obwohl sie besorgt aussehen soll, weil nichts zu essen da ist. Wir kriegen es trotzdem irgendwann hin, ich filme noch kurz, wie sie aus dem Fenster schaut, und dann ziehen wir nach draußen um. Zeit für Lydias großen Auftritt.

Mein Vater setzt unseren alten Pick-up zurück. Das perfekte Zombiemobil. Ein sonnengebleichter blauer Chevy mit Rostflecken, dessen Motor spuckt und röchelt, als wäre er schon mehrmals aus dem Reich der Toten geholt worden.

Prompt schreit Lydia: »Mann, ist das eklig!«

Sie und Alyssa starren lachend auf einen Fleck am Boden. Mir wird ganz komisch in der Magengrube, als ich eins von Moms Hühnern davonwatscheln sehe.

»Es hat gekackt!«, verkündet Lydia. »Ich hab gerade gesehen, wie ein Huhn kackt. Dieses braune Zeugs ist da hinten raus und auf den Boden …« Die beiden kriegen sich kaum noch ein. Lydia nimmt einen Stock und tut so, als würde sie die Kacke auf Alyssa schnippen. Die rennt kreischend davon.

Mein Vater wirft mir einen Blick à la »Na dann mal viel Glück« zu und startet den Truck.

»Warum habt ihr Hühner?«, fragt Lydia. Sie starrt sie an wie außerirdische Lebensformen.

»Meine Mutter züchtet Biohühner für Gourmetrestaurants.« Ich versuche es so schick wie möglich darzustellen. »Warst du schon mal bei Burberry's? Die verwenden ihre Hühner und Eier.« Burberry ist das edelste Restaurant, das mir einfällt.

»Hühner sind komisch«, verkündet Lydia. »Und diese Kacke stinkt.« Sie hält sich die Nase zu.

Ich beschließe, die Hühnerkacke zu ignorieren. Hoffentlich wird Lydia sie auch vergessen, wenn wir erst zu drehen anfangen. Ich setze die Kamera aufs Stativ, suche mir die richtige Einstellung und rufe: »*Action!*« Genau aufs Stichwort kommt mein Vater wie ein wilder Zombie angebraust. Der Pick-up soll mit quietschenden Reifen direkt neben Mallory halten. Das klappt toll. Ich stehe hinter Alyssa und der Wagen kommt also auf sie und die Kamera zugerast. Die Kamera steht so tief, dass man die Windschutzscheibe gar nicht sieht, sondern nur den großen Kühler, der auf uns zuschießt. In der letzten Sekunde springt Alyssa beiseite. Auf jeden Fall eine meiner besten Actionszenen.

Dann ist Lydia dran. Sie springt in den Pick-up. Sie soll die Tür auftreten, rausspringen und zombiemäßig stöhnen. Ich mache die Kamera bereit und los geht's: »*Action!*«

Die Pick-up-Tür öffnet sich einen Spalt und ich höre ein Kichern. Lydia steckt ihren Kopf raus. »Ich hab danebengetreten! Können wir das noch mal machen?«

»Klar«, rufe ich. Wir machen noch zwei Takes. Beim dritten bekomme ich so ein ungutes Gefühl im Magen. Was dann passiert, ähnelt eher einer Szene aus einem schlechten Film als dem wahren Leben:

EXT: LANDSTRASSE, TAG

Lydia springt aus dem Wagen und brüllt wie ein debiler Löwe. Lydia und Alyssa kreischen vor Lachen. Die Regisseurin lacht ebenfalls.

REGIE: Haha! Schnitt! Vielleicht etwas weniger Gebrüll. Ich glaube, Zombies stöhnen eher.

LYDIA: Alles klar. Stöhnen.

Lydia steigt hüftwackelnd und fingerschnippend in den Pick-up. Alyssa und die Regisseurin lachen aufs Stichwort.

Lydia springt aus dem Wagen. Sie fuchtelt mit den Armen und jault wie eine tollwütige läufige Katze. Sie und Alyssa liegen vor Lachen am Boden. Auch die Regisseurin lacht, aber nicht so sehr.

REGIE: Super. Noch einmal, aber ohne Lachen. Alyssa, du musst verängstigt wirken.

Alyssa fängt ebenfalls an zu jaulen. Die beiden jodeln im Duett und kreisen dazu die Arme.

LYDIA: So richtig, Meisterregisseurin?

REGIE: Äh, ja. Wir machen das noch mal.

LYDIA: Warum rennen wir nicht durch den Mais?

ALYSSA: Au ja!

REGIE: Das drehen wir, sobald…

LYDIA: Hier, film das mal!

Lydia rennt kreischend ins Maisfeld und rudert mit den Armen. Alyssa folgt ihr.

ALYSSA: Ich bin ein Zombie! Ein Zombie! Ich wollte schon immer ein Zombie sein!

REGIE: Äh, hallo?

Laute *Psst!*-Rufe, dann STILLE. Der Mais RASCHELT im Wind. Dann unterdrücktes GEKICHER. Lauter SEUFZER der Regie.

REGIE: Also gut, drehen wir im Mais. Die Szene versuchen wir dann später noch mal.

Im Mais geht es nicht viel besser. Lydia erinnert mich an Moms Hühner. Sie hat keine Ahnung von Kameraeinstellungen und bleibt nie innerhalb der Markierungen, sondern rennt einfach aus dem Bild. Auch *Action!* und *Schnitt!* scheint sie nicht zu verstehen. Ich muss alles dreimal erklären.

Lydia nickt ernst. »Ich vergesse immer anzuhalten! Das macht einfach irre Spaß, durch den Mais zu rennen und zu kreischen. Keine Sorge, Meisterregisseurin, dieses Mal kriege ich es hin.«

Sie legt die flache Hand an die Stirn wie ein Soldat. Alyssa kichert.

»Du darfst nicht lachen wenn du davonrennst, Alyssa!«, schnauze ich. Sie geht mir langsam auf die Nerven. Lydia dreht zum ersten Mal, aber Alyssa müsste es besser wissen.

»Ich hab keine Lust mehr auf Mallory«, jammert sie. »Ich will auch ein Zombie sein, das macht mehr Spaß.«

»Zombie sein ist super«, stimmt Lydia zu. »Wäre echt cool, als Zombie durch die Gegend zu rennen und den Leuten den Kopf abzubeißen.«

Lydia reißt einen Maiskolben ab und zerpflückt ihn wie eine Wildgewordene. Sie versucht reinzubeißen, aber der Mais ist zu hart, also spuckt sie ihn aus und kommentiert: »Ärghs«.

Ich hab keine Lust, über ihren Witz zu lachen. Alyssa schnappt sich einen Maiskolben und richtet ihn ähnlich zu. Das finde ich jetzt nur noch nervig.

»Zombies beißen keine Köpfe ab«, murmele ich, aber die beiden rennen schon kreischend weg und zerpflücken den Mais. Ich höre Maisstängel krachen und ihr atemloses Gelächter. Ein Teil von mir will ihnen hinterher. Aber ich drehe hier schließlich einen Film. Die beiden müssen meinen Regieanweisungen folgen. Und die Aufnahmen mit dem Pick-up sind so genial, dass ich den restlichen Drehtag nicht einfach so vergeuden will.

Ich trotte den beiden mit meiner Kamera hinterher. Der Mais steht so hoch und dicht, dass ich kaum etwas sehe.

»Ich hab mich verirrt!«, schreit Lydia irgendwo links von mir. »Alyssa, wo bist du?«

»Hier!«, ruft Alyssa rechts von mir.

»Ich bin hier«, rufe ich, um mich irgendwie zu beteiligen.

»Mäuschen, mach mal Piep!«, brüllt Lydia aus voller Kehle.

»PIEP!«, schreit Alyssa.

Ich könnte auch PIEP rufen, aber irgendwie ist klar, dass die beiden nur sich suchen. Ich bin die Eine zu viel, die Nervensäge, vor der sie davonrennen müssen. Langsam steigt Wut in mir auf. Von Lydia habe ich nicht viel erwartet, aber was Alyssa da macht, fühlt sich wie Verrat an. Irgendwann haben sie sich gefunden und auch ich entdecke sie.

»Das war ja so was von schlimm!«, heult Lydia, obwohl sie keine Spur ängstlich wirkt.

»Wir hätten uns verirren und langsam sterben können!«, quietscht Alyssa. »Unsere Knochen hätten die erst nächstes Jahr gefunden.«

Ich verdrehe die Augen. »Der Mais wird im Oktober geerntet. Bis dahin bist du ja wohl kaum verrottet.«

Alyssa zuckt mit den Schultern. »Auch egal.«

Ich grinse und versuche, die Situation unter Kontrolle zu bringen. »Also gut, wir drehen das ein letztes Mal. Ihr müsst nur an der Kamera vorbeirennen, aber dabei im Bildrahmen bleiben, okay?«

Lydia wirft Alyssa einen Blick zu, und ich weiß sofort, dass keine der beiden an dem Film weiterarbeiten will. Lydia stöhnt. »Ich bin kaputt. Gibt es hier irgendwo was zu trinken? Ich bin zu viel gerannt.«

»Schade nur, dass davon nichts auf meiner Kamera ist«, maule ich.

Lydia sieht nach oben. »Wo ist noch mal euer Haus?«

Ich schaue mich um, aber der Mais überragt uns – überall nichts als Mais. Wir sind so viel gerannt, dass ich die Orientierung verloren habe. Ich springe hoch, und die anderen beiden machen es mir nach, aber das bringt uns auch nicht weiter.

Wir grinsen uns an, denn irgendwie ist es auch lustig, dass wir drei uns in einem Maisfeld verirrt haben. Da haben wir am Montag in der Schule was zu erzählen. Wer weiß, wenn Lydia die Story erst mal angebracht hat, will vielleicht die ganze Klasse in meinem Film den Zombie geben. Ich fühle mich gleich besser.

»Ich hab eine Idee«, sage ich. »Ihr beide stützt euch auf Hände und Knie, und ich stell mich auf eure Rücken und versuche mal, ob ich dann was sehe.«

»Du bist die Kleinste«, protestiert Lydia.

»Und die Leichteste«, erkläre ich.

Lydia zieht einen Schmollmund. »Heißt das, ich bin fett?«

Lydia meint nie das, was sie sagt. Es geht nur darum, Lacher zu ernten. Wenn ich klug wäre, würde ich so etwas sagen wie: »Ja, genau, fette Schnecke«, und sie würde kichern. Aber ich bin nervös und verärgert und sage: »Ach was, du bist doch nicht dick«, was natürlich lächerlich und absolut nicht witzig ist.

Sie und Alyssa haben die gleiche Größe, aber Alyssa lässt sich schon zu Boden fallen, also gehe ich auch auf die Knie. Lydia klettert an uns hoch. Sie ist viel schwerer, als sie aussieht. Sie kann nicht kurz hochsteigen und dann wieder runterhüpfen, nein, sie muss auf unseren Rücken rumtrampeln, als verlöre sie das Gleichgewicht, und mir ihren Absatz in die Wirbelsäule bohren. Ihre Stiefel hat sie nämlich auch nicht ausgezogen und jetzt habe ich Fußabdrücke auf dem Rücken.

»Siehst du was?«, rufe ich.

»Niente. Der Mais ist zu hoch.«

Mr Edgarton hat mir erzählt, dieses Jahr wird es eine Rekordernte. Noch ein Tritt ins Rückgrat, dann springt Lydia ab. Sie schnippt mit den Fingern. »Jetzt weiß ich. Ihr macht eine Räuberleiter und ich steige auf eure Schultern. Das wird reichen.«

»Ich bin die Leichteste«, sage ich noch mal. »Lasst mich hochklettern.«

Lydia verdreht die Augen. »Na schön.«

So wie die beiden gackern und zappeln, brauche ich fast zehn Minuten, bis ich mich auf ihre Schultern gekämpft habe. Meine Kamera habe ich extra nicht unten liegen lassen, damit die beiden nicht drauftreten. Ich halte sie in der Hand und sie schlägt gegen ihre Köpfe. Die beiden meinen, ich würde das mit Absicht tun, aber das stimmt nicht. Nicht ganz.

»Machst du da oben ein Schläfchen, oder was?«, zickt Lydia, weil ich immer noch auf ihren Schultern hocke und mich an ihre Köpfe klammere. Ich will nicht aufstehen, denn es wackelt ganz schön. Die beiden sollen meine Beine festhalten, dann stehe ich auf. Und tatsächlich, ich sehe unser Haus. Es ist weiter weg als gedacht.

»Ich kann es sehen«, rufe ich und zeige in die Richtung. »Da hinten ist es …«

Ich höre unterdrücktes Gekicher, und auf einmal fangen Lydia und Alyssa an zu schwanken, als wäre ich zu schwer.

»Auaaa«, schreit Lydia, »du verrenkst mir meine Schulter!«

»Wir können dich nicht mehr halten!«, ruft Alyssa. »Spring runter!«

Von der Höhe springe ich niemals. Ich versuche, in die Hocke zu gehen, aber Alyssa torkelt, als wäre sie gestolpert. Ich fliege von ihren Schultern und knalle unsanft auf den Boden. Der Mais fängt den Sturz nicht ab, im Gegenteil.

»Ich glaube, sie ist tot«, sagt Lydia. Sie kommen zu mir und streichen mir die Haare aus dem Gesicht. Sie versuchen nicht zu lachen, aber ich schlage ihre Hände weg und rolle mich stöhnend zur Seite.

»Alles klar bei dir?« Alyssas Stimme trieft vor falschem Mitleid. »Ich bin gestolpert«, erklärt sie sagenhaft schlecht gespielt.

»Das bist du nicht«, erwidere ich. »Das war Absicht.«

»Oh, oh, da ist aber jemand wütend«, mischt sich Lydia ein. »Reg dich nicht auf, Kate. Bleib cool.«

Ich muss mich dermaßen zusammenreißen, um ihr nicht ins Gesicht zu brüllen, sie soll endlich verschwinden. »Cool, na klar«, erwidere ich mit einigermaßen böser Stimme, aber irgendwie ist es nicht lustig. Mir geht es nur noch mieser.

»Ich sterbe, wenn ich nicht bald was zu trinken bekomme«, verkündet Lydia. »Die Letzte am Haus ist ein bekloppter Zombie.«

Sie rennt los, und Alyssa will ihr nach, sieht sich aber noch kurz nach mir um.

»Alles in Ordnung?«

Ich nicke und rupfe mir die Blätter aus den Haaren.

»Dann komm!«

Sie wetzt Lydia nach. Ich setze mich auf und säubere meine Kamera, die in den Dreck gefallen ist. Es hat lange gedauert, bis ich genug Geld zusammen hatte, um mir diese Kamera zu kaufen. Ich habe einen ganzen Sommer lang bei den Nachbarn babygesittet, ich habe den Hühnerstall sauber gemacht und mein Geburtstags- und Weihnachtsgeld dazu genommen. Die Kamera ist mein Ein und Alles. Ich reinige sie andauernd und passe höllisch auf sie auf und habe viel zu viele Fotos, auf denen ich mit ihr posiere. Alyssa weiß das alles. Ich habe ihr schon oft gesagt, dass die Elektronik leicht kaputtgeht und wir sehr vorsichtig mit ihr umgehen müssen, und sie lässt sie einfach so auf den Boden fallen. Das ärgert mich noch mehr als mein Sturz.

Ich rappele mich hoch und bürste mich mit den Händen ab. Die Knochen sind jedenfalls heil geblieben. Ich humpele zurück zum Haus und frage mich, ob es berühmte Regisseure gibt, die schon mal Tränen vergossen haben, wenn ein Tag am Set so richtig mies war, aber irgendwie kann ich mir keinen weinenden Steven Spielberg vorstellen.

7.

Lydia fährt erst abends mit Alyssa zusammen nach Hause, und ich kann Alyssa nicht mehr fragen, warum sie sich so seltsam benommen hat.

Nachdem die beiden weg sind, entdeckt mein Vater mich in der Küche. »Und, wie ist es gelaufen?«

Ich habe keine Lust zu erklären, dass der Tag eine einzige Katastrophe war, und murmele deshalb nur: »Gut.«

»Du hast Fußabdrücke auf dem Rücken.«

Ich seufze. »Ja, ich weiß.«

»Also gut. Wenn du es weißt.« Mein Vater trommelt mit den Fingern auf der Ablage und wirkt etwas verwirrt. »Und wo ist deine Mutter?«

»Wahrscheinlich im Hühnerstall.«

Er sieht nach draußen. »Ich hab noch was zu tun. Ich bin dann in meiner Bude.«

Meine Mutter hat Chocolate Chip Cookies gebacken, während wir draußen gedreht haben. Alyssa und Lydia haben noch je drei verschlungen, bevor sie gegangen sind. Ich hab auch drei gegessen, aber ein vierter wird nicht schaden. Warme klebrige Schokokekse sind das Beste bei schlechter Laune.

Auf dem Weg in mein Zimmer komme ich an der »Bude«

vorbei. Mein Vater hat den kleinen Raum mit den alten Holzdielen zu seinem Home-Office erklärt. Normalerweise macht er die Tür zu, wenn er arbeitet, aber heute steht sie offen. Jetzt sehe ich auch warum. Wilma hat sich auf einem Sessel eingerollt und schnarcht. Sie schiebt gerne nicht ganz geschlossene Türen auf und macht es sich dann bequem. Mein Vater sitzt mit dem Rücken zu mir am Schreibtisch und telefoniert, wie immer. Aber er spricht ganz seltsam. Überhaupt nicht geschäftsmäßig.

»Ich kann es nicht mehr lange geheim halten.« Er spricht leise, fast im Flüsterton. »Es wird immer schwieriger.« Er lacht. »Ich weiß. Ich auch. Habe ich dir eigentlich schon gesagt, wie sehr ich –«

Wilma hat mich entdeckt. Sie springt vom Sessel und wirft dabei einen Papierstapel um. Mein Vater dreht sich in seinem Stuhl um und sieht mich wie erstarrt im Türrahmen stehen.

Zum Weglaufen ist es zu spät, deshalb öffne ich die Tür und gehe ins Zimmer, so als hätte ich ihm ohnehin einen Besuch abstatten wollen. Ich streiche um seinen Schreibtisch. Wie kann ich herausfinden, mit wem er da spricht? Auf jeden Fall nicht mit seinem Chef. »Äh, Dad, ich hab mich gefragt, ob du mir nicht bei etwas helfen könntest.«

Hört sich vage genug an. Mein Gehirn rattert auf der Suche nach etwas, was er für mich tun könnte. Aber ich brauche mir gar nichts auszudenken, denn mein Vater guckt böse, und die Antwort lautet offenbar: Nein.

»Nicht jetzt, Kate! Kannst du nicht anklopfen, bevor du hier reinkommst?«

Er sieht nervös aus und versucht ein Lächeln, ohne mich direkt anzuschauen. »Frag mich später noch mal, ja? Ich habe gerade zu tun.«

Ich zucke mit den Schultern. »Also gut.«

Er hält das Telefon in der Hand und wartet, dass ich gehe. Ich trotte aus dem Zimmer und höre, wie die Tür hinter mir geschlossen wird.

»Wir haben Wochenende«, sage ich zu Wilma, während ich ihr die Ohren kraule. »Warum arbeitet er an einem Samstag? Und was will er geheim halten?«

Wenn wir in einem Film wären, würde Wilma jetzt sprechen und mir alles erzählen, was sie von dem Telefongespräch mitgehört hat. Aber wir sind nicht im Film und sie leckt nur meine Hand.

Ich denke über Dads seltsames Verhalten nach, und mir wird mit einem hässlichen Bauchstechen bewusst, dass er sich in letzter Zeit oft in sein Arbeitszimmer zurückgezogen und telefoniert hat. Außerdem hat er schon mehrere Male abends von der Arbeit aus angerufen und gesagt, dass es spät wird. Das ist mir nie komisch vorgekommen. Jetzt frage ich mich aber, was er da eigentlich treibt und mit wem er spricht.

Ich will eigentlich nicht darüber nachdenken, warum er sich so benimmt.

Mein Vater würde so was nie machen, sage ich mir, aber ich bringe gar nicht raus, was »so was« sein soll.

Beim Abendessen beobachte ich ihn, als er mit Derek über Baseball spricht. Er fängt meinen Blick auf und lächelt mich an.

»Was meinst du, Kate? Werden die Cubs im nächsten Jahr durchstarten?«

»Sicher nicht«, antworte ich. »Keine Chance.«

»Oh doch, das werden sie!«, krakeelt Derek. Er ist absoluter Chicago-Cubs-Fan.

»Das sagst du jedes Jahr«, bemerke ich.

Mein Vater lacht und lächelt meiner Mutter zu. Irgendwie bin ich erleichtert. Er würde sich nicht so normal benehmen, wenn er etwas Falsches getan hätte. Die paar Sätze, die ich mitgehört habe, können sich auf alles Mögliche beziehen.

Außerdem habe ich jede Menge eigene Sorgen: Alyssa zum Beispiel. Sie ruft mich später übers Handy an.

»Tut mir leid wegen heute«, sagt sie sofort. »Lydia und ich, wir haben uns heute Nachmittag wohl ziemlich bescheuert benommen.«

»Ja, das habt ihr wohl«, entgegne ich und versuche den Ball flach zu halten.

»Es ist nur so, dass ich irgendwie Mitleid mit Lydia habe. Als wir letztens abends im Park waren, hat sie von ihren Eltern erzählt. Ich glaube, ihr Vater hatte so eine Art Midlife-Krise. Und jetzt redet ihre Mutter schlecht über ihn, dass er ein Dreckschwein ist und so.« Alyssa macht eine Pause. »Wahrscheinlich ist er das sogar. Er hatte eine Freundin, deshalb haben sie sich scheiden lassen. Lydia kann die Frau nicht ausstehen. Und ihre Schwester Shannon steigt jede Nacht aus dem Fenster und hängt mit ihren Freunden rum und betrinkt sich.«

Mir fällt die Kinnlade runter. »Das hat sie dir alles erzählt?«

»Ja, die anderen sind alle Körbe werfen gegangen, aber wir sind geblieben und haben geredet. Kannst du dir das vorstellen? Hätte nie gedacht, dass eine Lydia Merritt Probleme hat.«

»Ja, sie kommt immer so … laut rüber, als wär alles ganz großartig.«

»Jedenfalls wollte ich, dass sie ein bisschen Spaß hat, verstehst du?«

Ich nicke, aber das kann Alyssa natürlich nicht sehen. »Du hättest was sagen können.«

»Sie hat mich gebeten, keinem davon zu erzählen, also darfst du es nicht weitersagen.«

»Klar. Versteht sich.« Mir schwirrt der Kopf vor lauter Informationen. Aber jetzt ergibt alles irgendwie Sinn. Ich bin wahnsinnig erleichtert, aber auch ein bisschen neidisch. Vielleicht hat Alyssa Lydia auch von ihren Eltern erzählt. Es ist, als hätten die beiden jetzt etwas gemeinsam. Trotzdem, Lydia tut mir leid. Es sind immer mehr, die geschiedene Eltern haben.

Ich kriege es wieder mit der Angst zu tun, als ich an meine eigenen Eltern denke. Wie sieht so eine Midlife-Krise aus? Ich spule noch einmal das Telefongespräch ab. Was wird immer schwieriger? Kann es sein, dass die Ehe meiner Eltern vor meinen Augen kaputtgeht, und ich merke es nicht einmal?

»Kam die Scheidung für Lydia unerwartet?«, frage ich wie nebenbei. »Wusste sie, dass ihre Eltern Probleme haben?«

»Kein Stück. Es war der Schock. Sie meinte, alles wirkte ganz normal. Ihr Vater war wie immer. Und dann hieß es eines Tages, hört mal, wir lassen uns scheiden.«

»Krass.«

»Ja.« Alyssa klingt ganz gedämpft.

Ist das komische Benehmen meines Vaters ein Warnsignal? Mir fallen plötzlich auch andere Sachen ein. Wie er manchmal still vor sich hin flucht, wenn er in Hühnerkacke tritt. Wie er die Augen verdreht über Moms Biozeug, wenn er glaubt, keiner würde zuschauen. Bereut er, dass wir aufs Land gezogen sind? Fühlt er sich gefangen? Meine Mutter sah früher richtig hübsch aus mit hochhackigen Schuhen und Lippenstift. Jetzt sieht sie aus wie eine schlunzige Bauersfrau.

Und was ist mit meiner Mutter? Ist diese verrückte Idee mit der Hühnerfarm auch eine Form von Midlife-Krise? Wünscht sie sich vielleicht manchmal, sie hätte so einen großen, kräftigen Naturtypen geheiratet statt einen Manager mit Brille und Glatzenansatz? Sie rennt andauernd rüber zu Mr Cunningham. Er hat einen richtigen Hof mit Kühen und Hühnern und Pferden. Er ist groß und stark und hat noch jede Menge Haare. Vielleicht ist es ja auch meine Mutter, die sich gefangen fühlt.

Mir wird ganz schwindlig von diesen Gedanken.

»Wir sehen uns dann Montag in der Schule«, meint Alyssa.

»Ja. Danke, dass du angerufen hast.«

Ich lege auf und habe auf einmal so ein nervöses Flattern im Magen. Über die Ehe meiner Eltern habe ich noch nie nachgedacht, bis heute. Was ist, wenn alles kurz davor ist, komplett in die Brüche zu gehen? Und was ist mit Lydia und Alyssa? Wenn wir noch in der Stadt wohnen würden, wäre ich an dem Abend auch im Park gewesen. Ich hätte Lydia zugehört und Mitgefühl gezeigt. Dann hätten wir drei zusammen Spaß gehabt und ich hätte nicht ahnungslos durch den Mais stapfen müssen.

Ich kriege die Wut, wenn ich nur darüber nachdenke. Meine Mutter hat unsere Familie in die Pampa verpflanzt, weil sie diese verrückte Hühneridee hatte. Sie hat bestimmt nicht darüber nachgedacht, was sie damit bei mir, Dad und

Derek anrichtet. Als ich klein war, hat sie mir immer gesagt, dass ich teilen soll und nicht nur an mich denken darf. Sieht ganz so aus, als hätte sie ihren eigenen Ratschlag vergessen.

8.

Alyssa ist am Montag in der Schule extra nett. Als wir in der letzten Pause an unseren Schließfächern stehen, schenkt sie mir ein Foto von einer Henne mit glühend roten Augen. Ihr Vater ist Grafikdesigner, wahrscheinlich hat er das Bild mit Photoshop bearbeitet.

»Sieht super aus«, lobe ich. »Ich wünschte, die hätten auch in meinem Film solche Augen.«

Ich hänge das Bild an die Innenseite meiner Schließfachtür. Da kommen Mimi Chang und Lizzy Reynolds angerannt.

»Habt ihr schon gehört?«, fragt Mimi. »Mr Cantrell sagt, als Nächstes führen wir das Musical *Annie* auf. Alle Mädchen im Chor wollen die Rolle.«

»Und Mr Cantrell hat erzählt, er hat schon eine rote Perücke in New York bestellt, für die Hauptdarstellerin«, fügt Lizzy hinzu.

Singen gehört ganz bestimmt nicht zu meinen Talenten. Ich bin nur im Chor, weil kein Vorsingen verlangt wurde. »Und, wollt ihr sie auch?«, frage ich.

»Auf keinen Fall!« Sie kreischen derart laut, dass klar ist, dass sich alle um die Rolle reißen.

Mimi und Lizzy waren beide schon Zombies in meinem

Film. Mimi hat eine sanfte Stimme, und ihr Zombie-Stöhnen klang eher nach Zahnschmerzen, aber sie hatte einen tollen Abgang (die berühmte Rasenmäher-Szene). Lizzy dagegen versteckt sich im Film unterm Bett, und Mallory tötet sie mit einem extrem langen Schwert, das sie durch die Matratze stößt. Derek hat mir fünf Dollar dafür abgenommen, dass wir sein Trickschwert benutzen durften, aber es hat sich wirklich gelohnt. Als Alyssa das Schwert ins Bett bohrte, hat sie damit eine unter das Laken gelegte, dünne Plastiktüte voller Blut angestochen. Das schneeweiße Laken wurde ruck, zuck tiefrot. Es war unglaublich gut. Lizzy meinte, Blut würde doch nicht nach oben sickern (die wissen immer alles besser), aber ich habe ihr erklärt, bei Zombieblut wäre das eben anders.

»Singst du für die Annie vor?«, fragt Lizzy Alyssa. Sie vermutet gar nicht erst, dass ich mich für eine Singrolle bewerbe.

»Mach das, Alyssa«, sporne ich sie an. »Du wärst sicher umwerfend.« Sie klingt ein bisschen piepsig beim Singen, aber sie ist dreimal besser als ich.

»Regie, ich bin fertig für die Nahaufnahme!«

Lydia kommt angetakelt, mit den üblichen Anhängseln im Schlepptau. Ich fühle mich geehrt, dass sie mich anspricht. Sara Gonzalez und Emily Foster glotzen mich an, als wüssten sie nicht, ob sie mich jetzt als neues Mitglied der Gang ansehen sollen. Mir fällt keine schlagfertige Antwort ein, also lächele ich nur und sage: »Hi, Lydia.«

Ich weiß. Langweilig.

Alyssa schlägt sich besser. »Hey, Zombie«, sagt sie betont lässig. »Heute schon Mais gefressen?«

Wir alle lachen, dann wendet Lydia sich an ihren Fanklub: »Hab ich euch erzählt, dass ich dieses Wochenende in einem Zombiefilm mitgespielt habe? Echt wahr. Das hättet ihr sehen müssen.«

Alyssa zückt ihr Handy und zeigt allen ein Foto von Lydia, von dem ich gar nicht wusste, dass sie es aufgenommen hat. Die Mädchen reißen sich gegenseitig das Telefon aus den Händen und kreischen. Schon rollt ein weiterer Schub Girls an, der nichts verpassen will.

»Echt mal«, fängt Lydia an, »wir sind fast eine Stunde durch dieses riesige Maisfeld gerannt, und Frau Meisterregisseurin hier hat immer gerufen: ›Schnitt! Schnitt! Ihr seid noch nicht Zombie genug, verdammt!‹, und wir mussten wohl zwanzig Mal von vorn anfangen. Wir haben uns dann total im Mais verirrt, sind nur noch im Kreis gerannt, und dann hat sich die Regie einfach auf uns draufgestellt, um was zu sehen. Ich sag euch, die Lady hier ist aus Beton, meine Schulter ist immer noch ausgerenkt.«

»Und dann habt ihr mich einfach fallen gelassen und mir den Hals gebrochen«, füge ich hinzu. Sara und Emily lachen. Ich habe überhaupt nicht geflucht, und die Szene haben wir höchstens drei Mal wiederholt, aber was soll's. Der Mädchenpulk grinst. Gleich flehen mich alle nacheinander an, auch mal den Zombie spielen zu dürfen.

»Oh, und jetzt kommt das Beste«, kündigt Lydia an. »Ich hab ein Huhn kacken sehen. Das war ja so was von widerlich.«

Wie? Damit habe ich nicht gerechnet. In meinem Kopf schrillen die Alarmglocken.

»Ein *Huhn*?«, wiederholt Sara, als wäre das ein Wort aus einer Fremdsprache.

»Ihre Mutter hat an die hundert Hühner, die überall

rumrennen, und die sind nicht gerade stubenrein, sag ich euch.« Lydia legt eine theatralische Pause ein. »Eins hat mir beinahe auf die Stiefel geschissen. Und ich so: He, Mister Huhn, kack mir ja nicht auf die Schuhe, sonst kick ich dich über die Garage …«

Alle lachen, aber Sara und Emily glotzen mich an, als wäre ich eine Außerirdische. Ich versuche, Lydia zu unterbrechen, aber da könnte ich genauso gut den Mississippi aufhalten wollen.

»Das sind Biohühner«, sage ich, weil bio immer gut kommt.

»Und sie machen Biokacke, ja«, entgegnet Lydia. Ich wünschte, sie würde den Mund halten oder wieder von meinem Film sprechen. »Mister Huhn jedenfalls tut sich keinen Zwang an, drückt das braune Zeugs raus und trifft mich beinahe …«

Ringsum begeisterte Ekelschreie.

Lydia ist den Hühnern gar nicht nahe gekommen, und außerdem haben wir nur Hennen und keinen »Mister Huhn«, und zwar genau fünfzig, nicht hundert. Aber das interessiert hier niemanden.

»Das ist ja so widerlich«, meint Emily. »Hast du oft Kacke am Hacken, Kate?«

Eigentlich lässt sich das kaum vermeiden, denn die Hennen kacken nun mal gerade da, wo sie wollen. Mein Vater muss das Freigehege fertigkriegen, unbedingt. Ich schüttele den Kopf. »So schlimm ist es nicht …«

»Ihr solltet ihren Hund sehen«, holt Alyssa aus. »Wilma ist die reinste Kackfressmaschine. Sie liebt Hühnerkacke. Und außerdem wälzt sie sich gern darin.« Alyssa strahlt, als eine neue Runde kreischendes, ungläubiges Gelächter aufwallt. Uns umringen inzwischen etwa zehn Mädchen, und alle werfen mir messerscharfe Blicke zu und sind bestimmt schrecklich froh, dass sie nicht in meiner Haut stecken. »Und ihr kleiner Bruder legt die Kacke in seine Schleuder und beschießt uns damit!«

Leider stimmt das alles. Kacke essen und in Kacke wühlen scheinen Wilmas Lieblingsbeschäftigungen zu sein. Mein Bruder hat uns aber nur einmal mit Kacke beschossen und deswegen furchtbaren Ärger bekommen.

»Na ja«, kommentiere ich schwach. »Ist wirklich eklig.« Ich lache, aber innerlich krümmt sich alles, weil es sich so anhört, als wäre meine Familie komplett durchgeknallt. Wenigstens Alyssa hätte doch den Mund halten können, aber sie will bei Lydias Gang Punkte sammeln. Und es scheint zu funktionieren. Sie kriegen sich gar nicht mehr ein über ihre Kackwitze. Als wären wir alle wieder in der ersten Klasse. Aber Kacke funktioniert wohl in jedem Alter.

Keins der Mädchen fragt mich, ob es in meinem Zombiefilm mitspielen kann.

Lydia verkündet: »Da kommt Margaret.« Sie winkt übertrieben. »Hallo, Margaret!« Sara und Emily kichern.

»Hallo.« Margaret strahlt uns an. »Hallo, Kate.« Sie zieht seltsam den Kopf ein und grinst, und ich bin heilfroh, dass ich kein so hoffnungsloser Fall von Außenseiter bin wie sie. Ich bin zwar nicht Lydia Merritt, aber ich weiß, dass man nicht ständig alle angrinsen kann, erst recht nicht mit ein paar Zähnen wie Margaret sie hat.

Seltsamerweise hat Margaret Yorkel es auf mich abgesehen. Sie möchte meine Freundin sein, seit ich in der dritten Klasse bei ihrer Geburtstagsfeier war (da waren nur ich, Margaret und ihre Schwester), und ich versuche schon immer, nicht ihre Freundin zu werden. Ich habe im Grunde nichts gegen sie, aber die harte Wahrheit lautet: Mit Margaret befreundet zu sein wäre der gesellschaftliche Todesstoß.

An manchen Tagen tut Margaret mir leid, an anderen will ich sie einfach nur schütteln. Am liebsten aber würde ich sie ummodeln. Wenn ich so hellrote Haare wie sie hätte, würde ich sie dunkler tönen. Ich würde die Sommersprossen überschminken und mich wegen Kontaktlinsen schlaumachen. Sie hat schöne blaue Augen, aber die sieht man kaum hinter den dicken Brillengläsern. Und warum können ihre Eltern ihr keine Zahnspange besorgen? An ihrer Stelle würde ich mich auf dem Klo verschanzen und erst rauskommen, wenn meine Eltern den Familienschmuck oder meinen kleinen Bruder verkauft hätten – was immer nötig wäre, um meine Zähne zu begradigen.

Ich schnappe mir meine Sachen. Meine sozialen Aktien fallen mit jeder Sekunde. Das Letzte, was ich jetzt brauche ist, dass sich Margaret an mich ranhängt. »Ich muss los!« Ich winke noch kurz und haste über den Flur davon. Alyssa kommt nicht mit, obwohl wir sonst immer zusammen zu Berufskunde gehen. Aber das macht nichts, denn ich habe sowieso keine Lust, ihre Kreischstimme anhören zu müssen.

Alyssa kommt zu spät. Sie schleicht sich nach dem Klingeln in den Klassenraum und lächelt die Lehrerin an. Mrs Chapman ist eine mürrische, grauhaarige Hardcore-Feministin, die uns immer wieder erzählt, dass Frauen früher nur die Wahl zwischen zwei Berufen hatten: Krankenschwester oder Lehrerin. Alle anderen Jobs bekamen die Männer. Aber dann haben die Frauen ihrer Generation endlich die »Gläserne Decke« durchstoßen und wir Mädchen müssen jetzt den Kampf weiterführen.

Manchmal senkt Mrs Chapman die Stimme und erzählt uns, auch in unserer Schule gäbe es so eine »Gläserne Decke«. Die an der Macht sind weiße alte Männer, sagt sie. Wir fragen uns, ob sie damit Direktor Mr Safire meint. Der ist aber dunkelhäutig und längst nicht so alt wie Mrs Chapman.

Ich erwarte, dass Mrs Chapman Alyssa ermahnt, weil sie es absolut nicht leiden kann, wenn jemand zu spät kommt, aber sie lächelt sie sogar an.

»Wie ihr wisst, beginnt gerade die Nationale Karrierewoche«, verkündet Mrs Chapman. Alle schauen sich verdutzt an. Nationale Karrierewoche?

»Viele eurer Mütter haben heute aufregende Berufe, und das ist vor allem auch dem Engagement von Frauen meiner Generation zu verdanken«, fährt Mrs Chapman fort. »Wir haben mit Blut, Schweiß und Tränen gekämpft. Und jetzt stehen eure Mütter auf unseren Schultern und halten die Fackel hoch.«

Ihre Augen kriegen so einen Glanz. Jemand kichert, sie zieht die Stirn in Falten und klopft mit dem Lineal aufs Pult. »Alyssa Jensens Mutter hat sich bereit erklärt, uns heute zu besuchen und von ihrem Beruf und den Anfängen ihrer Karriere zu erzählen.«

Die Tür geht auf und Mrs Jensen kommt rein. Sie ist angezogen wie eine Businessfrau, mit schwarzem Hosenanzug, hübscher Bluse und hohen Pumps. So wie meine Mutter früher. Ich sehe rüber zu Alyssa. Sie hat mir gar nichts davon erzählt, dass ihre Mutter kommt. Alyssa hat ganz rote Wangen. Sie sieht glücklich, aber nervös aus, weil immerhin die Chance besteht, dass ihre Mutter es vermasselt und was Peinliches sagt. Das ist bei Mrs Jensen aber ziemlich unwahrscheinlich. Für eine Mutter ist sie ziemlich hip.

Sie bedankt sich bei Mrs Chapman und lehnt sich cool ans Pult.

Mrs Jensen erzählt uns von ihrer Arbeit in der Marketingabteilung einer Kosmetikfirma und wie sie quer durchs Land reist und versucht, ihre Marke in den Kaufhäusern unterzubringen. Ich wusste schon, was sie macht, aber es ist trotzdem interessant zuzuhören. Am Ende bekommt sie fetten Applaus.

Dann holt Alyssas Mutter noch eine pinkfarbene Einkaufstüte mit Spitzenbordüre heraus und verkündet, dass sie uns Make-up-Proben mitgebracht hat. Auf dieses Stichwort ticken alle aus. Die Mädchen springen auf und umringen sie. Lydia ist die Lauteste. Die Jungs schauen etwas blöde drein. Außer Steve Bascombe, der Goth ist und schwarzen Kajal benutzt. Die anderen Jungs sehen ein bisschen glücklicher aus, als Mrs Jensen Aftershave-Proben verteilt, obwohl sich noch keiner von ihnen rasiert.

»Kann ich zweimal Lipgloss?«, fragt Lydia sofort.

»Na klar.« Alyssa hat die Tasche übernommen und verteilt die Kosmetikartikel an die Mädchen. Ihre Mutter schaut professionell lächelnd zu.

Lydia kann den zweiten Lipgloss einheimsen, bevor ich überhaupt in die Nähe der Tüte komme. Bis ich vorne bin, ist nur noch brauner Lidschatten übrig. Als alle zurück zu ihren Plätzen gehen, setzt sich Lydia neben Alyssa. »Das ist ja so cool, dass deine Mom Make-up verkauft«, höre ich sie sagen. »Meine Mutter verkauft Häuser.« Sie verdreht die Augen um zu zeigen, dass Häuser im Vergleich zu Make-up ziemlich unnütz sind.

Mrs Chapman klatscht in die Hände und ermahnt uns, niemals zu vergessen, wie viel wir bewirken können und dass wir immer weiterkämpfen müssen, weil der Konflikt noch nicht beendet ist. Alyssas Mutter schaut etwas verwirrt, lächelt aber und bedankt sich für die Einladung. Mir fällt meine Mutter ein, wie sie in ihren dicken, schmutzigen Stiefeln und dreckigen Arbeitsklamotten rumstapft und den Hühnerstall ausmistet. Sie liebt ihre Arbeit, sage ich mir als loyale Tochter, aber irgendwie finde ich es doch schade, dass sie nicht lieber Kosmetik oder Schmuck oder iPads verkauft.

9.

Nach der Schule habe ich einen Termin beim Kieferorthopäden. Meine Zähne sind längst nicht so schief wie Margarets, aber meine Eltern haben beschlossen, dass ich eine feste Klammer brauche. Mir macht das nicht so viel aus, die meisten in der Schule haben eine, und man kann die Drahtfarbe aussuchen. Ich habe mich für Lila entschieden. Der Kieferorthopäde heißt Dr. Payn. Als ich das erste Mal da war und sie die Röntgenaufnahmen gemacht haben, fing er gleich an, Scherze über seinen Namen zu machen. »Hallo, ich bin Doktor Payn. Aber keine Sorge, Fräulein, wir sind auf eine schmerzlose Behandlung spezialisiert.« Daraufhin grinste er meine Mum und mich an. Ich lachte höflich und fragte mich insgeheim, wo meine Mutter nur diesen Typen aufgetrieben hatte.

Heute aber ist er ganz bei der Sache. Er ist groß und dünn und hat eingezogene Schultern, als hätte er sich schon zu lange über Kindermünder gebeugt.

Er kurbelt mich auf diesem Stuhl superhoch, und dann fragt er mich andauernd was, während seine Gummihandschuhhände in meinem Mund rumprokeln. »Und wie läuft es in der Schule? Machst du einen Sport? Du hast doch sicher gute Noten?«

»Arrgh«, antworte ich jedes Mal, was ihm auszureichen scheint, denn er nickt und feuert eine neue Frage ab. Als es endlich vorbei ist, fühlen sich meine Lippen von dem vielen Gezerre an wie Gummi. Entsetzt blicke ich in den Spiegel. Andere sehen vielleicht gar nicht schlecht aus mit diesen Schneeketten, ich aber sehe grässlich aus. Überall aus meinem Mund grinst mir irres Metall entgegen. Alyssa hat Glück. Ihre Zähne sind gerade und sie braucht keine Zahnspange. Ich fahre mit der Zunge über die Drähte und wünschte, ich könnte sie wieder abreißen.

»Sieht prima aus«, sagt meine Mutter mit ihrer extra aufmunternden Stimme. Ich renne an ihr vorbei nach draußen, zum Auto. Wenigstens tut es nicht sehr weh. So eine feste Spange soll ja extrem schmerzen, aber wahrscheinlich ist mein Mund krass abgehärtet.

Meine Mutter hält noch am Supermarkt, und ich tue so, als würde ich schlafen, damit ich nicht mit reinmuss. Die ganze Zeit untersuche ich im Rückspiegel meinen Mund, aus jedem Blickwinkel. Jetzt kann ich den Zombie spielen. Sicher kreischen alle bei meinem Anblick.

Da kommt meine Mutter zurück und ich stelle mich wieder schlafend.

Sobald wir zu Hause sind, spricht sie mich an, als wüsste sie, dass ich wach bin. »Kannst du die Einkäufe reintragen, bitte? Ich muss noch mal in den Hühnerstall.«

»Ich hab Hausaufgaben«, wende ich mit immer noch geschlossenen Augen ein, aber sie ist schon ausgestiegen und rennt davon. Ich schnappe mir seufzend ein paar Tüten und laufe zum

Haus. Kaum bin ich drinnen, klingelt mein Handy. Alyssa. Ich weiß nicht, ob ich noch mit ihr reden will, nachdem sie blöde Witze auf meine Kosten gemacht hat. Aber tief in mir drin muss ich zugeben, dass es auch lustig war. Ich verstehe, warum Alyssa sich hat mitreißen lassen. Lydia ist beliebt. Sie ist so etwas wie ein Promi in unserem langweiligen Vorort, in dem sonst niemand Berühmtes vorbeikommt. Und man kann Lydias Art schwer widerstehen – das ist, als würde man versuchen, sich von einem Tsunami nicht mitreißen zu lassen.

Mit ist aufgefallen, dass Lydia eine eigene Anziehungskraft hat, wie die Sonne. Die Mädchen werden eingesaugt und sind dann gefangen. Sie kreisen um Lydia und trauen sich nicht mehr, aus ihrer Umlaufbahn auszubrechen und mal zu gucken, wie es außerhalb von Lydias Starkstrom-Spannungsfeld aussieht. Das Schwierige an der Sache ist aber, dass Lydia nur eine beste Freundin hat – zumindest zeitweise. Einmal im Monat wechselt sie. Sie und die Auserwählte sind ständig zusammen, kleben quasi aneinander und lachen sich minütlich kaputt – bis ein neuer Monat kommt. Dann hat Lydia die Nase voll und wählt die Nächste aus, und das ausrangierte Mädchen fragt sich, was jetzt auf einmal los ist.

Trotzdem, in der Szene vor den Schließfächern habe ich nicht besonders gut ausgesehen. Also gehe ich ran und sage nur: »Was ist?«

Am anderen Ende bleibt es erst einmal still. »Bist du sauer?«

»Warum sollte ich«, frage ich, obwohl wir beide das ganz genau wissen.

»Also …« Alyssas Stimme wird immer leiser. »Nachdem

ich das mit Wilma erzählt habe, ist mir eingefallen, dass du das vielleicht nicht so super findest. Ist mir so rausgerutscht.«

»Ja, kann sein.« Ich kann jetzt beleidigt bleiben oder ihr großzügig verzeihen. Ich entscheide mich für die zweite Lösung. »Schon okay. War ja auch ganz witzig.«

»Außerdem war ich aufgeregt, weil meine Mutter kommen sollte.«

»Ja, warum hast du mir davon nichts erzählt?«

»Ich dachte, das hätte ich«, entgegnet Alyssa schnell.

Damit meint sie, dass sie es stattdessen wohl Lydia erzählt hat. Dann kommt Alyssa mit einer langen Geschichte über Paul Corbett, der versucht hat, eine Toilette auf dem Jungsklo zu verstopfen, und deswegen beinahe von der Schule geflogen wäre. Seine Mutter hat aber mit einer Klage gedroht und da haben sie ihm nur eine Verwarnung gegeben.

»Damit hat sich Paul eindeutig für die Liste der Superbescheuerten qualifiziert«, kommentiere ich.

»Wahrscheinlich seine bisher größte Leistung«, spottet Alyssa.

»Die Hühner sind wieder in der Garage!«, ruft plötzlich Derek vom Küchenfenster.

Ich werfe einen Blick raus und sehe, wie zwei Hühner hinten ins Auto springen. In meiner Eile habe ich die Garage und die Autotüren offen gelassen. »Ich muss aufhören!«, sage ich Alyssa.

Ich renne raus. Die Hennen lieben die Garage, weil es da schön schattig ist und sie in den Regalen hocken können. Sie picken und kacken dann überall rum, deswegen haben wir die klare Anordnung, das Garagentor immer zuzumachen, bis mein Vater das Freigehege fertig hat.

Im Kofferraum schmeißen vier Hühner eine Party. Sie hacken in die Tüten wie in einen Festschmaus. Vier Äpfel sind hinüber, und ich muss nicht mehr befürchten, heute Abend Zucchini essen zu müssen. Ein paar andere haben das Toastbrot gefunden, es aus dem Auto gezerrt und die Plastiktüte aufgerissen. Jetzt schlingen sie es im Rekordtempo runter.

Als ich angerannt komme, erstarren sie und glotzen mich mit ihren Knopfaugen an. Ich zucke kurzzeitig zusammen. Es hat etwas Unheimliches, von einer Handvoll Hühner angestarrt zu werden. Dann fangen sie alle an zu gackern, als wäre etwas richtig Witziges passiert. Ich sehe auch schon was. Die elenden Vögel haben ins Auto gekackt. Nein, nicht auf den Garagenbetonboden, den man ganz leicht sauber machen kann. Sondern auf die Teppichfußmatten im halb neuen Auto meiner Mutter.

»Jetzt reicht's!«, schreie ich. »Ihr seid so gut wie tot!« Ich jage die Hühner aus der Garage und werfe ihnen den angepickten Apfel nach. Derek beobachtet alles vom Fenster und erzählt es meiner Mutter. Ich kriege Ärger, weil ich die Autotür offen gelassen habe und die Lebensmittel hinüber sind, aber auch dafür, dass ich den Apfel geworfen habe. Dass ich wegen der Zahnspange in schlechter Verfassung bin, zählt nicht. Ich muss die Kacke beseitigen und darf drei Tage nicht fernsehen. Die Hennen haben mich wieder einmal ausgetrickst.

Mein Vater meint, die Zahnspange würde toll aussehen, und Derek sagt, ich sehe aus wie Frankensteins Braut, also liegt die Wahrheit wieder irgendwo in der Mitte. Zum Ende des Abendessens tun mir die Zähne weh. Ich gehe hoch in mein Zimmer und sehe mir sie noch mal von allen Seiten an. Ich sehe aus wie ein Baby. Wenn Alyssa doch auch eine Zahnspange bräuchte. Alles wäre halb so schlimm, wenn sie auch da durchmüsste. Aber natürlich hat sie wunderschöne Zähne, passend zum wunderschönen Haar. Ich übe verschiedene Lächel-Arten, aber es sieht alles schrecklich aus. Wie deprimierend. Ich werde die nächsten zwei Jahre nicht lächeln können.

10.

Als ich am nächsten Morgen aufwache, fühlt sich mein Mund an, als wäre jeder Zahn einzeln rausgerupft und wieder eingeklebt worden. Zum Frühstück muss ich mir schleimigen Haferbrei reinzwingen, weil ich nichts anderes kauen kann. Ich bekomme mit, wie mein Vater meiner Mutter sagt, dass es heute wieder später wird. Bevor er zur Tür hinausstürmt, winkt er noch, aber er sieht gar nicht, ob ich zurückwinke. Wahrscheinlich hat er es supereilig, ins Büro zu kommen.

Wenn er ein Geheimnis hat, warum verrät er es dann einer unbekannten Person am Telefon und nicht uns? Ich würde gerne meine Mutter fragen, aber dann müsste ich ihr erzählen, was ich mitgehört habe. Es würde sich anhören, als würde ich meinen Dad ausspionieren. Vielleicht ist an der Sache ja auch gar nichts dran, also höre ich am besten auf darüber nachzudenken.

Ich flehe, zu Hause bleiben zu dürfen, aber meine Mutter gibt mir einfach eine Aspirin. Bevor ich zum Bus laufe, lächelt sie mich extralieb an. »Ich wünsch dir einen schönen Tag. Bis später dann, ja?« Ich schlucke die Aspirin und beachte sie gar nicht richtig. Dr. Payn schmerzfrei. Ein Haufen Hühnerkacke ist das alles.

Als ich an der Schule ankomme, beginnt das Aspirin zu wirken, und ich kann zumindest geradeaus gucken. Ich haste zu meinem Schließfach und hoffe, ungesehen rein- und rauszukommen.

»Kate, du hast eine Spange!«, flötet eine bekannte Stimme hinter mir. Margaret Yorkel. »Sieht super aus!«

Woher weiß sie das? Sie muss Röntgenaugen haben, denn ich habe todsicher kein einziges Mal gelächelt. Ich winke, ohne mich umzudrehen, und rufe »Danke!«. Ich will schnell verschwinden, da jodelt schon Paul Corbett: »Kate, du hast ja eine Spange!« Jetzt sehen alle von ihren Schließfächern auf und sind gespannt, was als Nächstes passiert. Und Margaret hat mich da reingezogen, weil sie mich unbedingt ansprechen musste.

»He, Margie, was sind das für braune Punkte in deinem Gesicht – ist das eine Hautkrankheit?« Paul ist sich nicht zu blöd, ständig denselben Witz zu machen.

»Das sind Sommersprossen«, antwortet Margaret.

Ich seufze in mich hinein. Margaret muss endlich lernen, keine Antwort zu geben – es sei denn, es ist ein schneller verbaler Kinnhaken. Nur das verstehen diese Jungs. Jetzt grinst auch Blake Nash. Er ist noch schlimmer als Paul.

»He, Margarine. Darf ich die Punkte verbinden? Mal gucken, was rauskommt.« Blake nimmt einen Stift und tut so, als würde er auf ihrem Gesicht rummalen.

Margaret erinnert mich an ein paar Hühner meiner Mutter, nämlich die mit den hässlichen kahlen Stellen auf dem Rücken. Meine Mutter hat mir mal erklärt, woher der Ausdruck *Hackordnung* kommt. Die Alpha-Hühner sind die Hacker, die Omega-Hühner die Gehackten. Wenn man einen Haufen Hühner zusammentut, hacken diese gluckenden, sanftmütigen Vögel aufeinander ein, bis die Federn fliegen und irgendwann geklärt ist, wer die Obertyrannin ist. Sie hören nicht auf zu hacken, bis jedes Huhn seinen Platz hat, bis nach ganz unten durch. Wenn Lydia Merritt das Alpha-Huhn unserer Klasse ist, dann ist Margaret Yorkel auf jeden Fall das Omega-Huhn.

Ich höre Blake und Paul zu und wünschte, man könnte sie zum Schweigen bringen. Aber wenn ich etwas sage, bin ich als Nächste dran. Die beiden sind wie zwei picklige Bulldoggen. Wenn sie sich einmal festgebissen haben, lassen sie nicht mehr los, und ich will nicht das nächste Opfer sein. Gerade als ich mir sage, dass ich da nichts machen kann, kommt Lydia angerauscht und nimmt Blake den Stift aus der Hand.

»Mal sehen, was für ein Bild rauskommt, wenn ich deine Pickel verbinde, Nashville!«, sagt sie ziemlich laut. Alle um uns herum lachen. Insgeheim sind wir froh, dass Blake Nash mal was zurückkriegt. Er wird knallrot.

»Haha, Merritt«, murmelt er. Danach sagt er klugerweise nichts mehr. Blake weiß, dass er auf der Stelle zerfleddert wird, wenn er es mit Lydia aufnehmen will.

Sie wirft ihm den Stift zu. Der trifft ihn am Kopf, bevor er ihn fangen kann. Alle kichern. Au. Blake Nash hat einen schlechten Tag. Ich hoffe nur, er lässt seinen Frust nicht bei erster Gelegenheit an Margaret aus.

Ich schleiche mich in den Geschichtsunterricht. Lydia hat Blake mal eben gezeigt, wo der Haken hängt. Aber sie ist ja auch die Nummer eins. Sie muss sich keine Sorgen über ihre Beliebtheit machen und hat von Blake nichts zu befürchten – anders als die meisten an unserer Schule. Blake ist vielleicht sogar heimlich verknallt in sie. Das sind die meisten Jungs.

Seltsam ist nur, dass Lydia sich manchmal auch über Margaret lustig macht – nur nie, wenn Margaret dabei ist. Wir alle tun das. Die roten Haare, die Sommersprossen, die Brille … Margaret zieht den Spott quasi an. Aber heute hat Lydia sich für Margaret eingesetzt. Welche Lydia ist denn jetzt die Echte?

Mir ist das alles zu kompliziert, und ich denke stattdessen über das Filmmaterial nach, das ich von Lydia habe. Die Aufnahmen am Auto sind super, beim Rest bin ich mir nicht so sicher. Vielleicht rettet eine richtig kreative Bearbeitung die Szene. Wenn ich Lydia das geschnittene Material zeige, findet sie es vielleicht toll und lässt mich noch ein paar Aufnahmen machen. Vielleicht vergisst sie die Hennen und redet stattdessen lieber wieder über meinen Film. Mir hat gefallen, wie alle über ihre Geschichten gelacht haben – bis sie dann die Hühnerkacke erwähnen musste.

Ich bastele den ganzen Tag im Kopf an der Handlung und habe ein ziemlich gutes Gefühl, als zum Ende des Schultags wieder Berufskunde auf dem Plan steht. Ich sitze neben Alyssa, und sie schenkt mir einen »Beerentraum«-Lipgloss, der tausendmal besser ist als der Lidschatten. Als ich mich gerade gut gelaunt auf meinen Platz setze, kommt Mrs Chapman herein – gefolgt von meiner Mutter.

Zuerst bin ich erschrocken und frage mich, ob was passiert ist. Dann winkt meine Mutter mir zu und strahlt, als sei sie eben aus dem Zauberhut gehüpft. Mein Magen dreht einen Salto, mein Herz pocht. Das macht sie nicht, denke ich. Das kann sie nicht. Ich lasse mich auf meinen Stuhl fallen, und in meinem Kopf rattert es wie wild, weil mir etwas einfallen muss, wie ich diese Katastrophe verhindern kann.

Wenigstens hat meine Mutter ihre Stiefel ausgezogen. Sie

sieht sauber und ziemlich normal aus, in Jeans und Bluse und ihren guten Turnschuhen. Sie hat sogar ihre Haare gemacht und Make-up aufgelegt. Sie wirkt nicht so professionell wie Alyssas Mutter, aber wenigstens sieht sie nicht aus wie ein Bauer.

»Ich wusste gar nicht, dass deine Mutter kommt«, flüstert Alyssa.

»Ich auch nicht«, krächze ich. Mir fällt ein, wie fröhlich sich meine Mutter heute Morgen verabschiedet hat. Sie muss das hier als Überraschung geplant haben. Es hat funktioniert: Ich bin überrascht. Schockiert wäre wohl der bessere Ausdruck.

Mrs Chapman klatscht in die Hände, weil wir leise sein sollen. »Ich möchte euch gerne Mrs Jean Walden vorstellen, Kates Mutter. Mrs Waldens Berufsleben hat vor Kurzem eine interessante Wendung genommen. Statt Managerin ist sie inzwischen Unternehmerin. Sie hatte eine Vision und hat daraufhin ihre eigene Firma gegründet. Als Teil der Karrierewoche ist sie heute hier, um uns davon zu erzählen.«

Die Klasse applaudiert höflich, ich selbst bin an meinen Stuhl genietet, mein Gesicht ist zu einem eisigen Lächeln erstarrt. Meine Zähne tun wieder weh. Meine Mutter liebt ihren Beruf, sage ich mir noch einmal. Nachdem sie ihren alten Job gekündigt hatte, war sie so aufgekratzt, dass sie uns alle draußen an der Feuerstelle zusammenrief. Dort hatte sie Röcke, verhedderte Strumpfhosen und mehrere Paare hochhackige Schuhe (keines ihrer Lieblingspaare wohlgemerkt) aufgetürmt, die sie mit Grillanzünder begoss. Sie nahm ein Streichholz und grinste uns an, als würde sie gleich die olympische Flamme anzünden.

Das erste Streichholz wurde vom Wind ausgeblasen. Das

zweite auch. Bis dahin musste der Anzünder schon verflogen sein, denn als sie den Haufen schließlich anzündete, schmolz die Strumpfhose sofort zusammen, aber die Röcke qualmten nur ein bisschen. Mein Vater kratzte sich am Kopf. Er rechnete wahrscheinlich zusammen, was diese ganzen Outfits mal gekostet hatten, aber er wollte ihr das Glücksgefühl nicht nehmen. Wir klatschten Beifall und versuchten fröhlich auszusehen.

Meine Mutter sieht auch jetzt fröhlich und begeistert aus, während sie Mrs Chapman für die Einladung dankt. Meine Mutter ist Unternehmerin – das klingt cool. Vielleicht wird es doch nicht so schlimm, rede ich mir gut zu.

Meine Mutter holt tief Luft. »Ich bin Hühnerzüchterin«, erklärt sie dramatisch.

Ich muss mir den Mund zuhalten, um nicht laut aufzustöhnen. Aus den Augenwinkeln sehe ich Emily Foster, wie sie erst Lydia und dann mir einen Blick zuwirft.

»Ich war Managerin bei Sun Market Sytems, einer Firma, die Finanzsoftware für Unternehmen anbietet. Es war ein guter Job, aber ich fühlte mich irgendwie wie in einer Tretmühle. Eine meiner Leidenschaften sind hochwertige Lebensmittel aus biologischem Anbau. Und ich habe immer davon geträumt, mit Tieren zu arbeiten. Also beschloss ich, meine Anstellung zu kündigen und stattdessen Biohühner zu züchten. Das Hühnerfleisch und die Eier verkaufe ich an Biomärkte und an verschiedene Gourmetrestaurants in der Stadt.«

Meine Mutter lächelt und lehnt sich an das Pult. »Mein Berufswechsel hat für große Veränderungen gesorgt, wie

Kate euch sicher erzählt hat.« Die gesamte Klasse dreht sich zu mir um. Wenn sich nur jemand einen Scherz erlauben und den Feueralarm auslösen würde. Aber den Gefallen tut mir niemand und meine Mutter redet weiter.

»Ich musste viel über Hühnerzucht lernen, von der Unterbringung über die Nahrung bis zur Verarbeitung.«

Nathan Fremont meldet sich. »Ich dachte, man darf in der Stadt keine Nutztiere halten.«

Meine Mutter nickt. »Das stimmt. Zum Glück wohnen wir auf einem kleinen Hof außerhalb.«

Dann hebt Emily die Hand. »Müssen Hühner nicht viel kacken?«, fragt sie mit ihrem süßen Stimmchen. Ein Kichern geht durch den Raum. Mrs Chapman funkelt uns böse an.

»Eine sehr gute Frage«, erwidert meine Mutter freundlich. »Tierische Abfallprodukte sind in jeder Landwirtschaft ein Problem. Hühnerkot ist ein hervorragender Gartendünger. Und da unsere Hühner ökologisch einwandfrei gehalten werden, ist auch ihr Dung biodynamisch. Oft kommen Leute und fragen, ob sie bei mir Hühnerdung kaufen können.«

Meine Mutter lächelt glücklich, während ein Kichern durch die Klasse geht. Einen verrückten Moment lang vermute ich, dass sie das alles absichtlich macht. Vielleicht hat sie mein Zombiehühner-Filmskript mehr gekränkt, als ich dachte. Aber nein, sie hat offensichtlich keine Ahnung, welche Todeswelle gleich über mein Leben hereinbrechen wird.

»Hühnerdung ist reich an Stickstoff, der sich wiederum ganz hervorragend für Gärten eignet. Ich habe letztes Jahr bei uns mit Hühnerdung gedüngt und wir haben jetzt eine Rekord-Tomatenernte.«

»Kacktomaten«, murmelt Blake Nash, worauf nochmals Gelächter aufwallt.

Jetzt meldet sich Lydia, und ich wünsche mir eine Jahrhundertflut oder einen irren Tornado herbei, aber nichts dergleichen passiert. Ich bin an meinen Stuhl gefesselt, und mein Gesicht fühlt sich so heiß an, als könnte man was drauf braten. Ich weiß nicht, was mehr wehtut, mein Mund oder mein Kopf.

»Ich habe gesehen, wie eins Ihrer Hühner gekackt hat.« So freiheraus wie Lydia sich ausdrückt, müssen alle lachen. »Sagen wir so: Es hat stark gerochen.« Sie wedelt mit der Hand vor ihrer Nase herum und verdreht die Augen.

Meine Mutter lacht gemeinsam mit der Klasse. Alyssa lacht am lautesten, bemerke ich.

»Ja, es ist nun mal Kacke«, meint meine Mutter freundlich. »Sie stinkt, aber man gewöhnt sich daran. Kate und ihr Bruder helfen mir, draußen sauber zu machen.«

Die Blicke, die ich ernte, reichen von erschrockenem Mitleid bis zu großer Schadenfreude – je nachdem, wer guckt. Noch tiefer kann ich nicht sinken, wenn ich nicht unterm Tisch verschwinden will. Ich kritzele also in meinem Heft und tue so, als würde meine Mutter griechisch sprechen. Das hier ist eine Szene aus einem schlechten Horrorfilm, sage ich mir. Gleich kommt der Abspann und alles ist vorbei.

Nach der Schule, als meine Mutter und ich im Auto sitzen, lächelt sie zu mir herüber. »Das lief doch gut. Deine Mitschüler wirkten sehr interessiert.«

Ich hatte mir geschworen, mich zu beherrschen. Ich wollte meiner Mutter ganz freundlich und erwachsen erklären, dass sie mein Leben zerstört. Aber das ist jetzt eindeutig zu viel.

Mein Puls beginnt zu rasen, als hätte ich eben drei Monster Energy auf einmal getrunken.

»Warum hast du mir nichts gesagt?«, kreische ich. »Ich fass es nicht! Du kommst in meine Klasse und erzählst mir vorher nichts davon!«

Meine Mutter starrt mich alarmiert an. An dieser Stelle hat sie einen anderen Mutter-Tochter-Moment erwartet. »Ich wollte dich überraschen. Ich dachte, dir gefällt es, wenn ich von meiner Arbeit erzähle.«

»Von deinen Hühnern, ja?«, kreische ich. »Du glaubst wirklich, ich möchte, dass du in meine Klasse kommst und von deinen Hühnern und ihrer Kacke berichtest?« Ich sehe ihren verletzten Blick, und ich weiß, dass ich lieber den Mund halten sollte, aber ich bin so dermaßen wütend, dass es mit Überschallgeschwindigkeit aus mir rausplatzt.

Das Gesicht meiner Mutter nimmt diesen verständnisvoll-vernünftigen Ausdruck an, nach dem Motto: »Ich bin erwachsen, du bist ein vorpubertäres Hormon-Opfer, das einen Anfall hat«. Das macht mich nur noch wilder.

»Hast du nicht mitbekommen, wie alle gelacht haben? Sie haben über uns gelacht! Die halten uns für komplett bescheuert!« Meine Stimme überschlägt sich.

»Das tun sie nicht«, antwortet meine Mutter. »Ich habe ihnen lediglich von meiner Geschäftsidee berichtet. Tut mir leid, wenn du dich meinetwegen schämen musstest.«

Ich weiß, dass meine Mutter den Besuch als nette Überraschung geplant hat, und ich weiß auch, dass ich sie verletzt habe, aber ich wünschte, sie würde nur einmal verstehen, wie es *mir* geht. Sie ist so verliebt in ihre Hühner, dass sie kaum noch was anderes sieht, auch mich nicht. Ja, mich erst recht nicht. Den Rest der Fahrt schweigen wir.

Sobald ich zu Hause durch die Tür komme, klingelt mein Telefon. »Oh je«, meldet sich Alyssa. »Das war ja mal interessant mit deiner Mom. Wusstest du nicht, dass sie kommt?«

»Spinnst du?« Ich bin auf einmal so dankbar, dass Alyssa sofort anruft, um ihr Mitgefühl zu bekunden. Ich merke, wie mir die Tränen kommen, und ich bin kurz davor, ihr mein Herz auszuschütten, als ich im Hintergrund ein leises Kichern höre. »Hast du mich auf Lautsprecher?«, frage ich misstrauisch.

»Nein«, antwortet Alyssa, aber da ist so ein falscher Ton in ihrer Stimme.

»Ich muss auflegen, bis dann.« Mir ist schwindlig. Hat es einen plötzlichen Bruch im Zeit-Raum-Kontinuum gegeben? Lebe ich auf einmal in einem Paralleluniversum, in dem meine beste Freundin so tut, als wäre sie nett, mich aber hinter meinem Rücken auslacht?

Die Paranoia kriecht in meine Knochen und vernebelt mir das Hirn. Ich muss den Gedanken loswerden. Vielleicht habe ich mir das Kichern eingebildet. Auf einmal habe ich ein schlechtes Gewissen, dass ich Alyssa ein so unterirdisches Verhalten zutraue. »Reiß dich zusammen«, sage ich mir. Ich hole mir einen Ball und gehe mit Wilma nach draußen. Sie ist sofort voll dabei, sie kläfft und springt und rennt im Kreis – nur wegen einem dreckigen zerfetzten Tennisball. Wenn mein Leben doch auch so einfach sein könnte.

Ich werfe den Ball und sie flitzt durch den Garten. Ihre kleinen Beine strampeln so heftig, dass ihr Umriss verschwimmt. Was Wilma an Größe fehlt, macht sie durch Entschlossenheit wett. Einmal kam sie angetrottet und legte mir stolz eine tote Maus vor die Füße. Erst dachte ich, es wäre ein Stück Rinde, aber als ich dann genauer hinsah, bemerkte ich den gekringelten Schwanz und die winzigen Augen. Sie sah so klein und grau und … tot aus. Bestimmt dachte Wilma, ich würde vor Freude aufschreien, denn sie setzte sich, legte den Kopf schief und *grinste* mich an.

»Sie ist ein Terrier«, erklärte mein Vater. »Terrier fangen nun mal Mäuse.« Er gab ihr einen Hundekeks. Ich aber sah Stuart Little vor mir, wie er in seinem kleinen roten Auto der wilden Wilma zu entkommen versucht. Manchmal schlägt das Leben fies zu. Da dreht man seelenruhig eine Runde in seinem Sportwagen und dann schlagen die Klauen des Schicksals zu und zerkleinern dich zum Frühstück. Und natürlich merkt man erst, wenn es zu spät ist, dass man als Nächstes auf dem Speiseplan steht.

11.

Der nächste Morgen beginnt ganz freundlich, etwa so wie in *Titanic*, als das Orchester spielt, kurz bevor sie den Eisberg rammen. (Es hat ewig gedauert, bis ich meine Eltern dazu überredet hatte, dass ich den Film gucken darf. Mein Vater hat ihn schließlich mit mir zusammen gesehen und bei den heißen Liebesszenen weitergespult.)

Zuerst probiere ich eine neue Frisur aus, die mir Alyssa letzte Woche gezeigt hat. Sie liegt mir immer in den Ohren, dass ich mal was Neues mit meinen Haaren machen soll, also wird ihr das gefallen. Dann backt meine Mutter auch noch Pfannkuchen und erzählt wie nebenbei, dass sie die Hühner schon für mich gefüttert hat. Ich weiß, dass sie ein schlechtes Gewissen hat, weil wir uns gestritten haben. Mir geht es ähnlich, und ich esse einen Pfannkuchen extra, um ihr meine Dankbarkeit zu zeigen. Zu guter Letzt verkündet meine Mum auch noch, dass ich bestimmen darf, welchen Radiosender wir auf dem Weg zur Schule hören, obwohl Derek sich sicher ist, dass eigentlich er an der Reihe ist.

Ich lege einen kurzen Stopp an meinem Schließfach ein und eile über den Flur, als ich hinter mir einen Schrei höre. Ich drehe mich um und sehe Alyssa mit Lydia, Emily und Sara im Schlepptau. Und Lydia zeigt auf etwas auf dem

Boden. »Was ist das?« Sie sagt es so laut, dass viele sich umdrehen und glotzen. »Das ist dir vom Schuh gefallen!«

Ab da geht es abwärts. Es fühlt sich an, als würden die Pfannkuchen in meinem Magen zu Bleiklumpen. Ich drehe mich um und sehe Schmutzkrümel auf dem Fußboden, genau hinter mir.

»Das ist nur irgendein Dreck«, erkläre ich und versuche ihn wegzukicken. Aber Lydia und ihre Fangemeinde sind schon da und das Zeug springt Lydia vor die Füße.

Sie kreischt, als wäre es eine tote Maus und ruft: »Das ist trockene Hühnerkacke! Die ist dir vom Schuh gefallen!«

Die Bleiklumpen poltern in meinem Magen. Sie hat recht. Meine Gedanken rasen zurück zum Tag davor, als ich mit Wilma im Garten Ball gespielt habe. Die Hühner müssen die Kacke genau dort platziert haben, wo ich garantiert hintreten würde. Sie wussten, dass das Zeugs im Profil meiner Turnschuhe über Nacht trocknen würde. Und ihr teuflischer Plan ist aufgegangen. Mich würde nicht wundern, wenn die Hühner irgendwo einen Auslöser haben, mit dem sie die Kacke genau im richtigen Moment herunterfallen lassen. Warum sollte das Zeugs sonst genau vor Lydias Augen landen?

Jetzt lachen alle über das Kackstück und schießen es sich gegenseitig zu. Es zerbröckelt dabei, was natürlich für noch mehr Gekreische sorgt. Irgendwann hebt Blake Nash einen Krümel auf und wirft ihn in Lydias Richtung. »Hier, ein bisschen Kate-Kacke!«, ruft er. Lydia wehrt das Geschoss mit ihren Büchern ab. Sie lacht so laut, dass sie schon nicht mehr kreischen kann.

Blake riecht an seinen Händen und macht dazu Kotzgeräusche. »Das stinkt!«, jodelt er. »Die Kackkrümel stinken! Kack-Kate!«

Alle finden das wahnsinnig lustig. »Hier, Kackkrümel von Kack-Kate, bitte sehr!«, rufen sie und schießen sich den Dreck zu. Man fragt sich, ob diese Idioten tatsächlich nächstes Jahr in die achte Klasse kommen.

Und wo sind die Lehrer? Machen sie mit und stehen lachend hinter den Türen? Macht die ganze Stadt mit? Ist heute Großer Kate-Walden-Verarsche-Tag und ich weiß nichts davon? Meine Paranoia ist auf dem Höhepunkt, aber wer kann mir das übel nehmen? Die Klauen des Schicksals wollen mich frühstücken. Sie haben mich aus meinem kleinen roten Flitzer gerissen und zermalmen mir die Knochen. Irgendwann steckt endlich Mr Greuschen den Kopf aus seinem Klassenraum und brüllt, wir sollen leise sein und in unsere Klasse gehen.

Diese ganze üble Szene hindurch hat Alyssa gelacht und versucht, dabei mitfühlend zu wirken – damit ist sie jämmerlich gescheitert. Sie schüttelt den Kopf, als wollte sie sagen »He, ist doch nur ein Scherz«, aber in meinem Hals steckt ein riesengroßer Kloß fest. Ich sehe sie an, als würde ich sie nicht kennen. Und das tue ich wohl auch nicht, denn Lydia packt sie am Arm und zieht sie weg, und Alyssa versucht nicht mal, bei mir zu bleiben. Sie sieht sich um und rollt mit den Augen, nach dem Motto: »Was soll ich machen?« Und Lydia raunt ihr auch noch zu: »Lange nicht so gelacht!«, und dann, nach einer Pause: »Seit gestern nicht!«

Und jetzt weiß ich, was mir wohl tief drinnen schon die ganze Zeit klar war, nämlich dass das Kichern am Telefon gestern wirklich da war und dass es Lydias Lache war. Trotzdem kann ich es nicht glauben. Alyssa, meine beste Freundin seit sechs Jahren, meine Klingelstreich-Kumpanin, meine Limonadenstand-Geschäftspartnerin, der Star all meiner Filme.

Alyssa, die SpongeBob liebt und der immer die zweite Hälfte der Kekspackung gehört, die gruselige Filme toll findet und mir alles über ihren seltsamen Onkel erzählt hat, obwohl sie es eigentlich nicht darf – meine Alyssa, die mit mir den Wasserturm bezwungen hat, lässt mich wegen dieser Lydia sitzen.

Wie war das noch mit dem Schneeballeffekt? Da gibt es doch diese alberne Comicfigur, die in den Schnee fällt und den Hang runterkullert. Sie wird zu einem Riesenschneeball und knallt irgendwann gegen einen Felsen und explodiert. So ähnlich verläuft mein Tag. Überall höre ich nur »Kack-Kate!«. Selbst die Fünftklässler (!) rufen es mir nach. Am meisten fürchte ich mich vor dem Mittagessen, also verstecke ich mich nach dem Klingeln auf dem Klo und bleibe dort, bis es ruhiger wird. Ich überlege, ob ich die ganze Zeit da hocke, aber mein Magen knurrt so heftig, dass es wehtut. Irgendwann halte ich es nicht mehr aus. Ich laufe in die Cafeteria und hole mir ein Tablett mit Essen.

Obwohl ich wütend auf Alyssa bin, suche ich sie, weil wir immer zusammen sitzen und Alleinsitzen gar nicht infrage kommt. Ein winziger Teil von mir hofft, dass es vielleicht, ganz vielleicht, einen guten Grund dafür gibt, dass sie weggelaufen ist. Vielleicht entschuldigt sie sich und erklärt alles, wie sonst auch.

Alyssa sitzt neben Lydia und deren Freundinnen. Auch Mimi und Lizzy sind dabei und quatschen fröhlich miteinander. Es ist kein Platz mehr frei. Niemand hat mir einen Platz frei gehalten. Ich bin so entsetzt, dass mir tatsächlich die Kinnlade runterfällt. Das ist noch nie passiert. Meistens fragt nicht mal eins der Mädchen, ob sie neben Alyssa sitzen kann, weil der Platz für mich reserviert ist. Umgekehrt ist es genauso. Heute aber gluckt sie mit Lydia zusammen und lacht. Ich bin mir ziemlich sicher, dass sie mich aus dem Augenwinkel gesehen hat, mich aber lieber ignoriert.

Es fühlt sich an, als würden alle in der Cafeteria mich anstarren. Alle außer Alyssa. Selbst Mimi und Lizzy werfen mir Blicke zu. Die Stühle neben ihnen sind besetzt, aber sie unternehmen keinen Versuch, mir Platz zu machen oder zu mir rüberzukommen.

Kurzzeitig befürchte ich, dass im nächsten Moment Tränen auf meine Kroketten tropfen. Das wäre dann der Höhepunkt der Erniedrigung und außerdem wären die Kroketten danach ungenießbar. Mein Magen rumort, und mein Gesicht fühlt sich an, als würde Dampf von ihm aufsteigen.

Da hebt sich ganz in der Nähe eine Hand. Jemand winkt mir zu, will auf sich aufmerksam machen. Ich schaue nach, wer das sein könnte, und mein Magen knautscht sich nur noch mehr zusammen. Margaret Yorkel. Neben ihr ist noch ein Platz frei. Mehrere Plätze sogar. An ihrem Tisch sitzt nur noch Doris Drayburn, die in der Hackordnung eine Stufe über Margaret steht – hauptsächlich weil sie keine roten Haare, keine Sommersprossen und keine schiefen Zähne hat.

Doris hat das entgegengesetzte Problem. Ihre Haare haben praktisch gar keine Farbe und passen damit hervorragend zu ihren Augen. Sie trägt eine dicke schwarze Brille und immer nur braune Klamotten, denn braun ist ihre Lieblingsfarbe. Doris ist so was wie ein Genie. Ich habe gehört, dass sie ab nächstem Jahr Mathe und Physik auf Uniniveau lernt. Sie hatte noch nie eine Zwei auf dem Zeugnis, höchstens in Sport, da mangelt es ihr an Koordination.

Doris sieht mich an und mampft dabei ihre Krokette. Sie verzieht das Gesicht, als wäre es eine saure Gurke. Aber sie verzieht eigentlich immer das Gesicht, das muss also nicht mir gelten. Wenn ich mich zu Margaret und Doris setze, wird meine ohnehin wacklige Beliebtheit vollends im Klo versenkt. Es wäre so, als würde ich zugeben: »Ja, ab sofort gehöre ich hierher, zu den Nerds und Außenseitern«. Aber das wäre so was von ungerecht, denn ich gehöre ganz und gar nicht dahin. Ich habe immer Freunde gehabt. Aber die sitzen jetzt alle bei Lydia und ignorieren mich.

Ich habe nur einen Sekundenbruchteil, um mich zu entscheiden – soll ich so tun, als würde ich Margaret nicht sehen und zum Krankenzimmer gehen? Aber dann müsste ich irgendwo mein Tablett abstellen, und alle würden sehen, wie ich allein aus der Mensa gehe. Wie demütigend. Ich sehe mich noch einmal an den voll besetzten Tischen um, aber inzwischen hat mich die Panik gepackt, und ich kann mich nicht konzentrieren. Wo ist Kendall Carlton, die in Mathe hinter mir sitzt? Wir haben eigentlich immer Spaß zusammen. Ich könnte mich zu ihr setzen. Oder was ist mit Grace Devlin aus dem Spanischkurs? Ein Meer aus verschwommenen Gesichtern starrt mich an und niemand hebt die Hand und winkt mich ran.

Dann fällt mir ein, wie Lydia sich gestern für Margaret eingesetzt hat. Niemand erwartet, dass die beiden deswegen dicke Freundinnen werden. Wenn ich jetzt also mit Margaret und Doris zu Mittag esse, heißt das, ich wechsele einfach mal die Tischnachbarn. Morgen ist sicher wieder alles normal. Bis dahin bin ich nett zu Margaret, die sowieso um meine Aufmerksamkeit kämpft. So zeige ich den anderen, dass ich nicht so eine Zicke bin wie sie. Wenn ich mich zu Margaret setze, ist das ein mutiger rebellischer Akt gegen die bestehende Ordnung.

Ich lächele Margaret zu und nehme erhobenen Hauptes neben ihr Platz. Dann stopfe ich mir eine Krokette in den Mund und tue so, als wäre alles ganz normal. Sie schmeckt wie gesalzenes Plastik. Margaret beugt sich zu mir rüber.

»Hast du dich mit Alyssa gestritten?« Aus ihren Worten trieft das Mitleid, und ich spüre, wie sich eine zweite Runde Tränen bereit macht. Ich mach die Augen zu, schlucke die Krokette und würge. Margaret klopft mir auf den Rücken, bis ich das Ding runtergekriegt habe. Sie sieht kurz zu Alyssa und überlegt, was sie Nettes zu mir sagen kann. »Bei Alyssa sitzen jede Menge Leute, aber das kommt nur, weil du spät dran warst. Bestimmt hätte sie lieber, dass du bei ihr sitzt. Morgen ist es sicher wieder anders …« Sie verstummt und beißt von ihrem Sandwich ab.

Obwohl ich genau das vorhin auch noch gedacht habe, ziehe ich die Schultern hoch und steche meine Gabel in die zweite Krokette. Eigentlich will ich antworten: »Ja klar, morgen sitze ich wieder drüben. Kein Problem.« Aber die Worte bleiben mir im Hals stecken. Meine Augen brennen, mein Herz pocht, und ich habe so ein bitteres Gefühl im Magen. Ich öffne den Mund, um Margaret recht zu geben. Stattdessen macht meine Wut sich Luft.

»Ich sitze viel lieber bei euch«, lüge ich. »Ich würde mich selbst dann nicht neben Alyssa setzen, wenn sie die Einzige hier im Raum wäre. Ich meine, seht euch das doch mal an.« Ich steche mit meiner Gabel in ihre Richtung. »Schleimt sich da bei Lydia ein und versucht sich auch mal als Oberzicke. Ich hasse so was.«

Doris sieht zu mir herüber. Sie wundert sich wahrscheinlich über meinen brutalen Ton.

»Ich sitze weder morgen noch übermorgen noch an

irgendeinem anderen Tag neben ihr«, verkünde ich laut. »Alyssa hat bei mir abgelost.«

Ein paar Mädchen vom nächsten Tisch sehen herüber, und ich weiß, dass Alyssa heute noch erfahren wird, was ich gesagt habe. Umso besser, denke ich. Sie hat es nicht anders verdient. Margaret sieht mich besorgt an und ich versuche die Kraft für ein Lächeln aufzubringen.

Doris sieht mich durch ihre Colaflaschenboden-Brille an. »Abgelost ist glaube ich kein Wort.«

Haben die Girls hier am Tisch noch nie was von Kontaktlinsen gehört?

»Wahrscheinlich wird es als Slang eingestuft«, fährt Doris fort. »Manchmal finden auch umgangssprachliche Ausdrücke ins Wörterbuch, dann wäre es ein offizielles Wort. Ich bin mir nicht sicher. Wäre sicher spannend, das mal nachzuschlagen.«

Spannend? Nur unter größter Anstrengung unterdrücke ich ein Augenrollen.

»Ja, stimmt«, pflichtet Margaret bei, aber sie klingt nicht überzeugt. Vielleicht besteht für sie noch Hoffnung.

Zum Ende des Schultags wird aus hilfloser Verzweiflung blinde Wut. Was glaubt Alyssa eigentlich, wer sie ist? Wirft mich einfach wie eine schale Cola weg und holt sich das aktuelle fruchtige Kunstaroma? In den vergangenen zwei Jahren haben wir beide immer wieder festgestellt, wie froh wir doch sind, nicht zu Lydias Schmeißfliegen zu gehören. Und jetzt wechselt Alyssa einfach so das Lager. Und bahnt sich den Weg zu Lydia auch noch über meine Leiche. Ein unfassbarer Verrat. Ich habe eine feste Zahnspange bekommen, meine beste Freundin verloren und werde ab sofort gedisst, und das alles innerhalb einer Woche.

Als Alyssa nach dem Unterricht zu meinem Schließfach gelaufen kommt, tut sie auch noch so, als wäre *sie* sauer. Sie lehnt sich an eine Schließfachtür und sieht mich wütend an.

»Jennifer Adams hat gesagt, ich hätte bei dir abgelost.«

»Ach ja?«

Alyssa hat wohl beschlossen, dass Angriff die beste Verteidigung ist. Sie wirft ihr langes Haar zurück. »Wie kommst du auf so einen Blödsinn?«

Normalerweise würde ich mich nicht auf dem Flur weiterstreiten, wo alle mithören können, aber mir ist inzwischen alles egal.

»Tu doch nicht so unschuldig«, schnauze ich. »Du machst dich über meine Familie lustig, du spottest hinter meinem Rücken über mich, und du hältst mir beim Mittagessen nicht mal mehr einen Platz frei. Als Freundin bist du die allergrößte Loserin.«

»Ich habe von eurem Hund geredet, nicht von eurer Familie, und es war nur Spaß. Kannst du keinen Spaß mehr vertragen? Und heute Mittag bist du nicht aufgetaucht. Wie soll ich denn riechen, dass du eine Viertelstunde später kommst? Du warst nicht da, und da haben sich eben Lydia und Emily und Sara dazugesetzt. Du benimmst dich wie ein Baby.«

Der ganze Flur ist verstummt. Alle, auch die Jungs, sehen Kate Walden und Alyssa Jensen beim Streiten zu – und hoffen bestimmt, dass wir uns gleich über den Fußboden rollen und uns die Haare ausreißen. Ich sehe die Szene schon vor mir, wie im Film. Nahaufnahme der wutentbrannten Gesichter. Schnitt. Alyssa donnert ihr Schließfach zu. Vielleicht eine Kamerafahrt den Flur entlang…

Ich konzentriere mich nur mühsam wieder auf die Wirklichkeit. Das hier ist kein Film. Ich streite mich mit meiner besten Freundin. »Du bist ein jämmerlicher B-Promi. Schmeißt dich an Lydia ran …«

»Ist ja wohl nicht verboten, noch andere Freunde zu haben«, unterbricht mich Alyssa.

»Hör doch auf, so zu tun, als wüsstet du nicht, was ich meine!«, schreie ich sie an.

Irgendetwas flackert da in ihrem Blick auf – Wut oder ein schlechtes Gewissen? Sie beißt sich auf die Unterlippe. Ich sollte jetzt aufhören und sie den nächsten Schritt machen lassen. Aber wieder einmal kann ich nicht den Mund halten. Vielleicht bin ich ja auch ein bisschen eifersüchtig. Klar möchte Lydia mit Alyssa befreundet sein. Sie hat glänzende blonde Haare, sie ist hübsch und sieht aus, als wäre sie schon in der Highschool. Klar möchte Lydia nicht mit mir befreundet sein.

»Oder du kapierst es wirklich nicht«, zicke ich weiter. »Da kommt eben die blonde Analpha-Lyssa Jensen durch.« Ich tue so, als würde ich mir lange Haare aus dem Gesicht werfen und sage mit Alyssa-Stimme: »Hä? Hausarbeiten? Ich habe lange blonde Haare, ich muss nichts wissen. Alle lieben dumme Blondchen, oder?«

Alyssas Gesicht wird rot. Sie schüttelt den Kopf, aber ihr fällt keine Entgegnung ein. Tja, jetzt wäre ein Drehbuch nicht schlecht. Irgendwann zischt sie nur: »Du bist das Letzte«, und stapft davon.

Ich nehme meine Bücher und renne raus, ohne auf die Blicke der anderen zu achten. Ich komme mir vor wie ein Zombie, dem man eben eine Schere durchs Herz gestoßen hat.

12.

Sobald ich an diesem Nachmittag nach Hause komme, gehe ich in mein Zimmer und werfe mich aufs Bett. Ich starre die Decke an. Tränen kullern aus meinen Augen aufs Kissen. Wenn ich zusammenbekommen will, was eigentlich passiert ist, lande ich immer wieder bei meiner Mutter und ihren Hühnern. Wenn wir wie normale Leute in einem normalen Haus in der Stadt wohnen würden, dann hätte Lydia kein Huhn kacken sehen, dann würde sich Wilma nicht in dem Zeug wälzen, und Derek könnte nicht damit rumschießen, und es würde mir nicht in der Schule aus dem Schuh fallen. Wenn wir nicht auf diesen verlotterten Hof mitten in der Pampa gezogen wären, würde ich noch mit Alyssa und den anderen im Viertel rumziehen. Ich hätte Freunde. Ich hätte ein Leben.

Aber klar, ich hätte auch keinen Film namens *Die Nacht der Zombiehühner*. Diesen Gedanken schiebe ich beiseite. Der Film könnte genauso gut *Die Nacht der Zombiehunde* oder *Die Nacht der Zombiehamster* heißen. Mit jedem Tier lässt sich besser arbeiten als mit unseren knopfäugigen, bösartigen Poltergeist-Hühnern.

Was ist das für eine Mutter, die ihre Kinder aus ihrer gewohnten Umgebung herauszerrt? Und warum hat mein

Vater da eingewilligt? Er hätte sich durchsetzen können und verlangen können, dass man zuerst an die Kinder denkt. Aber nein, an mich hat niemand gedacht. Ich kann Alyssa kaum vorwerfen, dass sie lieber eine Freundin hat, die in der Nähe wohnt.

Wenn ich an Alyssa denke, wird der Kloß im Hals noch größer. Mag sie Lydia wirklich lieber als mich? Das ist eine so blöde Frage, dass ich verächtlich schnauben muss. Lydia ist beliebt und hübsch. Sie ist lustig und macht verrückte Sachen. Wenn man Lydias Freundin ist, passiert ständig etwas, und es wird nie langweilig. Wie soll ich dagegen ankommen? Wahrscheinlich treffen sich die beiden schon länger und Alyssa hat es mir nur nie erzählt. Vielleicht macht Lydia sich hinter meinem Rücken über meinen Film lustig.

Ja, vielleicht machen sich alle über mich lustig, über die arme Hühnerkacke-Kate, die so gerne Regisseurin wäre. Wie bescheuert ist das denn? Wie bin ich überhaupt darauf gekommen, Filme zu machen?

Ich wünschte, ich hätte eine Kristallkugel, in der ich sehen könnte, was die anderen wirklich denken. Lydia schien anfangs begeistert, bei meinem Film mitzumachen, aber dann hat sie den Drehtag wie einen großen Witz behandelt. Alyssa hat behauptet, es tue ihr leid, wie sich die beiden benommen haben, aber dann hat sie immer weitergemacht. Und ich wollte mich mit Alyssa aussprechen und hab ihr stattdessen fiese Dinge gesagt.

Alles erscheint auf einmal trübe, so als hätte jemand die klaren Konturen meines Weltbilds verwischt. Noch nie war mein Leben so verdreht und verwirrend. Mir graut bei dem Gedanken, dass das hier erst der Anfang sein könnte. Geht es also darum beim Erwachsenwerden, dass alles so kompliziert wird, bis man nicht mehr weiß, wer man ist? Vielleicht lügen die Fernsehshows und Zeitschriften, und es ist gar nicht so cool, erwachsen zu sein.

Als meine Mutter irgendwann zum Essen ruft, dröhnt mein Kopf, und auch die Zähne tun weh. Ich sage ihr, dass ich keinen Hunger habe und mich nicht gut fühle, aber ich soll mich trotzdem mit an den Tisch setzen. Wenn eins ihrer Hühner krank wird, bemuttert sie es wie ein Baby, na klar. Ich schleppe mich zu meinem Stuhl und starre auf meinen Teller. Grillhähnchen. Ich schieb den Teller weg. Das Letzte, was ich jetzt essen mag, ist totes Huhn.

»Was ist los?«, fragt mein Dad. »Keinen Hunger?«

Ich schüttele den Kopf.

»Wenn sie nichts isst, kriegt sie auch keinen Nachtisch«, kräht Derek. »Das stimmt doch, oder Mom? Dann kann ich ihre Cookies haben.«

»Du benimmst dich wie ein Baby«, murmele ich. Der Gedanke, dass Derek meine Schokokekse bekommt, wirft ein anderes Licht auf das Hühnchen. Ich steche mit der Gabel hinein. Das fühlt sich so gut an, dass ich es gleich noch einmal erdolche.

»War wohl kein guter Tag heute?«, fragt meine Mom.

Ich nicke. Und Stich.

»Man darf nicht mit dem Essen spielen«, sagt Derek. »Stimmt's, Mom?«

»Das reicht, Derek«, warnt mein Vater.

»Sie spielt mit dem Essen. Dann gibt es keinen Nachtisch«, mosert Derek.

»Ja, ich hatte einen schlechten Tag«, sage ich laut. »Und nein, du kannst meinen Nachtisch nicht haben. Ich gebe ihn lieber Wilma, bevor du auch nur einen Krümel abbekommst.«

Wilma hat ihren Namen gehört, kommt angetrottet und legt mir ihre Schnauze in den Schoß. Ich gebe ihr heimlich ein Stück Huhn.

»Schokolade ist schlecht für Hunde«, gibt Derek zurück.

»Wilma hat einen superrobusten Magen. Die kann alles essen.«

»Mom! Sie will Wilma krank machen.«

All das wegen ein paar Schoko-Cookies. Meine Eltern sehen sich an und wünschen sich sicher, sie hätten lieber Wüstenspringmäuse statt Kinder großgezogen. Können nervige Kinder Eltern zur Scheidung treiben?

»Halt den Mund, Derek!«, schnauze ich.

»Kate, das reicht. Derek, noch ein Wort und Wilma kriegt auch noch deinen Nachtisch.« Meine Mutter sieht erschöpft aus. Mein Vater reibt sich die Augen. Er wirkt müde, als er sich mir zuwendet:

»Kate, erzähl mal, was passiert ist.«

Ich schüttele den Kopf. Das Letzte, wozu ich Lust habe, ist, beim Essen von mir zu reden. »Nichts«, murmele ich.

»Irgendetwas muss passiert sein«, beharrt mein Vater. »Du siehst schlimm aus.«

»Danke vielmals.«

»Sie sieht immer schlimm aus«, setzt Derek einen drauf.

Mein Vater zeigt mit der Gabel auf ihn. »Das war Keks Nummer eins, Kumpel. Willst du auch Nummer zwei aufs Spiel setzen?«

Derek macht ein beleidigtes Gesicht und schüttelt den Kopf.

»Ich will nicht darüber reden«, sage ich. »Vergiss es.«

Meine Eltern tauschen wieder einen Blick. Und meine

Mutter formt mit den Lippen ihre Standarderklärung: »Hormone«.

»Kannst du das bitte lassen?«, sage ich laut. »Ich bin immer noch hier.«

Meine Mutter seufzt. Wir stochern in unserem Essen. Ich denke an Lydia und ihre Eltern. Vielleicht hat ihre Familie auch so am Tisch gesessen wie wir. Lydia und ihre Schwester dachten wahrscheinlich, es wäre alles in Ordnung, und dabei hatte ihr Vater die ganze Zeit eine Freundin.

Ich beobachte meinen Vater. Auf einmal fühlt es sich an, als würde ich ihn überhaupt nicht kennen. Die meiste Zeit verbringt er bei der Arbeit, mit Fremden. Als hätte er noch ein Leben neben uns. Er hat Geheimnisse, die wir nicht kennen. Und Schwierigkeiten. Könnte es sein, dass er uns eines Tages verlässt, so wie Lydias Vater? Wie kann ihm irgendjemand so wichtig sein, dass er seine Familie im Stich lässt?

Mein Vater blickt stirnrunzelnd auf sein Huhn. Wieder hätte ich gern diese Gedanken-Kristallkugel. Irgendwie ist es unfair, dass mein Leben gerade kaputtgeht und ich mir aber Sorgen um meine Eltern machen muss.

»Also«, verkündet meine Mutter schließlich. »Wenn es dich irgendwie aufmuntert – ich hatte auch einen schlechten Tag.«

Ich habe keine Ahnung, warum mich das aufmuntern sollte. Mir ist komplett der Appetit vergangen, aber ich habe das Huhn noch im Blick und rechne mir aus, wie wenig ich essen kann, um trotzdem noch einen Nachtisch zu bekommen.

»Was ist passiert?«, erkundigt sich mein Vater.

Meine Mutter streicht sich Butter aufs Brot. »Eins meiner Hühner hat einen Legedarmvorfall.«

»Hört sich schlimm an«, meint Derek mit superbesorgter Stimme. »Was bedeutet das?« Er will sich garantiert nur einschleimen, um seinen Cookie zurückzubekommen, aber meine Eltern merken mal wieder nichts.

Meine Mutter nickt. »Ja, ist es auch. Bei einem Legedarmvorfall stülpt sich der Darm nach außen.«

Derek und ich sehen uns an. Ich wusste, dass man da besser nicht nachhakt, aber er musste ja unbedingt Punkte sammeln.

»Was stülpt sich wo raus?«

Meine Mutter lächelt ihn an. »Der Legedarm ist sozusagen der Eileiter. Den wandert das Ei entlang und tritt dann durch die Kloake aus. Manchmal legen Hühner zu große Eier und der Legedarm stülpt sich nach außen. Dann muss man ihn wieder reindrücken. Dabei soll Hämorrhoiden-Salbe helfen. Lustig, oder?« Meine Mutter erzählt das alles ganz sachlich. Sie nimmt noch einen Happen von ihrem Huhn. »Aber leider hat die Kloake geblutet und dann haben die anderen Hühner drauflosgepickt.«

Ich bin so angewidert, dass ich sie nur noch mit großen Augen anstarren kann. Derek aber verzieht das Gesicht und ruft: »Wie eklig!«

»Ich weiß«, antwortet meine Mutter und läuft jetzt richtig warm. »Ich musste die Henne von den anderen trennen. Ich habe irgendwo gelesen, dass sie sonst immer weiterhacken und sogar den Darm rausziehen –«

»Müssen wir das beim Essen besprechen!«, schreie ich. Selbst mein Vater ist schon grün im Gesicht. Er hat die

Hühner sicher genauso über wie ich. Vielleicht zieht er sich deshalb so oft in sein Zimmer zurück und telefoniert. »Das ist nicht normal! Wie widerlich ist das denn!«

Meine Mutter legt ihre Gabel beiseite. »Du musst nicht gleich schreien, Kate.«

Der ganze Mist des Tages türmt sich in mir auf, bis ich entweder loskreischen oder in Tränen ausbrechen muss. Also schreie ich weiter. »Doch, das muss ich! Nur dann hört mir hier einer zu! Ich will nichts von Hühnerdärmen, Parasiten oder Würmern hören!« Ich schiebe meinen Stuhl zurück. »Immer geht es nur um deine blöden Hennen! Kannst du auch mal an was anderes denken? Ich hab das so satt! Diese Viecher haben mein Leben ruiniert! Und du auch, aber das interessiert dich ja nicht mal!«

Ich merke, dass ich gleich losheulen muss, also springe ich auf und renne zur Tür. Ganz kurz sehe ich meiner Mutter ins Gesicht. Sie ist entsetzt.

»Kate!«, ruft mein Vater.

»Du hättest Nein sagen müssen!«, brülle ich ihn an. Er sieht mich verwirrt an, aber da bin ich schon draußen und trampele die Stufen hoch.

Ich knalle die Tür zu. »Ich hasse es!«, schreie ich.

Ich stehe immer noch unter Schock. Ich weiß nicht, ob das an der ekelhaften Legedarmgeschichte liegt oder daran, dass ich meine Mutter angeschrien habe. Was ist nur los mit mir? Vor ein paar Jahren hätte ich mir nie vorstellen können, sie irgendwann mal anzubrüllen. Meine Mutter und ich haben uns bestens verstanden. Aber da hat sie sich auch noch um mich gekümmert.

Ist das so, wenn Kinder groß werden? Verlieren die Eltern das Interesse? Manchmal wünsche ich mir, meine Mutter würde immer noch so Sachen machen wie mir die Haare aus dem Gesicht streichen und sagen: »Hallo, ist da jemand?« Ich habe dann immer gemault und vielleicht hat sie deswegen damit aufgehört. Trotzdem. Sie sollte nicht alles so superernst nehmen, was ich so sage.

Manchmal hätte ich sogar gern, dass sie unseren alten Vogel Strauß rausholt. Wir haben ihn Ollie getauft. Ollie hat einen superlangen Hals mit lauter Bleistiftstrichen, an dem hat uns Mom immer gemessen. Sie hat jedes Mal gestaunt, wie groß ich geworden bin, auch wenn es nur ein kleines Stückchen war. Seit dem Umzug auf den Hühnerhof ist Ollie nicht aufgetaucht.

Natürlich bin ich jetzt zu alt für so was. Ich bin in der siebten Klasse, da wird keiner mehr gemessen wie ein Kleinkind. In zwei Jahren gehe ich auf die Highschool. Ich bin fast erwachsen. Manchmal träume ich davon, wieder ein nichts ahnender Grundschüler zu sein. Eine glückliche Zeit war das.

Ich gucke in den Spiegel. Mein Vater hat recht, ich sehe schrecklich aus. Ich sehe aus wie eine Sechstklässlerin. Und falls meine Eltern Eheprobleme haben, habe ich sie gerade eben verschlimmert.

»Prima gemacht«, flüstere ich mir zu. »Jetzt hasst sie dich. Bestimmt adoptiert sie jetzt eine Henne, die ist eine bessere Tochter.«

Mein Spiegelbild nickt zustimmend.

13.

Sobald er mich am nächsten Morgen erblickt, kräht Blake Nash: »Kack-Alarm! Kack-Alarm!«. Alle lachen. »He, Schneekettengesicht, was hast du denn heute unterm Schuh?«, ruft Paul Corbett.

»Dich, wenn du nicht gleich dein Maul hältst«, erwidere ich.

»Seht mal her!«, grölt Blake Nash. »Hier ist diese berühmte Regisseurin, die Filme über Hühner macht!«

Paul dreht gackernd ein paar Runden und flattert dabei mit den Armen. Blake rennt ihm hinterher, als würde er ihn filmen. Dann sieht er unter seine Schuhe und tut so, als müsste er würgen. »Ich bin ja voll mit Scheiße!«

»Nein, dein Film ist scheiße«, meint Paul.

Ich stelze an ihnen vorbei zu meinem Spind, aber ich spüre, wie mein Gesicht glüht. Ich kann nicht fassen, dass sie sich über meinen Film lustig machen. Vor zwei Tagen hätte ich wetten können, dass die meisten am liebsten mitgespielt hätten. Jetzt ist mein Projekt nur noch Witzmaterial.

All das wäre nicht passiert, wenn ich Lydia nicht gefragt hätte, ob sie einen Zombie spielt. Und das war natürlich Alyssas Idee.

Lydia kommt in ihrer Fanwolke angeschwebt. Alyssa mittendrin. Sie ignoriert mich, beugt sich dann zu Lydia herüber und flüstert irgendetwas. Lydia sieht zu mir rüber und grinst. Ich zucke innerlich zusammen. Wenn ich doch Alyssa da rausholen und fragen könnte, was mit ihr los ist. Stattdessen tue ich so, als hätte ich keine der beiden bemerkt.

»Kack-Kate! Wie geht's?«, begrüßt mich Lydia, als wäre Kack-Kate schon immer mein Spitzname, so wie die anderen Spike oder Mags oder La-La gerufen werden. Das ärgert mich am meisten: dass sie so tun, als wäre es vollkommen in Ordnung, mich so zu nennen. Dass sie davon ausgehen, ich würde so einen bescheuerten Namen einfach hinnehmen.

»So heiße ich nicht«, erkläre ich mit lauter Stimme, aber der Trupp ist schon weitergezogen. Ein paar Sechstklässler glotzen mich an. Nichts fühlt sich blöder an, als wenn man dabei beobachtet wird, wie man mit Luft spricht. Ich schlage mein Schließfach zu und stapfe zum Unterricht.

Den ganzen Tag wird um mich herum über Kacke gewitzelt. Wenn ich sage, sie sollen den Mund halten, heißt es gleich, ich würde keinen Spaß verstehen. Vielleicht stimmt das ja. Je öfter ich das Wort Kacke höre, desto mehr geht es mir auf die Nerven. Es mag ja lustig sein, aber nicht in Verbindung mit meinem Namen. Insgeheim hoffe ich immer noch, dass Alyssa sich entschuldigt, aber sie ist nur noch mit ihrem Mädchenpulk beschäftigt. Also gut, vielleicht hätte ich mich nicht über ihre Haare lustig machen und sie nicht Analpha-Lyssa nennen sollen. Aber ich muss mich nicht entschuldigen. Jedenfalls nicht zuerst.

Offenbar hat Alyssa beschlossen, dass es mich nicht mehr gibt. Zum Mittagessen sind alle Plätze neben ihr besetzt, obwohl ich, so schnell ich konnte, in die Mensa gehastet bin.

Jetzt wird es mir endlich und eindeutig klar. Ich bin

draußen. Ich gehöre jetzt tatsächlich zu Margaret und Doris. Ich bin Kack-Kate Walden, Hühnerkacke-Lieferantin und Tochter einer geistesgestörten Bäuerin in der Midlife-Krise, Schwester des Dorftrottels und Freundin von niemandem.

Meine Schultern sacken wehrlos zusammen, als ich mich neben Margaret und Doris setze. Margaret grinst mich breit an, was mich nur noch mehr runterzieht. Jahrelang bin ich Margaret aus dem Weg gegangen. Das hat sie doch sicher gemerkt. Und jetzt, wo sie es mir heimzahlen könnte, bietet Margaret mir einen Platz an ihrem Tisch an. Ich bin gerade in so einem Gefühlswirrwarr, dass ich mir schon halb wünsche, Margaret würde mich ignorieren. Verdienen würde ich es garantiert.

»Hast du von dem Vorsingen für *Annie* gehört, Kate?«, fragt Margaret. »In ein paar Wochen ist es so weit. Meldest du dich?«

Ich schüttele den Kopf. »Und du?«

»Ich weiß nicht. Vielleicht.« Margaret wischt den Rand ihrer Getränkedose ab, bevor sie trinkt. Sie beißt von ihrem Sandwich ab und tupft sich danach die Finger an der Serviette ab. Anscheinend ist Margaret ein Freak mit Sauberkeitsfimmel.

»Was ist mit dir, Doris?«, frage ich. »Singst du vor?«

Doris hat einen Milchbart. Ich gebe ihr eine Serviette, aber sie sieht sie nur verdutzt an und zerknüllt sie. Mit ihren Hochspannungs-Gehirnzellen könnte sie doch eigentlich auch begreifen, was Körperpflege heißt. Vielleicht sind alle Genies schludrig. Völlig unerwartet beginnt sie zu krächzen: »*Tomorrow! Tomorrow! I love you tomorrow …*«

Alle drehen sich um und glotzen herüber. Ich sehe, wie

Alyssa und Lydia einen Blick wechseln, der sagt: »Hat sie das echt getan?«

»Doris!«, zische ich. »Was tust du?«

Sie zuckt mit den Schultern. »Ich führe nur vor, warum ich nicht vorsinge. Ich bin total unmusikalisch.«

»Das hättest du mir auch *sagen* können«, brumme ich.

»Außerdem sehe ich nicht aus wie Annie«, erklärt sie.

Margaret schüttelt den Kopf. »Das macht nichts. Mr Cantrell hat in New York eine Perücke bestellt und sie ist heute Morgen angekommen! Die solltest du sehen, Kate. Einfach supersüß. Sie liegt im Musikraum. Wer die Annie spielt, darf sie tragen.«

Alle weiblichen Siebt- und Achtklässler reden von der roten Perücke. Ich höre das Wort »supersüß« bestimmt fünfzigmal. Sie ist ja so total supersüß, diese rote Perücke. Auf dem Weg zu Geschichte mache ich einen Umweg über den Musikraum, in der Hoffnung, einen Blick auf sie zu werfen. Und da ist sie, ein lockiger roter Mob auf einem schwarzen Plastikkopf. Wirklich süß, das muss ich zugeben. Ich werde einen winzigen Moment schwach, als ich mir vorstelle, wie ich mit der roten Perücke auf der Bühne stehe und dem begeisterten Publikum *Tomorrow* entgegenschmettere. Wenn ich die Rolle bekäme, würde das auf jeden Fall meine trostlose soziale Stellung verbessern. Das erforderliche Gesangstalent ist ein unangenehmes Detail.

Die Liste der Vorsing-Wütigen wird immer länger. Ich sehe da Lydias Namen in großen geschwungenen Buchstaben, und gleich darunter Alyssas, gefolgt von ihrem unvermeidlichen Smiley. Wenn ich ihre fröhlichen kleinen Schnörkel sehe, wird mir ganz anders, und mir fällt wieder ein, dass ich nicht nur meine beste Freundin verloren habe, sondern auch meine Hauptdarstellerin. Als Alyssa und ich noch dicke waren, fiel mir ja schon kein Ende ein. Wie soll ich denn jetzt das perfekte Ende finden?

Noch schlimmer ist, dass ich nicht weiß, ob es mir was ausmacht. Ein Teil von mir will das Projekt beenden und meine Kamera verkaufen. Niemand, den ich kenne, träumt davon, Hollywoodregisseur zu werden, also muss diese ganze Idee ziemlich öde sein. Nieten-Kate, das wäre doch mal ein Spitzname für mich, gleich nach Kack-Kate.

Ich dachte, Herzschmerz wäre so ein Kitschwort, aber mir tut tatsächlich das Herz weh, wenn ich Alyssas Namen da stehen sehe. Es ist, als wäre ich in eine tiefe, dunkle Grube gefallen. Mir brennt es in der Brust, und mein Hals ist ganz eng, als ich mit einem Stift ihren Smiley übermale, bis nur noch ein schwarzer Fleck übrig ist. Ich bin kurz davor, auch ihren Namen auszukreuzen, aber das ist mir zu albern. Alyssa hat sich von mir abgewendet, mich verlassen und zugesehen, wie ich zu einem sozialen Zombie werde. Ich will, dass sie weiß, wie das ist, wenn man wie eine Untote über die Flure schleicht. Ich will, dass sie weiß, wie sich Herzschmerz anfühlt.

Ich brauche einen Plan.

Bei dem Gedanken geht es mir gleich ein bisschen besser. Die Grube erscheint ein bisschen weniger tief, ein bisschen weniger dunkel. Auf einmal habe ich ein Ziel. Ich werde es Alyssa heimzahlen.

Der Rest der Woche vergeht wie im Nebel. Plötzlich bin ich Freiwild für Blake Nash und Paul Corbett. Sie tun so, als würde ich nach Hühnerkacke stinken, und sie machen sich über meinen Film lustig. Lizzy und Mimi werfen mir schuldbewusste Blicke zu, aber keine sagt etwas. Als wäre ich unsichtbar geworden. Wenn ich direkt auf sie zugehe, sagen sie Hallo und tun ganz nett, aber sie finden dann immer einen Grund, warum sie schnell gehen müssen, oder sie unterhalten sich, als hätten sie vergessen, dass ich auch noch da bin. Niemand steht mir bei. Ich frage mich, ob sich so Margaret die ganze Zeit fühlt.

Ich dachte immer, Margaret wäre ein leichtes Opfer, weil sie den Jungs nichts entgegensetzt. Jetzt merke ich, dass das nicht so einfach ist. Ich bin ausgeschlossen worden. Ich bin allein, und so werde ich zum leichten Ziel, genau wie Margaret. Wahrscheinlich bewegen sich Mädchen deswegen nur im Pulk. In der Masse liegt die Stärke.

Das erinnert mich an Henrietta, eine von Moms Hennen. Sie ist das Omega-Huhn ganz am Ende der Hackordnung, etwa so wie ich jetzt. Man erkennt Henrietta sofort. Sie sieht immer nervös aus, wie sprungbereit. Wenn sie an die Futterautomaten schleicht, scheuchen die anderen Hennen sie weg, bis sie selbst genug gefressen haben. Auf dem Hof steht sie meist allein, pickt nach Würmern und wirkt irgendwie verloren. Henrietta hat kahle Stellen auf dem Rücken, da wo die anderen Hennen sie attackiert haben.

Wahrscheinlich haben Menschen und Hühner einiges gemeinsam, nur sieht man beim Menschen die Narben nicht so. Ich habe mich immer gefragt, ob Henrietta wohl traurig ist. Ob sie sich einsam fühlt?

»Können wir nichts für sie tun?«, habe ich meine Mutter gefragt. »Wie kriegen wir die anderen dazu, sie in Ruhe zu lassen?«

Meine Mutter schüttelte den Kopf. »Das hört sich gemein an, aber so ist eben die Hühnerwelt. So sind sie geschaltet. Alles, was wir machen, würde die Sache nur verschlimmern.«

Für Henrietta gibt es in Wahrheit nur einen Weg, ihr Leben zu verbessern. Sie muss beweisen, dass sie härter ist als wenigstens eine der anderen Hennen. Wenn sie nur ein Mitglied der Hühnerschar beim Hacken und Kratzen schlagen kann, steht sie nicht mehr ganz unten auf der Leiter. Aber die arme Henrietta schafft es nicht. Sie ist einfach zu schüchtern und zu verpeilt.

Ich bin aber nicht Henrietta. Ich muss mich wehren. Es fühlt sich an, als hätte ich eine große kahle Stelle am Rücken – da, wo Alyssa ihre Klauen eingegraben hat. Im Unterricht träume ich davon, wie ich sie Lydia entreißen kann. Anscheinend bin ich im Kopf schon ein Zombie, denn mir fällt einfach nichts Gutes ein.

Bis dahin sitze ich beim Mittagessen mit Margaret und Doris zusammen und erfahre so endlich mal, worüber Außenseiter so reden: die anderen, Hausaufgaben, Lehrer, Filme, Musik. Ganz ähnliche Dinge also, über die auch die Beliebten reden. Außerdem erfahre ich ein bisschen über die beiden. Doris hat zwei Fische. Margaret hat eine Katze, Tabitha. Und Margaret verschlingt Liebesromane. Diese Entdeckung ist noch erschreckender, als wenn sie Eminem hören würde. Margaret träumt von Liebe? Das ist ungefähr so, wie wenn ich mir meine Eltern bei einem »romantischen« Abend vorstelle – ich muss den Gedanken schnellstens abschütteln.

Wenn ich ehrlich bin, kann ich mich kaum auf das konzentrieren, was Margaret und Doris erzählen. Ich lächele und nicke, aber ich höre sie wie unter Wasser. Unauffällig beobachte ich ständig Alyssa, ich fange ihre Stimme ein und frage mich, was sie wohl denkt. Warum sie sich so benimmt. Mit jedem Tag rückt unsere Freundschaft ein Stückchen weiter in die trübe Bedeutungslosigkeit namens Altertum.

Ich beobachte Alyssa aus dem Hintergrund und dabei nagt ein Gedanke an mir. Vielleicht wollte sie schon immer Lydias Freundin sein, seit die im fünften Schuljahr aufgetaucht ist. Vielleicht hat sich Alyssa nur mit mir abgegeben, bis sie Lydias Aufmerksamkeit gewinnen konnte. Beim Essen in der Mensa starre ich auf ihren Hinterkopf. Sie muss meine bohrenden Blicke gespürt haben, denn plötzlich dreht sie sich um. Gut. Soll sie nur nervös sein. Sehr nervös. Ein Zombie geht um, auf der Jagd nach Alyssa, und er hat großen Appetit auf Blut.

14.

Ich denke nach, während ich zu Hause am Tisch mit dem Essen spiele. Ich denke nach, wenn ich eigentlich meine Hausaufgaben machen sollte. Ich liege nachts wach und denke nach. Ich brauche einen Plan. Dann beschließe ich, dass sich das Problem nur lösen lässt, wenn ich ein großes Brainstorming abhalte.

Sonst haben Alyssa und ich das immer zusammen gemacht, am liebsten bei ihr zu Hause, weil da die bessere Ausstattung vorhanden ist. Ihre Mutter hat ständig Chips in allen Sorten da, und dazu literweise Cola. Bei mir mussten wir Trockenfrüchte essen und Mineralwasser trinken. Meine Mutter sagt immer, wir sind, was wir essen, und dass sie keine künstlich aromatisierte Tochter will.

Bei Alyssa blieben wir immer lange wach und verschanzten uns in ihrem Zimmer. Nachdem wir unsere kreativen Gehirnzellen gefüttert hatten, sammelten wir Ideen, die jede einfach ins Zimmer rief. Eine von uns schrieb alles mit – egal, wie blöd. Meistens endete die Aktion in hysterischem Gelächter. Wir waren wie gedopt von Zucker und Junkfood. Es war immer eine Menge bescheuertes Zeug dabei, aber auch ein paar gute Einfälle.

Trotzdem, ich kann sicher auch alleine in meinem Zimmer brainstormen. Ich schleiche mich nach unten und checke den Kühlschrank. Da ist Biomilch, Orangensaft und Granatapfelsaft. Ich wühle seufzend weiter. Ganz hinten entdecke ich noch Käsecreme, die Alyssa bei ihrer letzten Übernachtung eingeschmuggelt hat. Die schnapp ich mir, zusammen mit einem Glas saure Gurken. Dann suche ich mir noch einen dicken weißen Papierblock und Filzstifte, die so schön quietschen, wenn man damit schreibt. Ich mag dieses Quietschen. Es hört sich dann gleich viel kreativer an.

Langsam wird es spät, aber das macht nichts. Ein Brainstorming muss grundsätzlich spätabends stattfinden. Meine Eltern sind schon schlafen gegangen und das Haus ist gespenstisch ruhig. Perfekt. Ich platziere die Verpflegung rund um mein Bett. Dann fische ich eine Gurke aus dem Glas, tauche sie in die Käsecreme und beiße ab. Ich bin sicher, dass Gurken die Fantasie beflügeln. Wenn man diese kalte, grüne, essigsaure, mit Käse garnierte Köstlichkeit knackt, kommen Mund- und Hirnsäfte erst richtig in Schwung. Als die Gurke versenkt ist, schütte ich Granatapfelsaft hinterher. So weit, so gut. Es ist nicht ganz dasselbe, wenn man niemanden hat, mit dem man lachen kann. Lachen pustet einem auf jeden Fall die kreativen Leitungen frei.

Ich habe mal gelesen, dass es in Indien spezielle Lachklubs gibt, wo sich Menschen zum Lachen treffen. Die nehmen das richtig ernst und machen auch Lachübungen. Ich versuche es mal mit einem Kichern. Gar nicht schlecht. Dann ein kehliges »Hahaha«. Es ist so komisch, hier allein wegen nichts zu kichern, dass ich wirklich lachen muss und den Kopf unters Kissen stecke, damit ich niemanden aufwecke.

Ich nehme mir einen lilafarbenen Stift und den Block. Das ganze Zimmer riecht auf einmal nach Brombeerbrause.

Meine Mutter kauft mir immer noch Duftstifte. Sie hat noch nicht mitbekommen, dass ich nicht mehr zehn bin. Zu sehr beschäftigt mit ihren Hühnern. Ich starre an die Decke, der Stift lauert über dem nackten Papier.

»In Maisöl frittieren.«

Hmmm. Ziemlich extrem. Ich schreibe es trotzdem auf.

»Die Haare abrasieren, wenn sie schläft.« *Quietsch, quietsch.*

»Etwas in ihr Essen mischen, das sie furchtbar stinken lässt.« Das gefällt mir, ich male ein Sternchen dahinter.

»Mit Hamburgersoße übergießen und eine Meute Hunde auf sie hetzen.«

Okay, das habe ich aus dem Film *Im Dutzend Billiger*. Ich gebe zu, meine Einfälle sind ziemlich flach, vielleicht weil niemand da ist, der über sie lachen kann.

Seufzend greife ich mir den roten Stift. Wenn ich schon dabei bin, kann ich mir auch ein Ende für meinen Film überlegen. Es muss eine Möglichkeit geben, ihn ohne Alyssa abzuschließen. Der Stift riecht wie verfaulte Erdbeeren, das verträgt sich nicht besonders mit den sauren Gurken in meinem Magen. Ich halte den Stift auf ausreichend Nasenabstand und überlege.

»Lebensgroße Puppe mit langer, blonder Perücke besorgen. Unter die Bettdecke legen. Dann Zombieangriff.«

Sogar meine Stimme klingt flach. Ich versuche, etwas Begeisterung reinzubringen. »VIEL Blut, ÜBERALL. ENDE.«

Hmmm. Vielleicht brauch ich doch etwas mehr Action.

»Derek, mit blonder Perücke und Kleid, rennt in den Wald. Dad der Zombie jagt ihn. Die Äste beginnen zu ZITTERN. Man hört ein KNURREN, Knochen KNIRSCHEN. BLUT bespritzt die Linse. ENDE.«

Der Stift fährt quietschend übers Papier. Mir fällt nichts mehr ein. Ich fische mir noch eine Gurke, nehme doppelt Käse und stopfe sie mir in den Mund. Danach stoße ich käsigen Essig auf. Wenn Alyssa hier wäre, fände ich das alles sehr lustig. Jetzt ist es einfach nur nervig. Ich wedele mir Luft zu und lese noch einmal durch, was ich geschrieben habe.

Das ist nicht das Happy End, das ich erhofft hatte. Für ein Happy End brauche ich die lachende Mallory und die gibt es nicht ohne Alyssa.

Die Gurken durchsickern meinen Magen. Ein zweiter Schwall verdorbene Erdbeere erweist sich da nicht als besonders hilfreich. Ich lehne mich im Bett zurück. Meine beiden Probleme verschwimmen zu einem. Schade, dass ich Alyssa nicht einfach in einen wild gewordenen Zombie verwandeln kann. Das würde ihre Popularität in der Schule eindeutig senken. Ich könnte ihr Zombie-Pillen ins Essen mischen. Und dann filme ich, wie sie allen nachjagt und ihre schwarzen Zähne in ihre Mitschüler bohrt …

Als ich aufwache, kommt es mir vor, als würde mir der Wecker presslufthammermäßig ein Loch in den Kopf bohren. In meinem Magen rumort es. Habe ich gestern Abend wirklich zwei riesige saure Gurken mit einem halben Pfund Käsecreme gegessen? Ich überfliege erwartungsvoll meine Ideenliste, aber es ist nichts Gescheites dabei. Das war's dann wohl mit dem Brainstorming.

In der Schule schlafwandele ich durch die Flure. Alyssa wirbelt mit ihrem Pulk vorbei. Jede versucht, am lautesten zu lachen. Sie sehen an mir vorbei, und ich wünschte, ich wäre Violetta aus *Die Unglaublichen* und könnte mich unsichtbar machen. Es ist hoffnungslos. Alyssa ist mittendrin im Tussi-Clan. Keine Chance, sie da rauszuholen.

Wenigstens ist Freitag. In der Chorstunde lasse ich mich vollkommen erschöpft in einen der Stühle fallen. Ich gebe mich geschlagen. Ich habe mich echt bemüht und dabei herausgekommen ist ein verdorbener Magen. Ich habe keinen Alyssa-Plan und kein Ende für meinen Film.

Ich schaue auf, als Mr Cantrell ein Riff aus »Tomorrow«, dem Lied aus *Annie* spielt. Lydia erklärt ihm gerade, dass sie die Annie spielen muss.

»Jetzt mal echt«, sagt sie. »Können Sie sich das nicht toll vorstellen, ich als Annie, so aufgetakelt mit roter Perücke? Wäre doch irre.« Sie tut so, als würde sie die Bühne betreten, und geht in Pose. »Tomorrow, tomorrow, I love you tomorrow«, kreischt sie aus vollem Hals. Alle lachen. Sogar der blasse und ernste Mr Cantrell lächelt. »Und tanzen kann ich auch.« Lydia vollführt einen albernen Stepptanz. Alyssa und die anderen Mädchen kommen dazu und zappeln mit. Mir dreht sich bei dem Anblick der Magen um, aber Mr Cantrell lacht. Ich merke schon, dass er Lydia in der Rolle der Annie toll finden würde, einfach nur, weil sie so viel Energie hat. So viel Glück wie Lydia immer hat, wird sie die Rolle und die rote Perücke bekommen. Alle wollen sie. In meinen schwächeren Momenten will sogar ich es.

Da schlägt es ein. Ja, alle wollen die Perücke. Wie ein Nuklearsprengkopf explodiert die Idee in meinem Hirn. Jetzt weiß ich, wie ich es Alyssa heimzahlen kann. Ein kalter Schauder läuft mir über den Rücken, und ich kann nicht sagen, ob vor Angst oder vor Aufregung. Vielleicht beides.

15.

Manchmal trifft einen der Geistesblitz, wenn man am wenigsten damit rechnet. Ich sitze immer noch im Unterricht, aber offenbar hat niemand bemerkt, wie ich aufgeregt nach Luft schnappe. Das kommt, weil mich niemand mehr beachtet. Ich sonne mich noch ein Weilchen in meinem tollen Einfall. Eine so einfache und doch so unglaubliche Idee …

Dann sage ich Mr Cantrell, dass ich mich schlecht fühle – was nach Lydias und Alyssas idiotischem Tanz auch nur halb gelogen ist. Er lässt mich ins Krankenzimmer gehen und eine halbe Stunde später fährt meine Mutter vor.

Zu Hause renne ich sofort in mein Zimmer, schließe die Tür ab und setze mich an meinen Computer. Wenn das Leben ein Film ist, dann ist Alyssa das Böse. Jeder weiß, dass das Böse nie gewinnt. Zum Schluss siegt immer das Gute. Also muss ich ein Ende schreiben, an dem ich triumphiere und Alyssa ihre gerechte Strafe bekommt.

Das erinnert mich an einen Film, den mein Vater mal mit mir sehen wollte, *Die Spur des Falken*. Ich war nicht besonders scharf drauf, weil es ein alter Schwarz-Weiß-Film ist, mit einem Hauptdarsteller namens Humphrey Bogart. Hört sich nicht besonders vielversprechend an. Aber mein Dad meinte, der Spitzname dieses Schauspielers wäre Bogie, das klang schon cooler. Wenn ich wirklich eine große Regisseurin in Hollywood werden will, hat mein Dad gesagt, müsste ich diesen Film sehen, denn der wäre eins der besten Beispiele für den *film noir*.

Ich habe dann im Internet über den film noir (sprich *nu-ahr*) nachgelesen. Das ist ein Filmstil, der in den 1940er- und 1950er-Jahren populär war. Die Filme sind meist Kriminaldramen mit greller Beleuchtung, tiefen Schatten und knallharten Figuren. Die meisten Geschichten finden kein glückliches Ende. Die Darstellung ist manchmal etwas kitschig, aber inzwischen ist es eine meiner Lieblings-Filmrichtungen.

In *Die Spur des Falken* spielt Bogie diesen abgebrühten Kommissar, der sich in eine schöne Frau verliebt. Wie sich herausstellt, nutzt sie ihn aus, und er soll die Schuld für einen Mord auf sich nehmen, den sie begangen hat. Aber Bogie ist zu schlau. Er trickst sie aus und sorgt dafür, dass sie ins Gefängnis kommt, obwohl sie wahrscheinlich seine große Liebe ist. Wie gesagt, es gibt kaum Happy Ends.

Meine geniale Idee ist also: Ich werde eine Szene wie aus *Die Spur des Falken* schreiben. Ich bin dann Bogie, der dafür sorgt, dass die böse Schöne bekommt, was sie verdient.

Ich will ja gar nicht, dass Alyssa von der Schule fliegt oder so. Ich will nur, dass sie merkt, wie es sich anfühlt, von Leuten fallen gelassen zu werden, die man für seine Freunde hält.

Es gibt da so ein altes Sprichwort, das meine Mutter immer gerne anbringt, von wegen, man darf einen Menschen nicht verurteilen, wenn man nicht schon mal »eine Meile in seinen Schuhen gelaufen« ist. Ich nehme an, das sagt man so, weil man erst richtig versteht, was jemand durchmacht, wenn man es selbst erlebt. Deswegen, glaube ich, wird es

Alyssa guttun, mal eine Weile in meinen 38ern rumzulaufen. Es drückt wahrscheinlich ein bisschen, weil sie Größe 39 hat, aber es wird ihr eine Lehre sein. Ich tue Alyssa also einen Gefallen. Ich helfe ihr, den Schmerz anderer Menschen zu verstehen.

Sobald mein Computer hochgefahren ist, öffne ich mein Drehbuch-Programm und starre auf den leeren Bildschirm. Die ersten Worte sind immer die schwersten. Auf der Suche nach einer Inspiration sehe ich mich in meinem Zimmer um. Da ist dieses Foto an meiner Pinnwand. Darauf sind Alyssa und ich, als wir gerade mal sieben waren. Wir lachen uns über irgendetwas kaputt und lehnen die Köpfe aneinander. Und ein Foto von uns an meinem zehnten Geburtstag, wie wir eine pinkfarbene Torte hochhalten und die Kerzen auspusten.

Ich stehe auf und gehe ans offene Fenster. So wie ich mich fühle, müsste es ein kalter, regnerischer Tag sein, aber der Himmel strahlt tiefblau, als hätte einer die Farbe aufgedreht. Ich mache die Augen zu und die Sonne wärmt mein Gesicht. Hier im freundlichen Sonnenschein kommt es mir vor, als würde ich überreagieren. Freunde streiten sich nun mal, eigentlich andauernd. Freunde gehen eben auch eigene Wege.

Ein Windhauch fährt in die Bäume und ich höre die Blätter flüstern. Ich liebe Bäume, schon immer. Sie widerstehen Stürmen, Wind und Hagel. Sie weichen nicht von der Stelle. Sie lehnen sich aneinander, sie beschützen sich gegenseitig. Alyssa und ich waren wie zwei ineinander verwachsene Bäume. Die anderen haben sich gestritten, wir nie. Wir konnten uns immer aufeinander verlassen. Wir waren vertrauter als Schwestern. Sie war mein perfektes Gegenstück, mein kosmischer Zwilling.

Deswegen ist es wahrscheinlich auch so, dass noch niemand in meinem ganzen Leben mich so schlimm verletzt hat. Ich war auch noch nie so wütend. Ein bisschen komme ich mir vor wie Dr. Jekyll und Mr Hyde. Ich kann es nicht bestreiten: Ich vermisse Alyssa. Ich würde sie so gerne anrufen und so tun, als wäre nichts passiert. Ich würde so gerne *Die Nacht der Zombiehühner* mit ihr zu Ende drehen.

Ich könnte sie anrufen. Aber was ist, wenn ich mich entschuldige und sie nicht? Was ist, wenn sie so tut, als wäre alles meine Schuld, oder wenn sie sogar durchblicken lässt, dass es ihr egal ist, ob es mir leidtut?

Ein Schatten fällt auf mein Gesicht und ich öffne die Augen. Eine Wolke hat sich über die Sonne geschoben. Mir wird kalt und ich gehe zurück ins Zimmer.

Wenn ich tatsächlich anrufen würde, wäre Alyssa bestimmt gerade mit Lydia zusammen. Sie würde freundlich tun und dann hinter meinem Rücken über mich lachen. Schließlich ist sie jetzt die Freundin des Klassenstars und mich hat ein übler Fall von Kackitis erwischt.

Zähneknirschend setze ich mich wieder an meinen Schreibtisch. Ich kann Alyssa nicht anrufen. Ich kann mir nur einen Plan zurechtlegen. Wenn ich einen Plan habe, tue ich wenigstens etwas. Ich gebe nicht einfach auf wie Henrietta. Wenn ich erst einen Plan habe, geht es mir bestimmt gleich besser.

Ich lass die Fingergelenke knacken und starre erneut auf den leeren Bildschirm. Ich glotze den blinkenden Cursor an. Ich starre aus dem Fenster. He, wahrscheinlich hat sogar J. K. Rowling ab und zu eine Schreibblockade.

Dann endlich fließen die Worte:

INT: SCHULFLUR – TAG

BOGIE kommt mit MARGARET YORKEL über den Flur gelaufen.

BOGIE: Oh, sieh mal, was liegt denn da?

Bogie zeigt auf einen Zettel am Boden. Margaret hebt ihn auf und faltet ihn auseinander.

MARGARET (*liest laut vor*): »Alyssa, bitte komme nach der Fünften in den Musikraum. Ich muss dich etwas fragen. Jake.«

(An dieser Stelle erweist es sich als überaus nützlich, Alyssa so gut zu kennen. NIEMAND sonst weiß, dass sie heimlich in Jake verknallt ist. Sie sagt zwar, sie wäre darüber hinweg, aber ich weiß, dass sie hundertpro zum Musikraum kommt, egal was ist.)

BOGIE: Vielleicht hat Alyssa das verloren.

MARGARET: Sollen wir ihr den Brief geben?

BOGIE: Ich kann das nicht. Ich rede nicht mit ihr, schon vergessen? Warum gibst du ihn ihr nicht? Sie freut sich sicher.

SCHNITT

Sportstunde. Margaret geht auf Alyssa zu und gibt ihr den Zettel. Alyssa öffnet ihn und wird kreidebleich.

Den Rest des Nachmittags schreibe ich, bis das Skript fertig ist. Ich überlege, ob ich mich auch an Lydia rächen soll, aber das wäre irgendwie dumm. Man ist ja auch nicht wütend auf die Sonne, weil sie einem den Rücken verbrennt – was sollte das nützen? Es klingt vielleicht seltsam, aber ich weiß, dass Lydia nichts gegen mich hat. Sie muss natürlich gemerkt haben, dass sie meine Freundschaft mit Alyssa zerstört hat, aber ansonsten ist sie wahrscheinlich viel zu sehr damit beschäftigt, beliebt zu sein, und macht sich keine Gedanken über meinen Zustand. Wenn ihr jemand stecken würde, dass ich traurig bin, würde sie den Arm um mich legen und mit Joker-Stimme säuseln: »Warum denn so ernst?«, und das wär's dann. Die Hühnergeschichten, das Kacke-Kicken, das ist für sie nur ein toller Scherz. Es geht nur darum, für Wirbel zu sorgen und immer im Mittelpunkt zu stehen. Lydia ist nur sie selbst. Alyssa aber ist im Moment ihr Anti-Ich.

Deswegen geht es in meinem Skript um Alyssa. Und alle anderen haben auch eine Rolle, sogar Mr Cantrell. Ganz wichtig ist der Zeitplan. Es muss vor dem Vorsingen für *Annie* geschehen. Je eher, desto besser. Ich sehe im Kalender nach und kreise mir den Montag rot ein. Noch drei Tage.

16.

Übers Wochenende bin ich mit Vorbereitungen beschäftigt. Jakes Zettel kostet mich viele Versuche. Ich habe keine Ahnung, wie seine Handschrift aussieht, aber das hat Alyssa auch nicht. Wenn ich es männlich versuche, sieht es aus wie eine Notiz von Superman. Wenn ich es etwas abschwäche, sieht es aus wie der Einkaufszettel meiner Mutter. Wie schreiben Jungen? Schlampig, würde ich mal sagen. Irgendwann kriege ich etwas aufs Papier, das hoffentlich funktionieren wird. Ich merke, wie meine Mutter mich beobachtet, während ich überall im Haus meine Requisiten zusammensuche.

Meine Eltern haben mich in letzter Zeit fast ständig im Auge. Seit meinem Anfall beim Abendessen ist mehr als eine Woche vergangen. Meine Mutter hat die Sache nicht mehr erwähnt, und ich dachte schon, sie hätte es vergessen. Da lag ich natürlich falsch. Am Sonntagabend verschwinden Derek und mein Vater gleich nach dem Essen, und ich weiß sofort, dass ich jetzt dran bin. Meine Mutter räuspert sich und sagt, sie möchte mit mir reden. Wir setzen uns an den Küchentisch. Meine Mutter wirkt sehr ernst. So offiziell. Sie räuspert sich gleich noch einmal.

»Kate, du hast letzte Woche einige Dinge gesagt, über

die ich seither nachgedacht habe. Du meintest, du hättest den Eindruck, ich würde dein Leben zerstören. Ich nehme an, es ging da um den Vortrag, den ich in deiner Klasse gehalten habe?«

Das ist schon so weit weg, als wäre das in einem anderen Leben passiert. Ich könnte ihr sagen, dass das nur die Spitze des Eisbergs war. Stattdessen betrachte ich meine abgekauten Fingernägel. »Ja, das und noch andere Sachen.«

Meine Mutter nickt, als würden wir jetzt weiterkommen. »Was für andere Sachen?«

Ich ziehe die Schultern hoch. Wie soll ich erklären, was gerade mit meinem Leben passiert? Sie würde es nicht verstehen.

»Du hast die Hühner erwähnt«, bohrt meine Mutter weiter. »Du findest also, sie sind auf irgendeine Weise schuld an etwas?«

Ich entdecke winzige Risse in unserem alten Holztisch. Die habe ich vorher nie bemerkt. Ich spüre, wie meine Mutter auf etwas wartet. Warum ist es auf einmal so schwer, mit ihr zu reden? Sie erwartet, dass ich etwas antworte. Ich hole tief Luft.

»Wenn du nicht mit den Hühnern angefangen hättest, wären wir nicht hier rausgezogen. Ich würde noch in der Stadt bei meinen Freundinnen wohnen.« Meine Wut flammt auf, wenn ich nur darüber spreche. »Ich *hätte* noch Freundinnen.«

»Du hast doch viele Freundinnen«, widerspricht meine Mutter. »Alyssa und Lizzy und Mimi …«

Bei jedem Namen ist es, als würde ich mit einer heißen Nadel gestochen.

»Hat mich etwa in letzter Zeit jemand zu sich eingeladen? War ich irgendwo?« Ich lasse sie kurz nachdenken.

»Du bist zu sehr mit deinen Hühnern beschäftigt, um irgendetwas zu merken. In der Schule machen sich alle über mich lustig. Weißt du, wie sie mich nennen? Kack-Kate. Wie in Hühnerkacke, Mom. HÜHNERKACKE!«

Mein Lautstärkeregler ist voll aufgedreht. Ich kriege ihn einfach nicht mehr runter, obwohl ich weiß, dass meine Mutter nur helfen will. Sie kann mir aber nicht helfen und das macht alles nur noch schlimmer.

»Die finden es seltsam, dass wir Hühner haben. Und sie finden meinen Film bescheuert. Und weißt du was? Sie haben recht!«

Meine Mutter wirkt beunruhigt. Sie ist sich nicht sicher, wie sie sich jetzt verhalten soll. »Hör mal, Kate«, sagt sie. »Es ist ganz normal, wenn man sich ab und zu mit seinen Freunden streitet. Das ist sicher bald vorbei.«

Sie hat sonst immer das Richtige gesagt. Im hintersten Winkel habe ich immer noch gehofft, sie könnte auch heute alles wieder gut machen. Aber das kann sie natürlich nicht. Ich bin allein.

»Macht dir noch etwas anderes Sorgen?«, fragt sie.

Als würde das nicht reichen. Ich schüttele den Kopf. Dann aber platzt es aus mir heraus. »Glaubst du, Dad hat eine Affäre?«

Ich weiß nicht, wer erschrockener ist, sie oder ich. Ich kann nicht fassen, dass ich das eben laut ausgesprochen habe.

Meine Mutter lacht. »Wie kommst du denn darauf!« Ihr Gesicht bekommt einen seltsamen Ausdruck, und dann fügt sie langsamer hinzu: »Warum fragst du das?«

Meine Fingernägel habe ich bis zum Gehtnichtmehr abgekaut, also muss ich auf einer Haarsträhne rumbeißen. »Nur so.«

»Kate, es muss doch einen Grund geben, warum du so etwas fragst.«

»Nö«, sage ich schnell. »Es ist nur ... ach, egal. Es war so ein blöder Einfall.«

Ich weiß ganz genau, dass meine Mutter bis vor einer Sekunde niemals auf eine solche Idee gekommen wäre. Warum habe ich ihr das nur eingeflüstert. Jetzt sieht sie mich misstrauisch an.

»Hast du irgendetwas gesehen oder gehört?«

Jetzt wirkt sie ein bisschen neben sich. Ich muss das wieder in Ordnung bringen, schnell. »Es ist nur ... Lydia Merritts Eltern haben sich letzten Sommer scheiden lassen. Er hatte eine Affäre. Deswegen habe ich öfter mal darüber nachgedacht. Es war eine blöde Idee. Dad würde so etwas nie tun.«

Meine Mutter nickt. »Natürlich würde dein Vater so etwas nie tun. Das solltest du wissen.« Ich merke aber, wie es in ihrem Gehirn weiterrattert. Fällt ihr jetzt ein, wie oft er abends länger arbeiten musste? Wie viel er in letzter Zeit heimlich telefoniert?

Nur mir Mühe reißt sie sich zusammen. »Also, was deine Freundinnen betrifft ...«

Ich stehe auf. »Mach dir keine Sorgen, Mom. Das wird schon.«

Sie nickt benommen. »Ja, bestimmt. Du wirst sehen.«

Ich gehe und sie ruft mich nicht zurück. Wahrscheinlich gibt es nichts mehr zu sagen.

Am Abend packe ich alles sorgfältig in meinen Rucksack. Ich bin bereit. Im Bett gehe ich noch einmal mein Skript durch und suche nach Schwachstellen. Da gibt es einige. Ich versuche, nicht darüber nachzudenken, wie übelst schief die

Sache gehen könnte. Eins weiß ich jedenfalls: Meine Eltern werden nicht besonders verständnisvoll reagieren, wenn ich von der Schule fliege.

Ich höre sie in ihrem Zimmer streiten, als ich gerade einschlafen will. Ich kann nicht verstehen, worum es geht. Ihre Stimmen werden laut und wieder leise. Meine Mutter klingt ziemlich aufgeregt. Was habe ich nur getan? Ich stecke den Kopf unters Kissen. Als ich endlich einschlafe, verfolgt mich ihr zischendes Geflüster. Es irrt wie dunkle Schatten durch meine Träume.

17.

Der Montag beginnt frisch und klar. Das weiß ich, weil ich wach liege und zuschaue, wie die Sonne draußen vor meinem Fenster aufgeht. Ich hab so eine seltsame Angst, wie vor einer wichtigen Klassenarbeit oder einer Aufführung. Ich muss eine Entscheidung treffen. Ich kann jetzt aufstehen und weiter die Kack-Kate sein oder aber ich kann etwas dagegen unternehmen.

Oder ich kann meiner Mutter sagen, dass ich krank bin, und den ganzen Tag im Bett unter der Decke bleiben. Ich fühle mich tatsächlich krank, als ich die Beine aus dem Bett schwinge und aufstehe. Mein Magen krampft sich nervös zusammen und ich weiß auch warum.

Ich kann das nicht.

Mein Plan erscheint mir auf einmal unendlich blöd und dazu auch noch gefährlich. Auf dem Papier war er vielleicht ganz okay, aber ich muss verrückt sein, wenn ich ihn wirklich ausführe. Die Vorstellung, das Ganze einfach sein zu lassen, erfüllt mich mit Erleichterung. Ich packe das Skript einfach zu den anderen unausgegorenen Ideen in meinem Kopf. Es muss ja niemals jemand davon erfahren.

Trotzdem, als ich an der Schule ankomme, ist es echt hart. Die Schüler strömen in die Flure, und niemand ist da, der mir Hallo sagt. Alle sehen an mir vorbei, als wäre ich Luft. Ich entdecke Alyssa und einen kurzen Moment flattert ihr Blick herüber. Dann dreht sie mir den Rücken zu und lacht laut über eine Bemerkung von Lydia. Sie stehen vor der *Annie*-Liste. Lydia schreibt irgendetwas und die beiden schnauben und kichern. Ich ziehe den Kopf ein und tue so, als würde ich nichts merken.

Nachdem sie gegangen sind, sehe ich nach, was da so lustig war. Ich dachte schon, sie hätten ihre Namen ausgestrichen, aber die stehen noch da. Margaret hat sich nun doch eingetragen, sehe ich. Und jetzt weiß ich auch, was los war. Jemand hat ein Gesicht neben ihren Namen gekritzelt, mit lauter Punkten, als hätte sie Windpocken. Ihre Brille besteht aus Riesenkreisen und die Haare sehen aus wie unter Strom gesetzte Schlangen.

Mich packt die Wut. Alyssa ist eindeutig zu weit gegangen. Jetzt macht sie sich auch noch über die arme Margaret lustig. Sie und Lydia sollten sich jemanden aussuchen, der sich auch wehren kann. Ich nehme einen Stift und mache aus dem Gesicht einen dicken blauen Fleck. Fertig. Jetzt weiß ich, was zu tun ist.

»Und ab«, murmele ich. Zum Glück sind die Requisiten für das Drehbuch noch in meinem Rucksack. Ich hole den gefälschten Jake-Knowles-Brief heraus und stecke ihn mir in die Hosentasche. Panisch scanne ich den übervollen Flur. Ich muss Margaret finden und den Zettel platzieren, aber sie ist nirgendwo zu sehen. Ist sie schon im Klassenraum? Ist sie ausgerechnet heute krank?

»Hi, Kate!« Margarets Stimme ertönt so nah hinter mir, dass ich zusammenfahre.

»Margaret, da bist du ja!«

Sie sieht mich verdutzt an. »Hast du mich etwa gesucht?«

»Nein«, antworte ich schnell. »Ich dachte nur – gehen wir zusammen zum Raum?«

Sie zuckt mit den Schultern. »Ja, klar. Ich muss nur noch etwas aus meinem Fach holen.«

Wir laufen zu ihrem Spind und sie dreht am Zahlenschloss. Ich sehe nervös auf mein Handy, um zu checken, wie wir im Zeitplan liegen.

Margarets Schließfach ist superordentlich. Mir wird irgendwie traurig zumute, als ich ihre sorgfältig aufgehängte Jacke, die Sortiermappe und die ordentlich aufgereihten Utensilien sehe: Kamm, Bürste, Lipgloss und sogar eine Fusselbürste. Vielleicht gibt das Margaret ja das Gefühl, ihr Leben unter Kontrolle zu haben. Vielleicht ist es einfacher, mit den alltäglichen Beleidigungen und dem Chaos ringsum fertigzuwerden, wenn man selbst superordentlich ist.

»He, Margarine, wer hat dir denn ins Gesicht gekotzt?« Paul Corbett schlägt sein Schließfach zu und kommt angetrottet.

Margaret steckt schnell noch ein einzelnes Blatt ins richtige Sortierfach. Sie hält den Kopf gesenkt, aber ich sehe, wie ihre Wangen rot werden. Früher hätte ich vielleicht Angst gehabt, etwas zu erwidern, inzwischen habe ich nichts mehr zu verlieren.

»Paulie, hast du dir die Nase vergrößern lassen?«, feuere ich zurück.

Paul hat letztes Jahr bei einem Streit eins auf die Nase bekommen, die seitdem etwas klumpig aussieht. »Na, was ist los, hat der Arzt dir das Gehirn durch die Nase rausgezogen?«

Nicht gerade eine besonders reife Unterhaltung, ich weiß,

aber manchmal muss man Gleiches eben mit Gleichem vergelten. Paul wirkt überrascht. Normalerweise ignoriert Margaret ihn.

»Heute schon in einen Scheißhaufen getreten, Kack-Kate?« gibt er verspätet zurück.

»Zählt dein Gesicht dazu?«

Ich schnappe mir Margaret, und wir ziehen ab, während sein kleines Gehirn noch an einer Antwort arbeitet. »Armer Irrer«, murmele ich.

Ich rechne damit, dass Margaret mir beipflichtet, aber sie zuckt nur mit den Schultern. »Irgendwie tut er mir leid.«

»Wieso das denn? Er behandelt dich wie den letzten Dreck. Wie kann er dir leidtun?«

Margaret zieht ihren Pulloversaum glatt. »Ich hab gehört, seine Eltern sind geschieden und sein Vater hat eine neue Frau und ist weggezogen, und …« Sie zögert. »Und die beiden haben ein Baby, aber er hat Paul noch nie zu sich eingeladen.«

Ich bin so verdutzt, dass mir nichts mehr einfällt. Stimmt, das ist irgendwie traurig. Aber Margaret ist viel zu vernünftig für die Mittelstufe. Sie müsste irgendwo studieren.

Es klingelt, und mir wird klar, dass ich nur noch fünf Minuten habe, um meinen Plan in Gang zu bringen und zum Unterricht zu gehen. »He, hast du dein Schließfach offen gelassen?«, frage ich.

Bevor Margaret sich umschaut, lasse ich die Notiz auf den Boden fallen. »Sieh mal«, sage ich möglichst unaufgeregt. »Was liegt denn da?«

Genau aufs Stichwort hebt Margaret den Zettel auf und

liest ihn. »Sieht aus wie eine Nachricht von Jack Knowles an Alyssa.«

Margaret zögert. Dann wirft sie den Zettel zurück auf den Boden und will weiterlaufen. Das steht nicht im Drehbuch.

»Äh, glaubst du, sie hat das verloren?«, hake ich nach. »Vielleicht sollten wir ihr den Zettel geben.«

Margaret verzieht das Gesicht. »Nicht, nachdem sie dich so behandelt hat.«

Margaret hat Mitleid mit Paul Corbett, aber Alyssa gibt sie nicht einmal mehr einen Zettel, weil die fies zu mir war. Das finde ich wirklich lieb, aber ich kriege auch Panik. Beim Schreiben war die Szene so einfach, aber das echte Leben wirft noch einmal alles um.

»Stimmt«, sage ich und denke schnell nach. »Aber was ist, wenn Jake den Zettel verloren hat? Vielleicht hat er ihn Alyssa noch gar nicht gegeben.«

Margaret kräuselt die Lippen. »Du hast recht.« Sie hebt den Brief noch einmal auf.

Ich seufze erleichtert. Jetzt sind wir wieder in der Spur.

»Wir sollten ihn Jake zurückgeben«, meint Margaret.

Waaah? Keine gute Idee. Und wer kommt da mit seinen Jungs den Flur entlanggewackelt? Niemand anderes als Jake Knowles. Wenn ich es nicht besser wüsste, würde ich sagen, da stecken die Hennen dahinter.

»Da ist er ja«, freut sich Margaret.

Ich bin kurz vorm Verzweifeln. Was würde Kultregisseur Tim Burton jetzt tun? »Seine Kumpel sind bei ihm«, warne ich. »Glaubst du nicht, ihm wäre es peinlich, wenn wir ihm den Brief vor allen geben? Einen Brief an ein Mädchen? Die machen ihn doch fertig.«

Margaret wendet sich um und sieht mich an. Ich frage mich, ob sie etwas ahnt. Der Schweiß auf meiner Stirn könnte mich verraten.

»Wie rücksichtsvoll von dir«, sagt sie und klingt dabei wie meine Mutter.

Ein wenig schäme ich mich, dass Margaret mich für so gutherzig hält. Ich entschuldige mich damit, dass ich das hier ja auch für sie mache. »Ich hab auch keine Lust, Alyssa einen Gefallen zu tun«, stammele ich, »aber wir können ja Jake einen Gefallen tun und ihr den Zettel direkt geben.« Ich halte die Luft an. Wird sie mitmachen?

Margaret zuckt mit den Schultern. »Ja, kann sein. Ich gebe ihn ihr, wenn wir Sport haben.«

Bingo. Wir folgen wieder dem Drehbuch. Ich wische mir den Schweiß von der Stirn und hoffe, das Improvisieren hat jetzt ein Ende.

Die Übergabe klappt wie erwartet. Alyssa sieht überrascht aus, verheimlicht das aber erfolgreich, nachdem sie den Brief gelesen hat. Sie steckt ihn in ihren Rucksack und bemüht sich, nicht aufgeregt zu wirken. Alyssa hat so lange darauf gewartet, dass Jake sie irgendwann mal wahrnimmt. Und jetzt, glaubt sie, ist es so weit. Aber das schöne Biest erwartet eine herbe Enttäuschung.

Ich kann meinen Plan viel besser ausführen, wenn Alyssa für mich das abgrundtiefschlechte schöne Biest ist und nicht die Alyssa, die heimlich für XY schwärmt und auf Wassertürme klettert. Ich will sie aber auch nicht andauernd das »Schöne Biest« nennen, damit schenkt man ihr zu viel Aufmerksamkeit. S. B. muss reichen.

Ich packe mein Sportzeug und gehe. S. B. hat den Köder geschluckt, denke ich. Weiter zur nächsten Szene.

Nach der Hälfte der fünften Stunde melde ich mich und frage Mrs Liebowitz, meine Spanischlehrerin, ob ich ins Krankenzimmer gehen darf, weil ich mich nicht gut fühle.

Sie runzelt die Stirn. »*No.*«

Nein? Ich sinke fassungslos in meinem Stuhl zusammen. Was ist das für eine herzlose Lehrerin, die ein krankes Kind im Unterricht behält? Und wie kann eine Spanischlehrerin eigentlich Liebowitz heißen? Ich glaube langsam, die Hühner haben ein eigenes Drehbuch geschrieben und es ans Universum geschickt, denn hier läuft einfach nichts nach Plan.

»*Yo no te entiendo*«, sagt Mrs Liebowitz und betont dabei jede Silbe. Sie hat jetzt so viele Jahre jede Silbe einzeln betont, dass sie gar nicht mehr normal reden kann.

Ich seufze und durchwühle mein Gehirn. »*Yo no siento bien*«, kriege ich schließlich zustande. *Ich fühle mich nicht gut.*

Mrs Liebowitz strahlt mich an. »Muy bien, Katerina«. Sie deutet mit einem Nicken zur Tür und ich fliehe aus dem Unterricht.

Ich eile zum Krankenzimmer und verkünde, ich hätte schlimme Kopfschmerzen und ob ich mich hinlegen dürfte. Mrs Stickney schaut kaum auf, als sie mich zur Liege winkt. Ich warte zehn Minuten, dann springe ich auf und erkläre, dass es mir schon viel besser geht.

»Bekomme ich eine Bescheinigung, damit ich zurück in den Unterricht gehen kann?«

Mrs Stickney freut sich über meine schnelle Genesung und reicht mir den Zettel. Ohne den darf man sich nicht während des Unterrichts im Schulgebäude bewegen.

Ich komme mir ein bisschen so vor wie in einer Filmhandlung à la *Mission Impossible*, aber ohne das irre Gerät.

Und ohne Tom Cruise. Ich gehe zurück in den Spanischunterricht. Als es klingelt, gehe ich nicht etwa in die sechste Stunde, sondern verfolge Alyssa, die Richtung Musikraum eilt. Sobald sie drinnen verschwunden ist, platziere ich meine zweite Requisite und bete. Mr Cantrell hat die sechste Stunde frei. Er bleibt dann meist in seinem Büro nebenan sitzen, doch es könnte ihm ja auch einfallen, ins Lehrerzimmer oder gar auf die Toilette zu gehen. Wenn ich bedenke, wie lange mein Vater auf dem Klo hocken kann, wird mir ganz anders.

Ich atme erleichtert auf, als ich an Mr Cantrells Tür vorbeikomme. Er sitzt drinnen, summt eine Melodie und dirigiert ein unsichtbares Orchester. Er sieht so glücklich aus. Ich bekomme Mitleid. Er hat wahrscheinlich immer davon geträumt, ein weltberühmter Dirigent zu werden, und jetzt hängt er hier in der Vorortschule fest und muss pickligen, vorpubertären Schülern Musik beibringen. Ich notiere mir im Hinterkopf, mal netter zu Mr Cantrell zu sein. Wenn mein Plan schiefgeht, stehe ich natürlich ab sofort ganz oben auf seiner Liste der meistgehassten Schüler. Üble Zweifel packen mich wie eine schlimme Magenverstimmung. Noch kann ich alles abblasen. Ich hole tief Luft und versuche mich zu beruhigen.

Wenn ich mir alles, was ich mache, als Filmszene vorstelle, geht es viel einfacher. Hat nicht Shakespeare gesagt, die ganze Welt ist eine Bühne? Oder es war Jim Carey, der das gesagt hat. Ich versuche die ganze Zeit, eine wirklich unangenehme Frage zu verdrängen, aber sie windet sich immer wieder in mein Gehirn: »Hat Alyssa das wirklich verdient? Ich fürchte mich davor, welche Antwort wohl rauskommt, wenn ich zu lange darüber nachdenke. Ich habe stundenlang von diesem Moment geträumt und jetzt ist alles in Gang gesetzt. Ich denke noch mal dran, wie Alyssa und Lydia über ihre Margaret-Zeichnung gelacht haben, und knirsche mit den Zähnen. Dann verstecke ich mich in der Toilette gegenüber und halte die Tür offen, damit ich den Musikraum im Blick habe.

Was jetzt kommt, ist am schwierigsten. Ich muss einschätzen, wie lange Alyssa auf Jake wartet, bevor sie aufgibt und in den Unterricht geht. Fünf Minuten fühlen sich da an wie fünf Stunden. Auf einmal kommt Miss Winter in die Toilette. Ich erschrecke furchtbar und weiche mit einem Schluckauf-Quieken zurück.

Miss Winter unterrichtet Gesellschaftskunde. Sie macht ihrem Namen alle Ehre, denn ihr Gesicht ist fast immer zu einem eisigen Lächeln erstarrt. Auch jetzt funkelt sie mich frostig an: »Hast du eine Entschuldigung?«

Ich gebe ihr schnell die Bescheinigung der Schulkrankenschwester. Wenn Miss Eiskalt sie durchliest, bin ich reif, denn die Schwester hat darauf die Zeit notiert, und die ist schon seit einer halben Stunde vorüber. Ich weiß aber aus Erfahrung, dass die Lehrer da nie so genau hingucken. Sie wollen nur wissen, dass man eine Entschuldigung hat. Und richtig, Miss Winter spitzt nur die Lippen, nickt kurz und hält mir den Zettel hin. Ich renne aus dem Klo. Was ist, wenn ich jetzt nicht gesehen habe, wie Alyssa gegangen ist?

Sie ist immer noch im Musikraum, liest noch einmal den Brief durch und wirkt ziemlich nervös. Ich renne zu Mr Cantrells Büro und platze einfach rein. »Mr Cantrell. Ich habe einen Ring verloren! Er gehört meiner Mutter und ist ein Erbstück! Ich glaube, ich habe ihn heute bei der Chorprobe liegen lassen. Haben Sie ihn vielleicht gesehen?«

Er reagiert besorgt. »Nein, Kate, ich habe nichts gefunden.«

»Meine Mutter bringt mich um«, stammele ich. »Der Ring ist wirklich wertvoll. Sie wird furchtbar ärgerlich sein, wenn er weg ist.«

»Hast du schon im Chorraum gesucht?«, fragt er.

»Ach, danke«, erwidere ich und tue so, als hätte ich etwas anderes verstanden. »Wirklich nett von ihnen, dass sie mir suchen helfen. Der Ring hat eine echte Perle. Ich durfte ihn mir ausleihen und da ist er mir wohl vom Finger gerutscht ...«

»Wir finden ihn bestimmt.« Mr Cantrell steht auf und wir gehen zusammen in den Flur. Alyssa ist nicht zu sehen, also wartet sie noch immer auf Jake.

»Warten Sie!«, rufe ich. »Ich muss kurz nachdenken. Vielleicht habe ich ihn doch nicht im Chorraum verloren, sondern beim Sport. Ich kann mich nicht erinnern.«

»Na, es kann nicht schaden, wenn wir mal nachsehen, Kate. Wenn wir ihn hier nicht finden, kannst du immer noch in der Turnhalle suchen.«

»Ich möchte Ihnen keine Umstände machen.«

»Das tust du nicht«, versichert mir Mr Cantrell. Eigentlich geht es mir nur darum, Zeit zu gewinnen. Ich muss Mr Cantrell noch eine Weile im Flur festhalten. Alyssa ist noch im Musikraum. Wenn wir jetzt zwei Türen weiter im Chorraum verschwinden, sieht er sie nicht gehen. Die kleine Stimme in meinem Kopf wird immer größer und lauter und stellt lauter quälende Fragen: Was ist aus dem netten Mädchen Kate Walden geworden? Wie konntest du je glauben, dass das hier funktioniert? Nur weil blöde Ideen im Film funktionieren, gilt das noch lange nicht fürs echte Leben ...

Dann tritt das Schicksal für mich ein. Alyssa kommt aus dem Musikraum gestürmt. Sie bleibt abrupt stehen, als sie Mr Cantrell entdeckt.

»Ach, Alyssa«, sagt er erstaunt. »Was machst du denn hier? Solltest du nicht im Unterricht sein?«

»Äh, ja, ich habe etwas gesucht, hab es aber nicht gefunden«, stammelt sie. Ihr Gesicht bekommt etwa zehn Rot-Schattierungen. Nur ich weiß, dass sie verlegen ist, weil sie auf Jake Knowles gewartet hat und der nicht aufgetaucht ist. Im Endergebnis jedenfalls sieht sie mega-schuldbewusst aus. Sie wirft sich den Rucksack über die Schulter und huscht davon.

»Heute hat anscheinend jeder etwas verloren«, kommentiert Mr Cantrell. »Sollen wir jetzt nach deinem Ring suchen, Kate?«

»Oh, das gibt es ja nicht! Da ist er ja!« Ich fische den Ring unter einer Bank hervor und wedele damit vor Mr Cantrells Augen. Ich habe den billigen Plastikperlenring vorher dort platziert. Hoffentlich will er ihn nicht begutachten.

Er wirkt verwirrt und erstaunt. »Da hast du aber Glück gehabt. Pass nächstes Mal besser auf!«

»Das werde ich. Danke, Mr Cantrell!«

Ich verziehe mich auf die Toilette, bis er zurück in sein Büro gegangen ist. Einem Teil von mir ist zum Heulen, der andere Teil ist komplett geflasht, als hätte ich drei Frappuccino nacheinander getrunken. Ich hole tief Luft und wische mir über die Stirn. Das war der komplizierteste Teil. Jetzt folgt der, der am meisten Überwindung kostet.

Ich schleiche in den Musikraum. Es ist so leise, dass ich die Uhr ticken höre. Eine Fliege am Fenster macht einen Lärm wie eine Mini-Kreissäge. Ich wage mich herüber zu der

Ablage unter den großen Fenstern. Mein Herz pocht mir in den Ohren wie ein billiger Soundeffekt aus einem schlechten Horrorstreifen. Ich muss schwer schlucken und sehe nervös zur Tür. Ich habe noch nie Schuleigentum gestohlen. Wenn man mich erwischt, kriege ich ernsthaft Schwierigkeiten.

Ich sage mir, dass ich sie mir ja nur ausleihe. Aber meine Hand zittert, als ich die Supersüße Rote Mähne von ihrem Plastikkopf nehme und in meinen Rucksack stopfe. Ich mache, dass ich rauskomme, und atme zittrig-erleichtert auf. Ich komme zu spät zum Unterricht und bekomme einen Eintrag, aber das macht mir nichts aus. Erleichterung durchflutet mich, als ich mich schließlich zurück auf meinen Stuhl fallen lasse. Es ist vollbracht. Die Aufregung vermischt sich mit blankem Entsetzen. Ich versuche, bloß nicht auf meinen Rucksack zu gucken. Die Falle ist gestellt. Jetzt muss S. B. nur noch reintappen.

18.

Am nächsten Morgen verbreitet sich die Nachricht wie ein Lauffeuer: Die Supersüße Rote Mähne wurde gestohlen. Als uns Mr Cantrell in der Chorstunde die Mitteilung macht, wissen es schon alle. Er sieht blasser aus als sonst, und mir fällt auf, dass er Alyssa extra lange anschaut. Ich hatte schon Angst, Mr Cantrells Musikerhirn würde nicht draufkommen, aber er hat wohl eins und eins zusammengerechnet.

»Ja, es stimmt leider«, sagt er uns. »Jemand hat die rote Perücke für unser Annie-Musical gestohlen. Wenn jemand von euch etwas weiß, dann kommt doch bitte zu mir. Ansonsten wollen wir einfach hoffen, dass der Dieb – oder die Diebin – zur Besinnung kommt und die Perücke zurückbringt.«

Alle sind ganz betroffen, sogar Lydia. »Das ist ja so mies«, kommentiert sie laut.

»Ja«, stimmt Alyssa zu. »Wer sollte so was tun?«

»Ja, wer?«, antwortet Mr Cantrell leise.

Ich rechne schon damit, dass er Alyssa befragt, stattdessen aber greift er nach dem Liederbuch. Da fällt mir ein, dass er sie bestimmt lieber unter vier Augen zur Rede stellt. Am liebsten würde ich ihn schütteln. Fühlt sich so Tim Burton, wenn seine Schauspieler die Szene vermasseln? Sieht aus, als müsste ich die Angelegenheit selber regeln.

»He, Alyssa, warst du nicht gestern in der sechsten Stunde im Musikraum?« Ich sage das, als wäre es mir eben eingefallen. »Erinnern Sie sich, Mr Cantrell? Wir haben meinen Ring gesucht und da sind wir Alyssa über den Weg gelaufen. Hast du irgendetwas Verdächtiges beobachtet, Alyssa?«, frage ich unschuldig.

Alle sind still. Ich kann fast die Gehirne rattern hören, als sich manche erinnern, dass Alyssa zu spät in den Englischunterricht gekommen ist und wahrscheinlich auch noch richtig nervös aussah.

Mr Cantrell nimmt seine Brille ab und reibt sich die Augen. »Ja, das stimmt. Alyssa, was hast du im Musikraum gewollt?«

Alyssas Gesicht bekommt eine ungesunde Farbe. Innerhalb einer einzigen Sekunde ist ihr und mir und allen anderen klar, dass sie Verdächtige Numero uno ist, wie Mrs Liebowitz sagen würde. »Gar nichts Bestimmtes«, stammelt sie. »Ich habe nach einem Buch gesucht.«

»Nach welchem Buch?«, hakt Mr Cantrell nach.

Und da gefriert der armen Alyssa der Verstand. Sie schluckt, sie druckst, sie zögert. Sie müsste jetzt nur irgendeinen Titel nennen, aber sie kriegt es nicht hin. »Mein Englischbuch«, bringt sie schließlich raus.

»Du hattest es aber gestern in der Englischstunde«, piept da unsere supereifrige Bestnoten-Abräumerin Jennifer Adams. »Wir haben zusammen reingeguckt, erinnerst du dich?«

»Ja, ich habe es ja auch gefunden«, erklärt Alyssa schnell. »Die Perücke war noch da, als ich aus dem Musikraum raus bin, das weiß ich sicher. Ich hab noch gedacht: Ach, da ist sie, die Supersüße Rote Mähne!« Sie sagt das albern schwärmerisch und ein paar Mädchen kichern. Alyssa atmet etwas auf und grinst Lydia an, die ruft:

»Mann, du hättest den Dieb auf frischer Tat ertappen können! Du hättest dich im Schrank verstecken sollen!«

Alle lachen. Das ging scheinbar noch mal gut.

Ich halte die Luft an. Mr Cantrell ist einer dieser alten Typen, deren Alter man schwer schätzen kann, weil er noch Haare hat und noch schlank ist. Er muss aber so Mitte vierzig sein. Hat er noch genug Gehirnzellen, um sich an gestern zu erinnern, oder hat der Gedächtnisschwund schon begonnen? Die Uhr tickt weiter.

Mr Cantrell runzelt die Stirn und hebt einen Finger. Halleluja. Der Finger zeigt zum Himmel, aber wenn man ihn nur ein bisschen ausrichtet, zeigt er auf Alyssa. »Gestern hast du gesagt, du hättest nicht gefunden, wonach du gesucht hast.«

Es ist, als würde auf einmal die Luft aus dem Raum gesaugt. Oder als steckten wir mitten in einem Perry-Mason-Remake und Perry hat soeben den Täter in allerletzter Sekunde überführt. Alyssa sieht aus, als müsste sie gleich weinen, und ich habe schon fast Mitleid mit ihr. Ich erinnere mich an die vergangenen Folterwochen, mir klingelt das »Kack-Kate« im Ohr. Ich darf jetzt nicht weich werden.

»Ich habe sie nicht gestohlen!«, stottert Alyssa. »Ich schwöre!«

Erwachsene Geschworene würden darin eine Unschuldsbekundung sehen. Siebtklässler aber haben ein schärferes Gehör. Ein Geständnis hören wir sofort heraus. Unsere Rechtsprechung funktioniert nämlich etwa so: Niemand schwört, etwas nicht getan zu haben, wenn er oder sie es nicht wirklich getan hat und deswegen beteuern muss, es nicht getan zu haben.

An dieser Stelle zeigt sich die Überlegenheit meines Drehbuchs. Alyssa schnappt sich ihren Rucksack und öffnet ihn: »Hier, da ist nichts!«

Als wenn jemand damit rechnen würde, dass sie die Perücke in der Tasche herumträgt. Wer ist schon so blöd? Deswegen bin ich gar nicht erst darauf gekommen, die Perücke dort zu platzieren. *Auf* Alyssas Rucksack allerdings habe ich vor Beginn der Stunde eine kleine rote Locke gelegt, die ich der Perücke ausgerissen habe. Ehrlich gesagt habe ich von dieser Maßnahme nicht viel erwartet, weil Alyssas Rucksack ziemlich unauffällig ist und unter dem Stuhl versteckt war. Ziemlich unwahrscheinlich, dass jemand etwas merkt, aber ein Versuch kann ja nicht schaden, dachte ich.

Als Alyssa nun ihren Rucksack hochhebt, um ihn allen zu zeigen, flattert die knallrote Locke auf den weißen Linoleumboden wie ein blutiger, abgeknickter Finger, der direkt auf Alyssa zeigt. Manchmal liefert das Leben ein besseres Skript, als ich es je schreiben könnte.

»Was ist das?«, kreischt Lydia. Sie hebt die Locke auf und hält sie hoch. Jetzt ist sogar sie sprachlos. Sie schnippt das rote Haar Alyssa entgegen. »Gib sie einfach zurück, Mann.«

Das Hohe Siebtklässlergericht hat gesprochen! Das Urteil lautet: schuldig. Alyssa ist fällig.

»Ich hab sie nicht!«, beteuert Alyssa noch einmal, aber ihr hört niemand mehr zu.

Mr Cantrell hebt vorsichtig die rote Locke auf und winkt Alyssa zu sich. Ihr Gesicht ist krass weiß und ihre Unterlippe zittert. Sie steht auf und folgt ihm. An der Tür bleibt Mr Cantrell stehen. »Jennifer, ihr stimmt schon mal *Oh My Heart* an, bis ich zurückkomme.« Er dreht sich um und Alyssa trottet ihm hinterher wie ein geschlagener Hund.

19.

Ein gutes Drehbuch muss glaubwürdig sein. Jeder Schritt der Handlung muss Sinn ergeben, als könnte alles wirklich so geschehen. Dass Alyssa die Perücke in ihrem Schließfach versteckt, wäre vollkommen unglaubwürdig gewesen. Wer ist so dumm und stiehlt etwas und legt es dann in seinen Spind, der jederzeit durchsucht werden kann? Eine Locke, die versehentlich von der Perücke abreißt und an ihrem Rucksack kleben bleibt, das klingt glaubhaft. Außerdem bleibt die Perücke dann verschwunden. Und außerdem sind alle weiter wütend auf Alyssa. Natürlich werde ich die Perücke zurückgeben, bevor *Annie* auf die Bühne gebracht wird. Ich möchte nur die Feindseligkeit noch ein bisschen hochkochen lassen.

Später erfahre ich, dass der Direktor und Mr Cantrell Alyssa befragt haben, sie aber weiter beteuerte, die Perücke nicht gestohlen zu haben. Sie hätte keine Ahnung, wie die rote Locke auf ihrem Rucksack landen konnte. Sie haben sich ihr Schließfach zeigen lassen, aber da war natürlich keine Perücke.

Es gibt im Grunde keinen Beweis, dass sie es war, also wurde Alyssa irgendwann in den Unterricht entlassen. Aber bis dahin hatte sich ja schon die ganze Schule zugeraunt: *Alyssa Jensen hat die Supersüße Rote Mähne geklaut und will es nicht zugeben.* Alles, was sie dagegen sagt, macht es nur noch schlimmer. Lydia erklärt sie zur absoluten Loserin. Alyssa ist fertig.

Und mir wird klar: Ich hab es geschafft. Bogie hat das schöne Biest ausgetrickst. Ich gehe mein Skript im Kopf immer wieder durch und bin fast selbst erschrocken, dass mein verrückter Plan tatsächlich aufgegangen ist. Selbst die Hühner konnten mir nicht dazwischenfunken. Den Rest des Schultags verbringe ich wie auf einer Wolke. Selbst Lydia kommt mir auf dem Flur entgegen und sagt: »Nicht zu fassen, oder? Ist Alyssa durchgeknallt?«

Ich nehme an, sie sagt das, weil ich so lange mit Alyssa befreundet war. Lydia hat offenbar schon eine neue Favoritin: Tina Turlick, die schon im vergangenen Jahr ihr Schatten sein durfte. Lydia recycelt also wenigstens. Tina ist eine ihrer fanatischen Anhänger. Sie hat ihre Haare geschnitten und gefärbt, damit sie so aussehen wie Lydias, und sie kauft in denselben Läden.

Tina zieht ein angewidertes Gesicht. »Sie war wahrscheinlich neidisch, weil sie wusste, dass du die Rolle der *Annie* bekommst, Lydia. Mr Cantrell hat das doch praktisch schon so gesagt. Das konnte sie nicht ertragen und da hat sie die bescheuerte Perücke geklaut.«

»Ja, ganz schön armselig«, stimme ich zu. »Als wir noch Freundinnen waren, war sie nicht so.« *Sie ist auch jetzt nicht so!* Ich erdrücke die kleine Stimme, bis mein Magen wehtut. Ich achte nicht drauf.

»Ach, was soll's«, meint Lydia gut gelaunt. »Wie läuft es mit dem Zombie-Film, Frau Regisseurin? Kann ich meinen großen Auftritt bald mal bestaunen?«

Ich zucke zusammen. Habe ich das Filmmaterial von

Lydias Szene tatsächlich in den Papierkorb verschoben? Ich durchforste mein Gehirn und versuche mich zu erinnern, ob ich seitdem den Papierkorb geleert habe. Ich bin mir ziemlich sicher, dass ich das nicht getan habe, also lässt sich die Aufnahme wiederherstellen. Es war zwar kaum etwas Brauchbares darunter, aber wenn ich eine kurze Szene zusammenschneide …

»Ist toll geworden«, sage ich mit gespielter Begeisterung. Meine Stimmung steigt tatsächlich. Lydia hat mich nicht Kack-Kate genannt. Sie findet meinen Film cool genug, um ihn zu erwähnen.

»Oh, oh«, raunt Lydia. »Da hinten kommt Margaret Seltsam.« Sie schnippt mit den Fingern. »Hey, vielleicht kommen die Haare auf Alyssas Rucksack auch von Margaret! Mal sehen, ob ihr eine Strähne fehlt!«

Tina grinst. »Wir könnten ihr auch den Kopf rasieren und aus den Haaren eine neue Perücke basteln.«

Ich sehe, wie Margarets Lächeln zusammenfällt, als sie sich uns nähert. Zwölfjährige Mädchen haben einen eingebauten Sensor, mit dem sie aus zweihundert Meter Abstand wissen, ob über sie geredet wird. Ich unterdrücke den Wunsch, Lydia und Tina eine zu knallen.

Irgendwie ist es doch unfair, dass sie so hinter der Supersüßen Roten Perücke her sind, aber über Margarets Haare spotten. Wieso sind rote Haare in einem Musical eine tolle Sache, im echten Leben aber ein schlechter Scherz? Es gibt noch andere Rothaarige auf unserer Schule, die aber längst nicht so geärgert werden wie Margaret. Ich nehme an, ein Teil des Problems ist, dass Margaret eine Henrietta ist. Aber Henrietta ist zu schüchtern und Margaret ist einfach zu nett. Sie kann jedenfalls nichts dafür, dass sie rote Haare hat. Und schlimme Zähne bekommt man vererbt. Was kann sie schon dagegen tun außer bei ihren Eltern um eine Spange betteln?

Margaret hat mir in der Mensa einen Platz angeboten. Sie hat sich wie eine Freundin verhalten, als selbst meine beste Freundin mich ignoriert hat. Lydia macht so etwas nicht. Lydia ist vielleicht ganz lustig, aber sie schert sich einen Dreck. Sie macht aus allem einen Witz, damit niemand ihr vorwerfen kann, dass sie fies ist. Vielleicht ist auch alles ein großer Witz für sie – für mich aber nicht. Und jetzt muss sie nur irgendeinen blöden Scherz machen, schon rolle ich mich auf dem Boden. Vielleicht sollte ich mir mal selbst eine knallen.

»Hallo, Margaret«, rufe ich. »Alles klar?«

»Hallo.« Margaret wirft einen kurzen Blick in meine Richtung. »Ist doch seltsam mit der Perücke, oder? Vielleicht bringt der Dieb sie ja wieder zurück.«

»Darauf können wir nicht warten«, meint Lydia. »Komm, wir durchsuchen Alyssas Schrank. Ich wette, die Perücke liegt in der Dreckwäsche.«

Tina kräuselt die Nase. »Ärghs. Als würde man sich eine dreckige Unterhose über den Kopf ziehen.«

»Genau das hast du getan, als du das letzte Mal bei mir warst!«, kreischt Lydia. »Das hättet ihr sehen sollen! Sie hat sich meine Unterhose geschnappt, über den Kopf gezogen und ist so durchs Haus gerannt! Meine Mutter dachte, sie wäre auf Drogen!«

»Habe ich gar nicht!«, schreit Tina. »Die war sauber!«

»Das glaubst du! Alles, was auf meinem Boden liegt, ist garantiert nicht sauber!«

»Du hast dir doch auch eine Unterhose über den Kopf gezogen!«

»Aber wenigstens meine eigene, du arme Irre.«

Beide lachen sich krank. Unser Biolehrer Mr Brumberg erscheint in seiner Tür und guckt böse. »Guten Tag, Mr Brumby«, leiert Lydia. Sie hat für beinahe jeden Lehrer einen Spitznamen. Und seltsamerweise scheint das keinen zu stören.

»Solltet ihr Mädchen nicht im Unterricht sein?«, fragt er.

»Wir haben es uns anders überlegt«, informiert ihn Lydia. »Wir dachten, wir stehen lieber vor Ihrer Tür und unterhalten Sie ein bisschen.«

Mr Brumbergs Lippen zucken. »Zieh ab, Lydia.«

»Na schön, Mr Brumby, wie Sie wollen!«

Lydia und Tina verschwinden, und auch ich will schnell weg, denn ich ahne schon, worüber Margaret mit mir reden will.

Sie ist schneller. »Was sagst du zu der Sache mit Alyssa?«

Ich zucke mit den Schultern und tue am besten ganz gelassen. »Keine Ahnung. Schon seltsam.«

»Ich frage mich, ob Jake Knowles überhaupt im Musikraum aufgetaucht ist.« Sie klingt wenig überzeugt. Hat sie es rausbekommen?

Wenn Margaret bei Jake nach dem Brief fragt, den er nie geschrieben hat, bin ich geliefert. »Frag ihn doch«, schlage ich vor, denn ich weiß ziemlich genau, dass sie das nie tun wird. Jake Knowles ist so ein total gut aussehender sportlicher Typ. Selbst Margaret würde sich nicht trauen, ihn zu fragen, ob er Alyssa hat abblitzen lassen. Sie zuckt mit den Schultern, als wäre das keine große Sache, und mich durchströmt Erleichterung. Sie hat keine Ahnung.

Ich renne in die letzte Stunde und komme mir vor wie

eine tolle Geheimagentin. Ich habe sie alle hinters Licht geführt. Als ich um die Ecke biege, stoße ich fast mit Alyssa zusammen. Sie dreht ihr tränenverschmiertes Gesicht weg und hastet nach draußen, wo ich das Auto ihrer Mutter warten sehe. Es ist also so schlimm, dass sie früher gehen muss.

Ich muss schwer schlucken, als das Auto wegfährt. *Das hat sie davon*, sage ich mir. *Jetzt weiß sie, wie es sich anfühlt*. Doch auf einmal komme ich mir längst nicht mehr so toll vor.

20.

Meine Mutter muss mit meinem Vater über unsere kleine Unterhaltung gesprochen haben. Als er von der Arbeit nach Hause kommt, taucht er bei mir im Fernsehzimmer auf. Ich habe die Perücke in meinem Kleiderschrank versteckt. Ich habe den Aufbewahrungsort dreimal geändert und habe trotzdem noch Angst, dass meine Mutter sie findet. Ich bin so nervös deswegen, dass ich mich kaum auf die Sendung konzentrieren kann. Ich glaube nicht, dass Margaret etwas ahnt, aber was ist, wenn sie doch draufkommt? Und was ist, wenn Alyssa draufkommt? Schließlich bin ich diejenige, die ihr das eingebrockt hat. Ich wollte die Perücke ein paar Wochen ausleihen, damit die anderen wütend auf sie werden. Ist doch kein so großes Ding, oder? Aber auf einmal kommt es mir vor wie ein richtig großes Ding.

Was würden meine Eltern sagen, wenn sie wüssten, was ich getan habe? Mir läuft es eiskalt den Rücken runter. Mein Vater erzählt Derek und mir immer, dass es Jugendliche gibt, die den falschen Weg einschlagen und als Versager enden. Meint er das? Bin ich eine Versagerin?

Mein Vater klatscht in die Hände und grinst mich groß an. »Na, willst du am Wochenende noch eine Szene für deinen Film drehen? Wer ist dieses Mal der Zombie?«

Ich glotze auf den Bildschirm. »Ich filme nicht mehr.«

Mein Vater tut erstaunt. »Ach ja? Bist du fertig? Ist ja prima!«

Ich stopfe mir ein dickes Sofakissen unters Kinn. »Ne, ich hab alles gelöscht. War ja mal ganz lustig, als ich klein war. Jetzt finde ich es ziemlich albern.«

Was für eine dicke, fette Lüge. Mir ist eben in dieser Sekunde erst der Einfall gekommen, einfach alles zu löschen. Die Aufmerksamkeit meines Vaters habe ich mir damit gesichert. In letzter Zeit bin ich süchtig danach, immer genau das zu sagen, was meine Eltern am meisten beleidigt oder schockiert. Keine Ahnung, warum das so ist. Anscheinend genieße ich irgendwie doch die Aufmerksamkeit, obwohl ich natürlich so tue, als würde mich das kaltlassen.

Sein Gesicht wird bleich. »Du hast alles gelöscht?«, wiederholt er. Er lässt sich in einen Sessel fallen. »Kate, meinst du das ernst?«

»Na ja, ich werde es löschen«, erwidere ich. »Sobald ich nach oben gehe.«

Mein Vater seufzt erleichtert auf. Schön zu wissen (endlich mal), dass ihm mein Film was bedeutet.

»Kate, du hast dir so viel Mühe gegeben mit *Die Nacht der Zombiehühner*, und der Film ist doch beinahe fertig. Wieso willst du jetzt alles wegwerfen? Was sagt denn Alyssa dazu, ist sie nicht sauer?«

Jetzt fängt er an zu bohren. Meine Mutter hat ihn vorbereitet, so viel ist klar.

Ich zucke mit den Schultern. »Alyssa ist das superegal.«

Er nickt. »Habt ihr euch gestritten?«

Ich tue so, als wäre ich absolut gefesselt von SpongeBob,

obwohl ich die Episode schon drei Mal gesehen habe. »Ist nicht so schlimm.«

Und ob es schlimm ist. Es geht um Leben oder Tod. Mein Vater ist nicht blöd. Er beugt sich nach vorn. »Möchtest du darüber reden?«

Ich schüttele den Kopf. Ich hab schon immer was ausgehalten. Kaum mal habe ich geweint. Einmal, als unsere Katze überfahren wurde. Und dann, als ich vom Baum gefallen und mir das Handgelenk gebrochen habe. Sonst habe ich die Tränen immer runtergeschluckt. Wenn ich jetzt nur Dads besorgte Stimme höre, hab ich schon Tränen in den Augen. Achtzig Prozent von mir wollen sich heulend an seine Schulter werfen und blödes Zeug schluchzen wie »Was ist nur los?« oder auch »Was hab ich nur getan?«.

Aber ich kann das nicht. Ich kann ihm nicht einmal in die Augen sehen, weil ich Angst habe, dass er dann die Wahrheit entdeckt. Ich habe die Supersüße Rote Mähne gestohlen und Alyssa in Schwierigkeiten gebracht, und jetzt kommt es mir vor, als würde ich auf einem Abhang vor einem riesigen Schlammloch hocken. Und immer weiter runterrutschen.

Und überhaupt, wie kann ich denn meinem Vater vertrauen und mich an seiner Schulter ausheulen, wenn er selbst doch Geheimnisse vor uns hat? Ich muss immer an Lydias Vater denken, der die gesamte Familie belogen hat, bis sie ihm auf die Schliche gekommen sind. Ich habe ein schlechtes Gewissen, weil ich meinem Vater zutraue, dass er auch so etwas tun könnte. Und wenn es aber stimmt?

Er steht auf und zaust mir durchs Haar. »Wenn du reden möchtest, ich bin in der Kammer. Ich, äh …« Er zögert. »Ich muss ein paar Anrufe machen.«

Ich nicke und glotze extra starr auf den Fernseher. Wieder mal Anrufe. Nein, mit meinem Vater kann ich nicht reden.

Er bleibt an der Tür stehen. »Tu mir bitte einen Gefallen. Versprich mir, dass du den Film nicht löschst. Du musst nichts überstürzen. Mach nichts, was du später bereuen könntest.«

Ich stoße einen großen und lauten Seufzer aus. »Okay, alles klar.«

Ein paar Minuten nachdem mein Vater gegangen ist, taucht Derek auf. Er plumpst in seinen Sessel und stiert mich an, als wäre ich irgendein irrer Prototyp aus dem Labor. »Was ist los mit dir?«

»Was meinst du?«

»Du benimmst dich komisch in letzter Zeit. Und Mom sagt, du hast dich mit Alyssa gestritten und machst nicht weiter mit deinem Film.«

Ich richte mich auf. »Das hat sie dir gesagt?«

»So ähnlich. Ich hab gehört, wie sie mit Dad geredet hat.«

Ich schenke ihm einen vernichtenden Blick. »Du sollst niemanden belauschen.«

Derek zuckt mit den Schultern. »Stimmt es denn? Habt ihr euch gestritten?«

Ich beäuge ihn misstrauisch. Manchmal verstehen Derek und ich uns ganz gut. Aber ansonsten ärgert er mich und nervt mich und nimmt Sachen aus meinem Zimmer und macht so lange weiter, bis ich nur noch schreien kann. Und dann schreie ich ihn an und wir kriegen beide Ärger.

»Was geht dich das an?«

»Pff… ich hab halt überlegt. Du musst nicht gleich wild werden. Alyssa ist eh eine blöde Kuh. Und dann diese Ziege, die deinen letzten Zombie gespielt hat! Ich musste mir Kopfhörer aufsetzen, so laut war die. Und sie kann nicht mal schauspielern.«

»Woher weißt du das?«

»Ich hab euch aus dem Fenster oben beobachtet. Sie ist die ganze Zeit nur idiotisch kreischend durch die Gegend gerannt.«

Ich muss gegen meinen Willen grinsen. Er hat recht: Lydia und Alyssa sind nur zwei laute, dumme Nervziegen. »Ja, sie war grottenschlecht«, stimme ich zu.

Ich gönne Derek einen genaueren Blick. Er hat uns also vom Fenster aus beobachtet, ja? Er muss sich zu Tode gelangweilt haben. Manchmal vergesse ich, dass auch er darunter leidet, hier draußen in der Einöde zu leben. Vielleicht nervt er mich deswegen andauernd und will mir unbedingt bei meinem Film helfen.

»Sollen wir Mario spielen?«, fragt Derek.

»Klar.«

Ich bin fast ein bisschen gerührt, als er mich froh anlacht und aufspringt, um die Konsole anzuschließen. Alles nur, weil ich mit ihm spielen will. »Mach dich auf eine Abreibung gefasst.«

»Träum weiter.«

Wir grinsen einander an und er wirft mir eine Fernbedienung zu. Es tut gut, wenigstens mit einem Menschen auf der Welt einen Waffenstillstand zu haben – auch wenn ich weiß, dass er nicht lange halten wird.

21.

Mein Plan hat besser funktioniert als gedacht – oder auch schlechter, je nachdem. Am nächsten Tag hacken die anderen schon im Flur auf Alyssa ein. »Wo ist die Perücke, Jensen?« Sie wird von allen angestarrt, an denen sie vorbeikommt. Lydia und ihre Gang beachten sie gar nicht. Mittags erscheint Alyssa nicht in der Mensa – das bedeutet wohl, dass sie sich auf dem Klo versteckt hat und weinend ihr Sandwich isst.

Ich sage mir immer wieder, dass sie eine wertvolle Erfahrung macht. Man muss einmal in der Haut des anderen gesteckt haben.

Anscheinend wollen alle darüber reden. Selbst Margaret schüttelt beim Essen den Kopf und murmelt: »Arme Alyssa. Warum hat sie die bloß geklaut.«

Sie sieht mich von der Seite an, und ich bin mir kurze Zeit absolut sicher, dass sie alles weiß. Dann aber beschließe ich, dass sie nur darauf wartet, dass ich etwas sage.

»Was geklaut?«, fragt Doris. Sie sieht von ihrem Biobuch auf und schiebt sich eine Fritte in den Mund. Doris' Verstand muss so ähnlich sein wie ein riesiges, schallgeschütztes Labor. Da kommt nichts rein, was keinen wissenschaftlichen Namen hat.

Ich klappe ihr mit einem demonstrativen Stöhnen das

Buch zu. Ich muss unbedingt das Thema wechseln. »Doris, beim Essen soll man nicht lernen.«

Ihre Stirn bekommt Falten. »Warum nicht?«

»Doris, sieh dich doch mal um. Sitzt hier irgendjemand mit einem Buch?«

Sie sieht sich immer noch stirnrunzelnd um.

»Das Mittagessen ist ein gemeinschaftliches Ereignis«, erkläre ich. »Man soll sich dabei unterhalten.«

»Mit mir möchte niemand reden.«

Sie sagt das ganz sachlich. Vor ein paar Wochen hätte ich das so hingenommen, aber inzwischen kann sie mir nichts mehr vormachen. Ich weiß, wie viel Mühe es kostet, sich und alle anderen davon zu überzeugen, dass es einem nichts ausmacht, ignoriert zu werden.

Ich funkele sie gespielt böse an. »Und was glaubst du, warum sitzen Margaret und ich hier?«

»Weil ihr nirgendwo anders sitzen könnt.« Sie sagt das so gelassen, dass es mir einen Stich gibt – meinetwegen und wegen Doris und allen anderen Mädchen, die so tun müssen, als ob es nicht wehtun würde und als ob es uns egal wäre.

Margaret zieht die Luft ein. »Doris, wie kommst du denn darauf?«

»Ja, vielen Dank auch, Doris.« Meine Ironie klingt lahm. Ich schäme mich, weil etwas Wahres dran ist an dem, was sie gesagt hat.

»Na schön.« Doris schiebt ihre Brille hoch. »Entschuldigung. Ich kann mich unterhalten und zugleich lesen.«

Mir wird auf einmal klar, dass es gar nicht ums Lesen geht. Mit dem Buch klaue ich Doris ihre Kuscheldecke. Sie weiß nicht, was sie tun soll, wenn gerade kein Buch greifbar ist. Sie braucht eins zum Schutz, wenn es unangenehm wird.

Aber da müssen wir jetzt durch. Doris hat mir enorm bei Mathe geholfen. Jetzt kann ich ihr auch einen Gefallen tun. Willkommen bei Sozialkompetenz 2.0.

»Wenn du in ein Buch starrst«, erkläre ich langsam, »sieht es aus, als wäre dir alles egal. Als würdest du nicht zuhören. Und die meiste Zeit hörst du auch nicht zu!«

»Oh doch!«

»Wie kommt es dann, dass du die Einzige in der gesamten Schule bist, die nicht weiß, dass Alyssa Jensen die …« Mich durchzuckt es, aber ich bringe es dennoch raus: »Die Supersüße Rote Mähne geklaut hat?«

Doris macht große Augen. »Sie hat die Perücke gestohlen?«

»*Wahrscheinlich* hat sie das«, gibt Margaret zu bedenken. »Man ist unschuldig, bis die Schuld bewiesen ist. Stimmt's, Kate?«

Margaret macht mich langsam nervös.

»Also, keine Bücher mehr beim Essen«, fahre ich unbeirrt fort. »Vertrau mir, Doris. Du bist schlau genug.«

Doris zieht die Schultern hoch. »Na gut. Worüber sollen wir reden?«

Wir glotzen uns an. Nichts tötet eine Unterhaltung schneller als diese Frage.

»Ich hätte Lust, mal wieder ins Kino zu gehen«, sagt Margaret da. »Ich liebe Filme.« Sie sieht mich ganz kurz so schräg von der Seite an, und ich weiß sofort, was Sache ist.

Denn eigentlich fragt sie, ob ich mit ihr ins Kino gehe. Wenn ich in die Kinobegeisterung einstimme, wird sie vorschlagen, dass wir zusammen hingehen. Wenn ich gar nicht reagiere oder über etwas anderes spreche, verwirft sie die Idee. Und weil sie mich nicht direkt fragt und ich nicht Nein sagen muss, vermeiden wir, dass es peinlich wird. Das muss ich Margaret lassen: Sie weiß, wie man Dinge sagt, ohne sie auszusprechen. Anders als Doris.

»Ja, lasst uns heute Abend ins Kino gehen«, platzt Doris heraus. »Ich hab gesehen, dass im Westmark *Poisoned Pie* läuft. Wollen wir den sehen?«

Wenn es nicht um Gleichungen geht, hat Doris keinen Schimmer.

»Aha? *Poisoned Pie*? Davon hab ich noch nichts gehört.« Ich sauge an dem naturtrüben Bio-Apfelsaft, den meine Mutter mir eingepackt hat, und versuche, Zeit zu schinden. Wenn ich mit den beiden ins Kino gehe, steht dann mein Außenseiterdasein fest? Ich mag Margaret und Doris, aber ich muss auch mal ehrlich zu mir sein. Ich möchte nicht unbeliebt sein. Ich möchte nicht Abladeplatz für blöde Witze sein. Ich möchte nicht, dass Paul Corbett und Blake Nash mich auch noch in der Highschool Kack-Kate nennen.

In meinem Kopf dreht es sich und auf einmal bin ich so müde. Mein Leben kommt mir vor wie ein Schachspiel, in dem ich immer fünf Züge vorausdenken muss. Ich hab es satt, immer nachzugrübeln, wer meine Freundin ist und wer nicht und was die anderen über mich sagen. Ich hab es satt, so zu tun, als würde ich Alyssa gar nicht beachten, obwohl ich sie ständig aus dem Augenwinkel beobachte. Das ist alles einfach super anstrengend. Außerdem habe ich seit Wochen nichts Lustiges unternommen.

»Na klar«, sage ich laut. »Warum nicht? Gehen wir hin.«

Margaret strahlt mich an und selbst Doris zieht die Oberlippe minimal nach oben.

Ich würde gern sagen, dass ich mich freue, aber das stimmt nicht. Der Apfelsaft in meinem Magen wird zu Essig.

22.

Unser langweiliger Vorort ist wie jeder langweilige amerikanische Vorort. Es gibt eine lange Straße mit Fast-Food-Läden, Motelketten, Tankstellen und Bowlingbahnen. Unser Kino, das »Westmark Theater« ist wie ein Goldzahn zwischen all diesen McFriss- und McSchlaf-Läden eingeklemmt. Es hat ein rot-gelbes Vordach, über dem der Schriftzug *Westmark* aus Hunderten kleinen Glühlampen leuchtet. Eine Zeit lang waren ein paar Birnen vom »A« ausgebrannt und man las nur noch *Westmurk*. Das passte so perfekt in einen Horrorstreifen, dass ich die Leuchtschrift noch einmal im Dunkeln gefilmt habe, bevor sie repariert wurde. Ich bewahre die Aufnahmen für meinen nächsten Film auf. Zumindest wollte ich das, als ich noch dachte, *Die Nacht der Zombiehühner* würde eine Fortsetzung bekommen.

Ich bin zu spät, was aber halb beabsichtigt ist. Der Vorraum ist fast leer. Wir kaufen die Karten und Popcorn und huschen in den Saal. Die Trailer haben begonnen und wir stolpern durchs Dunkel zu unseren Plätzen. Ich pflanze mich in den Sessel und spüre dieses gespannte Kitzeln, das ich immer im Kino habe. Ich achte jedes Mal auf den Namen des Regisseurs und denke *Eines Tages stehst du da*, jetzt aber sehe ich nicht hin und schlürfe lieber meine Cola.

Es ist komisch, nicht mehr an meinem Film zu arbeiten. Manchmal erwische ich mich dabei, wie ich immer noch über einen Schluss nachdenke. Ich muss mich dann daran erinnern, dass das gar keine Rolle mehr spielt, und bekomme dieses seltsame Gefühl, als hätte mir jemand ein Loch in den Bauch gebohrt und es nicht wieder zugemacht.

Zum Glück sind Filme bestens geeignet, Probleme zu vertreiben. Ich stopfe mir eine Handvoll Popcorn in den Mund, während der Vorspann anfängt.

Poisoned Pie ist ab 12 freigegeben, also ist der Film entweder besonders gruselig oder besonders witzig, das hängt vom Zuschauer ab. Es geht um eine Frau, die eine Bäckerei hat und tolle Kuchen backt. Alle in der Stadt sind verrückt nach ihren Kuchen. Dann aber verlegt die Bäckerin ihr Geschäft in ein altes Lagerhaus am Rande der Stadt und auf einmal geschehen lauter unheimliche Dinge. Eine Frau beißt in einen Apfelkuchen und ihr baumelt anschließend ein Stück Gedärm aus dem Mund. Ein verfressener kleiner Junge taucht gleich sein ganzes Gesicht in eine Torte, die aber statt Kirsche mit Blut gefüllt ist. Das Blut ist allererste Klasse, das muss ich zugeben. Es sickert dem Jungen so schön vom Gesicht, dass ich mich frage, mit welchen Zutaten sie diesen glitschigen Schimmer hinbekommen haben.

Ich merke schnell, dass Margaret die Kreischerin und Doris die Lacherin ist. Es ist das erste Mal, dass ich Doris lachen höre, und zuerst glaube ich, sie will genauso gruselig sein wie der Film, aber dann stellt sich heraus, dass sich ihre Lache tatsächlich so anhört. Wenn etwas Schlimmes passiert, kreischt

Margaret los, und Doris macht Geräusche wie eine Gans mit Kopfgrippe. Ich muss glucksen. Margaret stupst mich an.

»Hast du gar keine Angst?«

»Doch«, antworte ich so glaubwürdig wie möglich. In Wahrheit kann ich dem Film auf meiner Angstskala nur eine Drei plus geben.

»Worüber lachst du?«, flüstert sie.

Ich beiße mir auf die Lippe. Da gackert Doris wieder los und ich kann mir ein Kichern nicht verkneifen. Margaret sieht erst Doris und dann mich an. Und schon lachen wir alle drei so laut, dass wir beinahe aus dem Kino fliegen.

Als der Film vorbei ist, gehe ich mehr aus Gewohnheit als aus Interesse die Zuschauer durch. Niemand da, den ich kenne. Wir hängen noch ein bisschen im Vorraum rum und beschließen dann, zu *Twisters* rüberzugehen, wo es Burger und Eis gibt. Ich weiß, dass wir da sehr wahrscheinlich von irgendjemandem gesehen werden, aber ich habe Hunger, und mir ist alles egal. Seltsam, aber alles, worüber wir uns lustig gemacht haben – Margarets rote Haare und ihre schiefen Zähne, Doris weite braune Klamotten und knochentrockene Stimme – das alles fällt mir gar nicht mehr auf. Stattdessen fällt mir auf, dass Margaret einen lustigen verrückten Humor hat und dass Doris mir die Mathe-Hausaufgaben drei Mal erklärt, bis ich es endlich kapiert habe. Ich muss ihr vorkommen wie eine Denkschnecke, aber sie hat noch nie darüber gelacht, dass ich so schwer von Begriff bin. Sie schiebt dann nur ihre Brille hoch und fängt von vorne an.

»Mir tat die Bäckerin, diese Nadine, leid«, sagt Margaret, als wir im *Twisters* zusammensitzen. »Ich hab gedacht, als sie die Leiche entdeckt, flippt sie aus und schneidet sie in Stücke.«

»Ja, das war lustig«, meint Doris. »Aber dieses Zeitloch, das der untote Hausmeister benutzt hat?« Sie schüttelt den Kopf. »Die Erklärung für die übernatürliche Energie war vollkommen unglaubwürdig.«

Ich denke nach. »Das Blut war nicht schlecht«, bemerke ich schließlich.

Doris fängt an zu gackern und steckt mich und Margaret an. Ich beiße noch einmal von meinem Burger ab, während Doris megalaut die Reste aus ihrem Becher saugt. Und genau in diesem Moment betreten Alyssa und ihre Mutter den Laden. Einen Sekundenbruchteil treffen sich unsere Blicke, dann sehen wir beide schnell weg. Ich spüre wie mir das Blut ins Gesicht steigt. Doris saugt noch immer an ihrem Strohhalm. Ich bin kurz davor, ihn ihr aus der Hand zu reißen. Ich wünschte, Alyssa wäre eine Minute früher hereingekommen, als wir alle noch gelacht haben.

»Da ist Alyssa«, bemerkt Doris in ihrer sachlichen Art.

Margaret wirft einen Blick hinter sich. Alle Tische vor uns sind besetzt, das heißt Alyssa und ihre Mutter müssen an uns vorbei nach hinten gehen. Mein Herz beginnt zu pochen. Vielleicht bleibt Mrs Jensen stehen und fragt mich, warum ich nicht mehr zu ihnen komme. Alyssa ist es wahrscheinlich eh schon peinlich, dass sie mit ihrer Mutter hier auftaucht. Sie hat wohl wirklich keine Freunde mehr. Und was ist, wenn ihre Mutter vorschlägt, dass sie sich zu uns setzen!

Apropos peinlich. Ich stopfe mir eine Pommes in den Mund und überlege, was ich jetzt tun soll.

»Ich hab gehört, du drehst einen Film, Kate«, höre ich Margaret aus dem Off sagen. »Und es geht darin um Zombies?«

Doris hört auf zu saugen. »Jetzt echt?«

Und dann geschieht ein Wunder. Ein altes Paar vor uns steht auf und geht. Alyssa und ihre Mutter schieben sich in die Sitzecke und mir gibt es einen Stich ins Herz. An diesem Tisch haben Alyssa und ich immer am liebsten gesessen.

»Kate?«

Ich wende mein vernebeltes Hirn wieder Margaret zu. »Hä?«

»Du drehst einen Film?«, souffliert sie.

»Ja, das hab ich mal …« Ich nehme einen Schluck aus meinem Becher. »Aber dann fand ich es irgendwann uninteressant. Irgendwie ist es albern. Wer will das schon sehen.«

»Du drehst einen Film?«, wiederholt Doris. »Wow. Das ist echt …« Sie bricht ab und schlürft weiter.

Und, was denkt sie? Wie ist das? Echt seltsam, echt blöd, echt unwissenschaftlich?

Margaret wirkt leicht entsetzt, so als hätte ich ihr gesagt, dass man mir ein Körperteil amputiert. Sie lehnt sich nach vorn und klammert sich am Tisch fest.

»Das ist nicht albern. Wenn du gerne Filme drehst, solltest du da weitermachen.« Ihre Stimme wird einen Dreh lauter. »Lass dir von anderen nichts ausreden, woran dir wirklich liegt.«

Ich starre sie ungläubig an, und sie wird rot und murmelt: »Das sagt meine Mutter immer.«

Ich wüsste gern, woran Margaret wirklich etwas liegt. Sie wirkt immer so still. Ich will sie gerade fragen, was ihr denn wichtig ist, als Doris endlich glaubt, den wirklich letzten Tropfen aus ihrem Becher geschlürft zu haben.

»Ich finde, einen Film zu drehen ist echt …« Sie setzt

den Becher an die Lippen und kaut die geschmolzenen Eiswürfel – *krch, krch, krch.* »Beeindruckend.«

Ich glotze sie erstaunt an. Diesen Ausdruck habe ich nicht erwartet.

»Du findest es nicht langweilig?«

»Spinnst du?« Margaret sieht mich durch ihre runden Brillengläser an. »Ich kenne niemanden in unserem Alter, der so was Cooles macht.«

Jetzt spüre ich diese Blockade im Hals, das erste Warnzeichen, dass Tränen auf dem Weg sind. Unglaublich. Ich stopfe mir Fritten in den Mund und konzentriere mich auf das köstliche, heiße, salzige Fett. Es funktioniert: Die Tränen verziehen sich. Trotzdem kommt es mir vor, als hätten Doris und Margaret mich aufgerüttelt. Vielleicht gebe ich zu schnell auf. Wenn ich nur aufhöre, weil andere sich darüber lustig machen, dann lasse ich sie doch irgendwie gewinnen. Sie sagen mir dann, was ich zu tun und zu lassen habe. Und ich hasse es, wenn mir andere sagen, was ich tun muss.

Ich lache Margaret an. »Vielleicht hast du recht.« Mein Herz jubelt bei dem Gedanken, dass mein Filmprojekt vielleicht doch noch nicht gestorben ist. Aber dann fällt mir ein, dass ich keinen Hauptdarsteller und keinen Schluss habe.

»Margaret liegt immer richtig«, stellt Doris fest. »Außer in der Wahl ihrer Lektüre.«

Na klar, Doris hat das letzte abgedrehte Wort. Es tut gut, zusammen zu lachen, bis Alyssa sich umdreht und zu uns rübersieht. Mein Grinsen gefriert, und ich frage mich, ob sie denkt, dass wir über sie lachen.

23.

Am Wochenende denke ich darüber nach, was Margaret über meinen Film gesagt hat. Sonntagabend öffne ich das Filmprojekt auf meinem Computer, klicke einen Clip an und warte, bis er sich im Viewer öffnet. Es ist ein Film vom letzten Sommer, in dem wir Hennen zombiemäßiges Verhalten antrainieren wollten. Zuerst sieht man ein Huhn am Boden picken. Ich höre Alyssa im Hintergrund mit den Fingern schnippen. Sie stand hinter mir und versuchte, das Huhn dazu zu kriegen, nach oben in die Kamera zu gucken.

»Hier, tok-tok-tok« ruft sie. Und dann: »Tschika, Tschika, bumm, bumm.«

Die Henne beachtet sie nicht.

»Hier, Schnabelfresse, sieh mal hier!«, ruft Alyssa. Die Henne schwirrt ab. Die Kamera wackelt von meinem Gelächter.

Dann rennt Alyssa ins Bild und jagt der Henne hinterher: »Guck hierher, blödes Vieh!« Das erschöpfte Tier flieht in den Stall und Alyssa bricht am Boden zusammen. Sie wirft der Kamera ein Büschel Gras entgegen, das ihr aufs Gesicht fällt. Ein paar Halme muss sie ausspucken.

»Du liegst wahrscheinlich gerade in Hühnerkacke«, höre ich mich sagen.

Sie springt kreischend auf, die Kamera wird herumgewirbelt, der Film bricht ab.

Nichts Besonderes, aber ich sehe es mir trotzdem noch mal an. Als ich merke, dass ich den Film ein drittes Mal anklicken will, weiß ich, dass ich mich jetzt da rauszerren muss. Ich hole tief Luft. Das Material ist nicht zu verwerten, also kann ich es auch gleich löschen. Der kleine Schnipsel ist schnell aus dem elektronischen Gedächtnis entfernt. Als hätte es ihn nie gegeben, als hätten Alyssa und ich nie Hühner gejagt und uns dabei kaputtgelacht.

Was Alyssa jetzt wohl macht? Ob sie Angst hat vor der Schule morgen? Ob sie ihre Mutter anfleht, zu Hause bleiben zu dürfen?

Ich starre auf meinen Kleiderschrank. Wann soll ich die Perücke zurückgeben?

Ich wünschte, ich könnte heute Nacht einfach zur Schule rennen, einbrechen und sie zurücklegen. Ich habe keine Lust mehr auf dieses Perückendrama. Ich dachte, es würde guttun, mich an Alyssa zu rächen, aber das stimmt nicht. Mir geht es mies dabei. Und als ich den Plan ausgeheckt habe, habe ich nicht darüber nachgedacht, wie ich die Perücke zurückgeben soll. Ich dachte, das wäre dann das Leichteste, aber jetzt bin ich mir nicht mehr so sicher. Was ist, wenn mich jemand dabei erwischt?

Ich sage mir, dass es noch nicht so weit ist, sie zurückzugeben. Ich sollte mich stattdessen auf etwas anderes konzentrieren. Irgendetwas. Ich beschließe, dass der Moment gekommen ist, mir doch noch ein Ende für meinen Film auszudenken. Der kreative Prozess benötigt Futter, also gehe ich nach unten, um mich mit Nahrung zu versorgen. Wilma folgt mir, weil sie wahrscheinlich auf einen Snack hofft. Als ich an Dads Bude vorbeikomme, höre ich ihn wieder telefonieren. Er lacht leise. Ein heimliches Lachen.

Meine Nackenhaare sträuben sich, als wäre eben eine kalte Hand darübergestrichen. Ich versuche an der Tür zu lauschen, aber durch die dicke Bauernhof-Holztür höre ich nur ein Murmeln. Wilma bellt laut auf, weil sie meine Aufmerksamkeit zurückwill. Mein Vater verstummt. Ich packe mir Wilma und renne wieder nach oben. Mir ist der Appetit vergangen. Oben werfe ich einen Blick in das Zimmer meiner Eltern. Meine Mutter sitzt mit Brille im Bett und geht irgendwelche Papiere durch. Sie wartet auf Dad.

Ich husche schnell weg, bevor sie mich sieht, und parke mich vor dem Computer. Als ich »Midlife-Krise« googele, kommt heraus, dass Männer und Frauen in der Mitte des Lebens oft durch Geldsorgen und familiäre Probleme belastet sind. Sie wünschen sich Abwechslung und Abenteuer. Sie wollen neue, aufregende Beziehungen. Sie kaufen sich teures Spielzeug, um sich wieder jung zu fühlen.

Geldsorgen und familiäre Probleme. Ich klicke das schnell weg. Mein Vater hat wahrscheinlich beides. Das Geld ist knapp, meine Mutter ist andauernd mit ihren Hühnern beschäftigt, Derek und ich zicken zu viel, das Haus muss ständig repariert werden ... die Liste ist endlos.

Ich trotte zurück in den Flur und setze mich auf die oberste Treppenstufe. Wilma halte ich immer noch im Arm. Meine Probleme mit Alyssa sind auf einmal nicht mehr so wichtig. Ich muss wissen, mit wem mein Vater da jeden Abend spricht. Ich kann mit dieser Angst im Magen nicht mehr leben. Ich muss herausfinden, ob mein Vater wirklich der ist, für den ich ihn halte, oder ob er nur so tut. Wenn ich nur Langziehohren hätte wie die Weasley-Zwillinge in *Harry*

Potter und der Orden des Phönix. Wilma leckt mir mitleidig das Gesicht und ich seufze.

Auf einmal höre ich die Tür zum Arbeitszimmer knarren. Ich zische samt Wilma ab in mein Zimmer, schließe die Tür und mache das Licht aus. Er steigt langsam die Treppe hoch und kurz darauf klackt die Schlafzimmertür zu. Ich knuddele mich unglücklich im Dunkeln zusammen. Wilma leckt mir das Ohr und da fällt mir was ein. Ich habe zwar keine Zauberohren, aber etwas fast so Gutes. Wenn ich das Ding finde, kann ich alles hören, was mein Vater in seiner Bude sagt. Leider hat meine Mutter es wahrscheinlich im Keller verstaut.

Ich versuche mich zu überreden, erst am nächsten Morgen danach zu suchen. Schließlich ist es für heute zu spät, meinen Vater auszuspionieren. Ich kann es aber einfach nicht abwarten. Geduld ist nicht gerade meine Stärke. Ich erinnere mich, dass ich das Gerät vor ein paar Jahren einmal gesehen habe, in einer Kiste zwischen unserem alten Spielzeug. Es war eigentlich unnützes Zeug, und ich hab mich gefragt, warum meine Mutter es aufhebt. Hat sie die Kiste etwa bei unserem Umzug weggeworfen?

Ich öffne leise meine Tür.

»Tut mir leid, Wilma«, flüstere ich. »Du musst hierbleiben.« Sie sieht mich traurig an, als ich die Tür hinter mir zumache. Das Letzte, was ich jetzt gebrauchen kann, ist, dass sie im Keller eine Maus erschnüffelt und zu kläffen anfängt. Ich schleiche mich nach unten und suche mir eine Taschenlampe.

Ich knipse das Kellerlicht an und starre auf die geschwungene Holztreppe ins Nirgendwo. Die Taschenlampe habe ich nur zur Sicherheit. Wenn der Strom ausfällt oder Derek mir heimlich folgt und ihm einfällt, das Licht auszumachen, möchte ich vorbereitet sein. Ich komme mir vor, als wäre ich in einem seltsamen Horrorstreifen gelandet. Jetzt brauche ich nur noch einen eigenen Grusel-Soundtrack.

Um mich von den Spinnweben, den Ratten und dem Leichengeruch abzulenken, summe ich eine Schauermelodie, während ich Stufe für Stufe hinuntersteige. Unter der Treppe raschelt etwas, ich bleibe stehen. Vielleicht sollte ich doch bis morgen warten. Was auch immer da hockt, es ist groß. In einer dunklen Ecke des Kellers sind Plastikkisten gestapelt. Ich summe noch lauter, nehme die letzten Stufen im Sprung und husche am Wasserkessel und dem rostigen Öltank vorbei. Da springt die Senkgrubenpumpe an und gurgelt los. Ich zucke zusammen. Ich hab mal gehört, dass sich kleine Schlangen in die Keller von irgendwelchen Leuten verirrt haben, die dann Jahre später zwei Meter lang und fett wie Feuerwehrschläuche wieder auftauchen. Was ist, wenn in unserer Senkgrube eine Natter liegt?

Ich schalte schnell um und summe lieber die Titelmelodie von *Harry Potter*. Wenn der mit Schlangen fertig wird, dann kann ich das auch. Ich rausche an der Pumpe vorbei, mein Herz hüpft wie wild.

Nur die Heizung und die Zisterne stehen jetzt noch zwischen mir und den Kisten. Dieser Ofen ist ein Riesenoschi, mit großen Tentakelarmen, die in die Decke greifen. Wie in *Kevin – Allein zu Haus*. Ich sehe den kleinen Macaulay Culkin vor mir, der vor seinem Monsterofen steht, und ich verpasse auch unserem Ofen im Vorbeigehen einen Tritt. Keine gute Idee. Es scheppert durch den ganzen Keller und dröhnt von den Wänden. Ich schnappe nach Luft. Jetzt kommt bestimmt gleich mein Vater angerannt. Oder Wilma fängt oben an zu kläffen. Ich lausche, höre aber kein Bellen und auch keine schnellen Schritte. Manchmal sind dicke alte Bauernhofwände eben doch zu was gut.

Die Wände der Zisterne sind gerade so hoch, dass ich nicht hinüberblicken kann. Es könnte also alles dahinter sein: Ratten, Tote, Vampire, Zombiehühner. Das ist der unheimlichste Teil des Kellers, er ist durchdrungen von bösen Schatten. Selbst Macaulay Culkin musste sich nicht mit einem Wasserspeicher abgeben. Ich bin eingeklemmt zwischen dem Wasserspeicher vor mir und dem Monsterofen und der Schlangengrube hinter mir. Mein Herz hämmert wie verrückt. *Ich wohne hier*, sage ich mir. *Das ist unser Keller. Hier ist nichts, das mich packen will. Und auch nichts, das mir das Blut aussaugen will. Nichts, das meine Organe rausreißen …*

Okay, das gute Zureden nützt nichts.

Ich beuge mich runter, versuche nachzudenken und merke, dass mein Schuhband lose ist. Das Schuhband meiner Nikes. Ich schließe die Augen. *Just do it. JUST DO IT!* Mach schon!

Ich haste nach vorn. Aus dem Augenwinkel sehe ich, wie etwas aus dem Wasserspeicher rauslangt und meine Haare packen will, als ich vorbeirenne. *Just do it just do it just do it …*

Endlich bin ich bei den Kisten angelangt, ich wirbele herum und halte die Taschenlampe über den Kopf wie eine Waffe. Nichts. Trotzdem hebe ich den ersten Kistendeckel, ohne dem Kellerraum den Rücken zuzuwenden. Es soll mich nichts von hinten anfallen. Ein kurzer Blick sagt mir, dass sie voller Weihnachtszeug ist. Ich öffne die nächste Kiste. Mützen und Handschuhe. Ich schiebe die Kiste weg und öffne die darunter. Wieder Weihnachten. Das kann hier eine Weile dauern.

Bei der sechsten Kiste lande ich einen Treffer. Meine alte Puppe sieht zu mir hoch. Ich hatte ganz vergessen, wie süß sie ist. Außerdem ist da Dereks erstes Paar Schuhe und mein Lieblingsbilderbuch. Es wäre schön, ein bisschen in die alten Zeiten einzutauchen, aber ich muss immer an den untoten Hausmeister und sein Zeitloch aus *Poisened Pie* denken. Auf einmal finde ich diesen Film gar nicht mehr so lustig.

Da entdecke ich ein weißes Kabel und ziehe daran. Nach einem heftigen Ruck fliegt das Gerät aus der Kiste. Ich halte es ins Licht und begutachte es. Dereks Babyphone. Ich erinnere mich verschwommen, wie sein Schreien aus diesem Ding rauschte. Er war ein unruhiges Baby. Ich grabe nach der Basisstation aus weißem Plastik. *Mission: Impossible* erfolgreich.

Ich stapele die Kisten wieder und rase mit einem rekordverdächtigen Sprint aus dem Keller. Ich halte nicht an, bis ich wieder oben in meinem Zimmer unter meiner Bettdecke in Sicherheit bin.

24.

Als Lydias lautes Lachen über mehrere Tische zu uns rüberschwappt, muss ich das Bedürfnis unterdrücken, ihr mein Essen ins Gesicht zu werfen. Wie kann ein Mensch nur so viele Dinge lustig finden? Dieses Mädchen gehört nach Indien. Da hätte sie den größten Lachklub aller Zeiten.

Neben mir sitzt Margaret und pellt ein Ei. Hart gekochte Eier stinken noch schlimmer als Spiegeleier, falls das überhaupt geht. Ich hocke da und starre unglücklich auf mein Sandwich. Mir steckt die nächtliche Geheimoperation Keller noch in den Knochen. Und jetzt soll ich meinen Vater ausspionieren? Wie übel ist das denn? Ich habe Angst vor dem, was ich hören könnte, aber ich habe noch mehr Angst davor, was Lydia und Alyssa passiert ist: Sie haben geglaubt, alles wäre bestens – bis zu dem Tag, an dem ihre Väter ausgezogen sind.

Margaret tupft sich Eigelbkrümel vom Mund und schiebt die Eierschalen in ihre Brottüte. Wenn die Natur Margaret mit braunen Haaren und ein paar weniger Sommersprossen bedacht hätte, würde sie jetzt vielleicht mit lauter Mädchen an einem Tisch sitzen. Und wenn Lydia rote Haare und schlechte Augen hätte, würde sie jetzt vielleicht mit mir und Doris abhängen. Wer weiß? Die Welt ist einfach ungerecht. Wenn es doch mutierte Eier gäbe, die einem die Haarfarbe ändern. Das wäre doch der Knaller. Bio, wer braucht das schon. Wenn meine Mutter solche Eier hätte, wären wir reich. Und Margaret unsere erste Kundin.

Ich beiße in meinen Schokomuffin, und plötzlich schlägt es bei mir ein wie eine Überschall-Laserkanone. MUTIERTE EIER! Das ist es! Warum bin ich nicht vorher darauf gekommen?

Das Ende meines Films grinst mich nur so an. Ich brauche Alyssa gar nicht. Ich bin so schockiert, dass ich vergesse zu kauen. Das wochenlange Hin und Her, die vielen Entwürfe, selbst Alyssas Verrat – all das spielt jetzt gerade keine Rolle mehr. Ich will gerade Margaret und Doris die geniale Neuigkeit verkünden, da fällt mir auf, dass meine Idee einen Riesenhaken hat. Mein neuer Schluss braucht eine neue Hauptdarstellerin. Und im Moment besteht meine Crew aus Margaret und Doris. Ich sehe mir Doris etwas genauer an. Wenn wir ihr die Haare aus dem Gesicht kämmen und die Brille abnehmen…

»Äh, Doris…« Ich bin so aufgeregt, dass ich aus Versehen meinen Fairtrade-Öko-Bio-Muffin fallen lasse. Natürlich landet er mit der Glasur zuerst auf dem Mensatisch.

»Isst du den noch?«, fragt Doris.

Ich sehe die zerdrückte Schokoglasur auf dem schmantigen Tisch und schüttele den Kopf. Doris nimmt den Muffin, beißt groß ab und dann *wischt sie mit dem Finger die verschmierte Glasur vom Drecktisch und leckt den Finger ab*. Mir wird übel. Margaret hat den Blick starr auf die Uhr an der Wand gerichtet. Auf einmal habe ich starkes Mitgefühl für eine Sauberkeitsfanatikerin wie sie, die mit dieser Messie-Doris abhängen muss.

»Was wolltest du mich fragen?« Doris spuckt beim Reden Krümel und einer *landet in meinem Getränk*. Ich hätte keine bessere Ekelszene schreiben können.

»Äh, nichts.« Ich versuche, den Schwimmkörper in meinem Glas zu ignorieren. Sozialkompetenz 2.0 ist wahrscheinlich eine Stufe zu hoch für Doris.

Ich wende mich Margaret zu. Im Neonlicht leuchtet ihr Haar fast orange. Sie lächelt mich an und zeigt sämtliche schiefe Zähne. Ich grinse zurück. *Die Nacht der Zombiehühner* hat eine neue Hauptdarstellerin.

25.

Margaret und Doris kommen am Samstag vorbei und wir wollen die Schlussszene für meinen Film drehen. Am Morgen hantiert meine Mutter gespielt fröhlich herum. Die Stimmung zwischen uns ist immer noch angespannt. Ich kriege manchmal mit, wie sie mich beobachtet. Und ich beobachte meinen Vater und Derek belauscht uns alle. Als wären wir alle Spione und würden versuchen, den Geheimcode des anderen zu knacken.

»Wie wär's mit Brownies?«, fragt meine Mutter. »Soll ich für dich und deine Freundinnen Brownies backen?«

»Nein«, antworte ich ein bisschen zu schnell. »Nein, danke.«

Margaret und Doris schlagen gemeinsam auf. »Wusste gar nicht, dass ihr Hühner habt«, meint Doris, sobald ich die Tür geöffnet habe. Ich würde sie am liebsten fragen, zu welcher Schule sie geht oder auch auf welchem Planeten sie wohnt. Aber so ist halt Doris. Alle reden von Hühnerkacke, und sie ist zu sehr beschäftigt mit Matheproblemen, um irgendetwas zu merken.

»Hallo, Kate. Guten Tag, Mrs Walden.« Margaret ist die Höflichkeit in Person. Sie gibt meiner Mutter sogar die Hand. »Sie haben ein wunderschönes Haus«, lobt sie. Bei jedem anderen würde ich sagen, es handelt sich um Einschleimerei, aber Margaret meint es offenbar ernst. »Ich liebe Bauernhäuser«, erzählt sie. »Besonders, wenn sie so schöne Giebel haben wie dieses.«

Das Gesicht meiner Mutter sagt mir, dass ich später zu hören kriege, was für ein wohlerzogenes, nettes Mädchen diese Margaret doch ist. »Und diese Borte!« Sie zeigt auf die alberne Gockelparade an der Wand. »Wie hübsch!«

»Margaret!«, kreische ich und schiebe ihr das Skript ins Gesicht. »Hier ist das Drehbuch. Lies das mal durch. Und Doris, du solltest auch mal reinschauen.« Doris wird einen meiner letzten Zombies spielen, zusammen mit Derek und seinem Freund.

»Das ist wahrscheinlich die schwierigste Szene, die ich je schreiben musste«, erkläre ich ihnen und beiße an einem Fingernagel. Wenn andere mein Skript lesen, macht mich das immer nervös. Und diese Szene musste ich schnell runternudeln. Ich bin extra lange wach geblieben, um sie fertig zu kriegen. Und das ist dabei herausgekommen:

INT: MALLORYS HAUS – EIN WINTERTAG

Mallory rennt ins Haus. Sie trägt einen Wintermantel und eine Skimaske, ihr Gesicht ist NICHT ZU SEHEN.

MALLORY: (zu sich selbst) Was soll ich nur machen? Ich habe seit drei Tagen nichts gegessen und in den Schränken ist nichts mehr. Nur das hier habe ich noch entdeckt.

Sie holt ein Ei aus der Tasche.

MALLORY: Wenn ich dieses Ei esse, verwandele ich mich in einen Zombie. Aber das ist mir jetzt egal. Ich habe Hunger, ich muss etwas essen. Und hier im Haus ist es so eiskalt, dass ich nicht mal meine Skimaske abnehmen will.

INT: KÜCHE – CONTINUOUS

Mallory füllt Wasser in einen Topf, legt das Ei hinein und stellt ihn auf den Herd.

SCHNITT

Mallory, immer noch in Mantel und Skimaske, pellt das hart gekochte Ei. Sie will gerade abbeißen, als plötzlich gegen die Haustür GETROMMELT wird. Mallory weicht zurück.

MALLORY: Da sind sie wieder. Sie werden mich nie in Ruhe lassen! Dann kann ich genauso gut jemand von ihnen werden.

Sie rennt zur Kellertür.

INT: KELLER

Mallory verrammelt die Kellertür und geht dann langsam die Treppen hinunter. Das TROMMELN kommt näher – jetzt von der Kellertür. Sie hockt sich in eine Ecke und hält das Ei hoch.

MALLORY: Ich habe so lange ausgehalten, aber jetzt habe ich keine andere Wahl mehr, als dieses vergiftete Ei zu essen. Verfluchte Zombiehühner! Sie haben meine Familie und meine Freunde getötet und jetzt werden sie auch mich töten.

Mallory wischt sich eine Träne aus dem Auge und beißt ab. Sie gibt ERSTICKUNGSLAUTE von sich und fasst sich an den Hals. Das Licht flackert. Das Haus erzittert wie bei einem Erdbeben. Mallory STÖHNT und bricht zusammen. Im Keller wird es vollkommen dunkel.

SCHNITT

Das Licht geht flackernd wieder an. Mallory rappelt sich mühsam hoch. Sie nimmt langsam die Maske ab und offenbart… EIN NEUES GESICHT! Mallory hat jetzt ROTE HAARE und SOMMERSPROSSEN! Sie betastet ihr Gesicht.

MALLORY: Ich fühle mich so komisch... so anders. Was ist mit mir passiert?

In einer Kellerecke findet sie einen alten Handspiegel, schaut hinein und SCHNAPPT NACH LUFT.

MALLORY: Ich sehe aus wie jemand anders! Wie kann das sein? Warum bin ich kein Zombie?

Sie KREISCHT laut auf, als sie Holz SPLITTERN hört. Die Zombies haben die Tür kaputt geschlagen. Drei von ihnen kommen die Kellertreppe heruntergelaufen.

MALLORY: Sie haben mich entdeckt! Jetzt werden sie mich verspeisen. Wieso muss es so enden?

Die Zombies taumeln mit ausgestreckten Händen auf sie zu. Mallory bedeckt SCHREIEND ihr Gesicht. Die Zombies bleiben stehen und verbeugen sich.

ZOMBIES: Ein Hoch auf die Königin der Untoten!

Mallory linst zwischen ihren Fingern hindurch.

MALLORY: Hä?

ANFÜHRERZOMBIE: Sie hat ein Ei aus der Welt der Untoten gegessen und doch überlebt!
Sie ist die neue Königin der Untoten! Sei gegrüßt, oh Zombie-Königin!

Die Zombies machen Mallory Platz.

MALLORY: Seltsam. Auf einmal kann ich verstehen, was sie sagen. Ihr werdet mich also nicht fressen?

ANFÜHRERZOMBIE: Kein Zombie wird Euch etwas zuleide tun. Zieht nur frei durch die Welt, wir werden Euch beschützen!

ZOMBIES: Sei gegrüßt, Königin der Untoten!

MALLORY: Wenn das nicht irre ist. Ein neues Leben und ein neues Gesicht!

Mallory klettert die Kellerstufen hoch.

EXT: VOR MALLORYS HAUS – TAG

MALLORY: Der Schnee ist ja geschmolzen. Auf einmal ist Sommer. Und ich kann durch die Welt ziehen und dorthin gehen, wohin ich möchte, und muss nie wieder Angst vor

Zombies haben! Ich danke euch, ihr Zombiehühner!

Mallory wandert die Landstraße entlang. HINEIN IN DEN GLÜHEND ROTEN Sonnenuntergang.

ENDE

Ich bin etwas nervös, als Margaret das Skript durchgeht. Findet sie es vielleicht albern? Ich bin kurz davor, ihr zu erklären, dass es nicht einfach ist, mit zwölf Jahren Regisseurin zu sein. Wie viele Regisseure müssen wohl erst ihre Mathehausaufgaben machen, bevor sie an ihrem Drehbuch arbeiten können? Als Margaret fertig ist, sieht sie so ernst aus, und ich befürchte, dass sie sagt, sie findet es schrecklich oder sie hat moralische Bedenken, Zombie-Eier zu essen.

Stattdessen sagt sie: »Das ist toll.« Ich frage mich, ob sie mich veräppelt. »Du schreibst super, Kate. Und die Skimaske ist ein genialer Einfall. Ich hab mich schon gefragt, wie du den Wechsel hinkriegst.«

»Es ist ganz okay«, sage ich bescheiden. »Wenn ich mehr Zeit gehabt hätte, wäre es vielleicht besser geworden.«

»Nein, es ist richtig toll«, beharrt sie, und ich beschließe, dass es mir zu blöd ist, darüber zu streiten. Je mehr ich darüber nachdenke, desto beeindruckter bin ich von meinem abgedrehten Ende.

Als würde sie meine Gedanken lesen, fixiert mich Margaret mit ihren dickbebrillten Augen. »Tim Burton würde dieses Ende sicher gefallen. Es ist total *burtonesque.*«

»Glaubst du?« Der Gedanke, dass Tim Burton mein Skript liest, gefällt mir absolut. Nachdem man mich wochenlang Kack-Kate genannt hat, tut es gut, im selben Atemzug mit dem berühmten Hollywoodregisseur genannt zu werden. »Vielleicht ist es nicht horrormäßig genug?«

»Nein, nein. Er würde es super finden«, sagt Margaret. »Das meine ich ernst. Ich muss unbedingt auch den Rest von diesem Film sehen.«

Ich drehe mich weg und spiele an meiner Kamera, damit sie nicht merkt, dass ich rot werde.

»Ich kapier das nicht«, schaltet sich Doris ein. »Warum trägt sie einen Wintermantel und eine Skimaske, wenn draußen gar nicht Winter ist?«

»In meinem Film ist es Winter«, erkläre ich. »Ich habe im Januar ein paar Szenen mit Alyssa gedreht und habe noch eine Aufnahme, auf der sie mit einem dicken Mantel und einer Skimaske aus meiner Requisite auf die Haustür zurennt. Die Bilder nehme ich und mache dann einen Schnitt zu Margaret, wie sie gerade mit genau diesem Mantel und der Maske hereinkommt. Die Fenster bleiben verschwommen, also wird man nicht merken, dass draußen nicht Winter ist. Man sieht nur Licht und erkennt keine Jahreszeit.«

Doris kratzt sich an der Nase. »Und warum ist dann Sommer, als sie zum Schluss rausgeht?«

»Das ist symbolisch gemeint«, antwortet Margaret. »Die Herrschaft der Zombies ist vorbei. Wie in *Der König von Narnia*, da schmilzt der Schnee doch auch erst, als die Weiße Hexe ihre Macht verliert, stimmt's?«, erklärt sie und sieht mich an.

»Genau.« Eigentlich habe ich mich für Sommer entschieden, weil ich keine Schneekanone habe, mit der ich es aussehen lassen kann wie im Winter, aber Margarets Antwort gefällt mir besser.

Margaret stößt ein atemloses Lachen aus und beißt sich auf die Lippe. »Ich bin ganz schön aufgeregt.«

»Wird schon werden.« Ich versuche, so zu klingen, als würde ich es auch so meinen, aber auch ich bin nervös. Wenn Margaret jetzt grottenschlecht schauspielert, endet mein Film auf dem absoluten Tiefpunkt. Aber es ist auch Aufgabe eines Regisseurs, die Schauspieler bei Laune zu halten, also setze ich ein breites Lächeln auf und verkünde: »Also gut, fangen wir an.«

Gerade in diesem Augenblick kommt Derek mit seinem Freund Trevor angeschlurft. Die beiden sehen gelangweilt aus. Das bedeutet Ärger.

»Wer sind die Zombies?«, fragt Doris.

»Du. Und mein Bruder Derek und sein Freund hier.«

Derek glotzt Doris an. »Sie sieht ja jetzt schon aus wie ein Zombie.«

»Derek!« Ich muss mir eine richtig wütende Stimme zulegen, um nicht loszulachen. Denn irgendwie hat er recht. Mit ihrer fahlen Haut und den strähnigen Haaren muss Doris gar nicht erst in die Maske.

Doris zieht die Schultern hoch. »Kein Problem. Studien zeigen, dass viele Jungen in diesem Alter unter einer Entwicklungsverzögerung leiden und ihr Verhalten daher an das von Kleinkindern erinnert.«

Derek steht der Mund offen. »Hä?«

»Sie sagt, dass du dich wie ein Fünfjähriger benimmst, aber mach dir keine Sorgen, das ist ganz normal. Und jetzt zisch ab«, erkläre ich. »Ich ruf euch dann, wenn eure Szene dran ist.«

»Wir haben Langeweile«, jault er. »Können wir nicht helfen? Wir machen auch alles.«

Ich erinnere mich, dass er meinen letzten Dreh vom Fenster aus verfolgt hat und sich wahrscheinlich da schon gewünscht hat, mal mitmachen zu dürfen. Das Leben auf dem Land ist auch für Derek nicht so lustig.

»Also gut«, sage ich. »Ihr könnt bei der Ausstattung helfen. Hol mir mal Mamas alten Wintermantel, den großen blauen, und dann brauche ich ein hart gekochtes Ei, das wir in die Tasche stecken. Im Kühlschrank sind noch welche.«

Derek und Trevor rennen los, und mir fällt auf, dass es gar nicht so schlecht ist, wenn man eine Crew rumscheuchen kann.

Endlich sind wir so weit und können die erste Szene drehen. Meine Kamera habe ich in der Wäschekammer aufgestellt. Sie ist auf die Tür gerichtet. Mit dem dicken Daunenmantel und der Skimaske geht Margaret ohne Probleme als Alyssa durch.

Auf mein Zeichen kommt Margaret reingerannt und schlägt die Tür hinter sich zu. Den Text beherrscht sie sofort. Alyssa hat sich beim ersten Mal immer verheddert. »Nur das hier habe ich noch entdeckt.« Margaret holt das Ei aus ihrer Tasche. »Wenn ich dieses Ei esse, verwandele ich mich in einen Zombie. Aber das ist mir jetzt egal.«

Margaret ist gar keine schlechte Schauspielerin. Sie fühlt so stark mit, dass es auf einmal ein lautes Knacksen gibt: Das Ei zerplatzt und der schlabbrige Dotter spritzt in alle Ecken.

Derek und Trevor lachen grölend und rennen weg. »Ihr

seid gefeuert!«, brülle ich ihnen nach. »Das mit den Zombies könnt ihr vergessen!«

Gerade als Derek sich noch einmal umdreht, um uns die Zunge rauszustrecken, holt Margaret aus und wirft ihm eine Eischleimrakete entgegen, die mitten in seinem Gesicht landet. Sein Mund füllt sich mit rohem Eigelb, die zähe Masse sickert ihm über den Hals. Derek rennt kreischend und spuckend zum Waschbecken. Ich bin zwar die Regisseurin, aber Margaret und Doris müssen mir vom Boden aufhelfen, weil ich mich übelst kugeln muss vor Lachen. Das fängt ja alles super an.

»Ich hätte die beiden nicht als Ausstatter engagieren sollen«, brumme ich später, als ich das Ei von der Kameralinse wische. »Woher kannst du so gut zielen?«

Margaret zuckt bescheiden mit den Schultern. »Ich hab auch einen kleinen Bruder.«

Ich hole ein hart gekochtes Ei aus dem Kühlschrank und wir bringen die Szene glatt über die Bühne. Als es dann Zeit wird, nach unten umzuziehen, scheint unser feuchter, spinnwebiger Keller Margaret und Doris nichts auszumachen. Mit den beiden wirkt auch die Zisterne nur noch halb so bedrohlich.

Ich übertrage Doris die Spezialeffekte und stelle sie auf eine Trittleiter. Sie dreht die Glühbirnen im schnellen Tempo rein und raus, damit das Licht flackert, nachdem Mallory das Zombie-Ei gegessen hat. Dazu schüttele ich die Kamera ein wenig, um ein Erdbeben nachzuahmen. Als Margaret langsam die Skimaske abnimmt, läuft mir ein Schauer über den Rücken, und ich bekomme einen Kloß im Hals. Das ist der Höhepunkt all meiner Mühen. Mein Zombie-Film steigt wie ein Phönix aus der Asche auf.

Gezwungenermaßen muss ich Derek und Trevor doch wieder als Zombies engagieren. Nachdem sie verkleidet sind und sich zombiemäßig angefaucht haben, beruhigen sie sich endlich und machen ihre Sache eigentlich ganz gut. Mit Doris als Anführerzombie kommen sie die Treppe runtergestapft.

»Sei gegrüßt, oh Königin der Untoten«, verkündet Doris in ihrer monotonen Stimme. Diese Stimme passt perfekt zu einem Zombie und die Szene läuft hundertmal besser als erwartet. Zum Ende hin wird Margaret so mitgerissen, dass sie sogar etwas improvisiert. Sie stellt sich auf die erste Stufe der Kellertreppe und erklärt feierlich: »Nun endlich trete ich aus dem Dunkel ins Licht, ins Licht eines neuen und besseren Tages.« Dann steigt sie langsam die Stufen hinauf und verschwindet im hell erleuchteten Rechteck der geöffneten Tür.

Wenn das nicht wahre Kunst ist.

Als Margaret zurück in den Keller gelaufen kommt, klatschen wir – auch Derek und Trevor.

»Ich hoffe, du hast nichts dagegen«, sagt sie und wird rot. »Es ist mir irgendwie herausgerutscht. Wir können die Szene auch noch mal drehen.«

»Das war genial«, versichere ich ihr. »Ich hätte es nicht besser schreiben können.«

Wir rennen nach oben und nach draußen, wo die Sonne beinahe schon untergeht. Wir drehen die letzte Einstellung, in der Mallory in den Sonnenuntergang läuft. Klar, ein bisschen kitschig ist das Ganze schon. Aber es sieht toll aus. Wieder spüre ich einen Kloß im Hals. Mein Film ist fertig. Auf diesen Moment habe ich so lange gewartet. Jetzt kann ich die drei geheiligten Worte sprechen, die jeder Regisseur ersehnt. Aus den Wäldern steigt Vogelgesang, ein kühler

Hauch weht mir ins Gesicht, und Margarets Haare sehen aus, als hätten sie in der Abendsonne Feuer gefangen. Ich frage mich, ob George Lucas sich auch so gut gefühlt hat, als er *Krieg der Sterne* beendet hat.

Ich hole tief Luft und rufe: »ALLES IM KASTEN!«

26.

Wir laufen noch ein bisschen über die Straße, und ich genieße das wunderbare Gefühl, meinen Film beendet zu haben. Dann packt mich auf einmal schrecklicher Hunger. Meine Mutter macht uns Pizza und wir setzen uns auf die Treppe zum Garten und reden und lachen. Es tut gut, mit Freundinnen zusammen zu sein. Margaret und Doris sind anscheinend ganz begeistert von meinem Film. Auf jeden Fall ist es ganz anders als bei meinem letzten Dreh mit Alyssa und Lydia.

Da sieht mich Margaret auf einmal an und meint: »Ich hab gehört, dass Paul Corbett vor ein paar Tagen einen Riesenärger bekommen hat.«

Das überrascht mich nicht. Paul Corbett hat ständig Ärger. »Und, was hat er diesmal gemacht?«

»Gestohlen. Er wurde erwischt, als er sich im *Quik-Hop Pit-Stop* eine CD eingesteckt hat.« Ihre großen blauen Augen mustern mich. »Schön blöd, oder?«

Sie scheint eine Antwort zu erwarten, also nicke ich. Es kommt mir vor, als würde das Laub um uns herum stillhalten, und auch mein Herz würde nicht mehr schlagen. Will Margaret sich nur unterhalten oder hat sie etwas Bestimmtes im Sinn?

»Vielleicht dachte er, es ist nichts dabei«, meint Margaret. Ich wünschte, sie würde weggucken. Ich fühle mich wie festgenagelt von ihrem strahlend blauen Blick. »Aber jetzt kommt er vors Jugendgericht. Und meine Mutter meint, er muss wahrscheinlich Sozialstunden ableisten.«

»Das kann ihm nur guttun«, ätze ich. Ich sehe weg und spiele mit meinem Getränk. Warum muss Margaret mich so anstarren?

Endlich dreht sie sich weg, aber es bleibt eine vorwurfsvolle Stille. *Sie weiß es, sie weiß es, sie weiß es*, trommelt es durch mein Hirn. Ich spüre, dass ich zu schwitzen anfange. Irgendwann halte ich es nicht mehr aus. »Was willst du mir eigentlich damit sagen?«, rufe ich.

Margaret sieht mich an. Ihre Augen sind ein bisschen zu weit aufgerissen, der Blick ein bisschen zu überrascht. »Was meinst du?«

»Du weißt genau, was ich meine.« Es fühlt sich an, als müsste ich an den Worten ersticken.

Sie sieht mich immer noch so ahnungslos an. »Was will ich denn sagen?«

»Wenn du es nicht weißt, dann weiß ich es auch nicht«, brumme ich.

Doris blickt von einem zum anderen, als wären wir beide verrückt geworden. »Wovon redet ihr?«

Ich komme mir vor, als wäre ich in einem alten Donald-Duck-Comic gelandet und ich hätte einen kleinen Engel auf der einen und ein rotes Teufelchen auf der anderen Schulter.

Es ist sicher eine Erleichterung, es jemandem zu sagen, flüstert der Engel. Und: *Sie weiß es ohnehin schon. Also mach jetzt reinen Tisch.*

Sei nicht blöd!, krakeelt der Teufel. *Halt den Mund! Lass dir nichts anmerken!*

Richtig. Ich muss es geheim halten. Ist nur komisch, wie schwer so ein Geheimnis sein kann. Irgendwann möchte man es einfach ablegen und ausruhen. Ich mache die Augen zu und höre die Blätter in den Bäumen rauschen. Es hört sich an, als würden sie *Schsch, Schsch, Schsch* flüstern. Ich kann es nicht.

»Ich war das«, flüstere ich.

Doris sieht mich an. »Was warst du?«

Und dann ist der Wunsch, alles zu gestehen, auf einmal verschwunden. Da ist nur noch eiskalte Furcht. Ich kann nicht auch noch die letzten beiden Freundinnen verlieren, die ich habe. Ich schnappe mir ein Stück Pizza. »Ach nichts«, sage ich mit vollem Mund. »Ich spinne nur so rum.«

Es ist das erste Mal, dass ich Doris so verwirrt sehe. Auch Margaret nimmt sich noch Pizza und nibbelt daran herum. So, wie sie mich nicht anguckt, weiß ich schon, dass es zu spät ist.

Ich nicke, obwohl sie gar nichts gefragt hat.

»Die Perücke?« Ihre Stimme ist so leise, dass ich sie kaum höre.

Ich nicke nur immer wieder. Mir glühen die Wangen, und ich wünschte, ich könnte im Boden versinken.

»Die Perücke?«, wiederholt Doris. »Redest du etwa von der roten Perücke, die Alyssa geklaut hat?«

Ich hoffe schon, Margaret springt für mich ein und erklärt alles, aber sie sieht mich nur an.

»Ich hab sie geklaut«, murmele ich. »Nicht Alyssa.«

»Du?« Doris klingt verwundert. »Warum solltest du das tun?«

Ich dachte, es würde mir besser gehen, wenn ich das einmal loswerde, aber eigentlich schäme ich mich nur. Mein Gesicht fühlt sich richtig heiß an, während ich erkläre, was mein Plan war. Ich kriege die Sätze kaum raus. Ich erzähle sogar vom *film noir* und wie die Bösen immer in die Falle gehen und dass Alyssa in diesem Fall die Böse ist. Als ich über all das laut spreche, wird mir erst klar, wie blödsinnig die Geschichte ist.

Margaret fixiert ihre Pizza, als ich zu dem Teil komme, in dem ich sie als Überbringerin der Nachricht an Alyssa benutzt habe. »Ich wollte nur, dass sie weiß, wie es sich anfühlt«, sage ich schnell. »Dass sie weiß, wie es ist, wenn man von seinen Freundinnen verletzt wird. Damit sie so was nicht noch einmal jemandem antut.«

Doris nickt, als würde sie das verstehen. »Du wolltest Rache.«

»Nein!« Ich zappele herum. »Okay, ein bisschen vielleicht. Kann man mir das übel nehmen?«

Jetzt denken sogar Margaret und Doris schlecht über mich. Was ist, wenn sie mittags nicht mehr mit mir an einem Tisch sitzen wollen? Das wäre doch eine tolle traurig-komische Filmszene: Alyssa und ich essen unsere Brote in nebeneinanderliegenden Klokabinen, weil niemand mit uns in der Mensa zusammensitzen möchte.

Endlich fängt Margaret an zu reden. Ich rechne damit, dass sie wütend ist, aber sie spricht ganz ruhig. »Ich verstehe, warum du das getan hast. So, wie Alyssa dich behandelt hat. Eine ziemlich bescheuerte Aktion, aber ich verstehe es. Aber jetzt stecke ich mit drin. Du hast mich zur Mitwisserin gemacht.«

»Du hast doch nichts damit zu tun«, sage ich

schnell. »Und es muss doch niemand wissen.« Ich sehe die beiden von der Seite an. »Es sei denn, ihr beschließt, es irgendjemandem zu erzählen.«

Doris war bis jetzt damit beschäftigt, ihre Brille zu putzen und hat nicht zu mir rübergesehen. Vor ein paar Wochen war es mir noch peinlich, neben ihr zu sitzen. Jetzt wird mir ganz flau im Magen, wenn ich mir vorstelle, dass ich sie enttäuscht habe. Dann sieht sie mich an. Ihre braunen Augen sind wirklich irgendwie hübsch, als ich sie jetzt mal so richtig anschaue. »Das hängt davon ab, was du tun willst.«

»Ich wollte die Perücke ein paar Wochen behalten und dann zurückgeben«, versichere ich. »Wenn die Perücke wieder da ist, interessiert die Geschichte niemanden mehr. Als wäre nichts passiert.«

»Trotzdem werden alle noch denken, dass Alyssa sie gestohlen hat«, stellt Margaret klar. »Sie werden immer wieder darauf rumreiten. Selbst auf der Highschool wird Alyssa als diejenige bekannt sein, die in der Siebten die rote Perücke geklaut hat.«

»Und mich werden sie immer noch Kack-Kate nennen«, antworte ich ärgerlich. »In meinem Jahrbuch steht dann: *Das Mädchen mit der höchsten Wahrscheinlichkeit, in Kacke zu landen.*« Meine Stimme geht einen Level höher. »Ich zahle ihr nur heim, was sie mir angetan hat!«

Doris setzt vorsichtig ihre Brille wieder auf. Sie wendet mir ihren frisch geputzten Blick zu. »Glaubst du, es war Alyssas Schuld, dass dir diese Kacke vom Schuh gefallen ist?«

»Ne. Aber sie hat sich nachher über mich lustig gemacht. Sie hat mich abserviert, um mit Lydia zusammen zu sein.«

»Also hat sie die Lage verschlimmert, aber sie hat das

Problem nicht verursacht«, erklärt Doris langsam, als würde sie an einer Logikaufgabe tüfteln. »Sie hat sich nicht vorgenommen, dir absichtlich wehzutun, korrekt?«

Ich habe keine Ahnung, was ich antworten soll, und zucke nur mit den Schultern.

»Und sie hat nicht versucht, dir in der Schule Ärger zu machen.«

»Nein«, murmele ich. Doris hat die hässliche Angelegenheit auseinandergenommen wie einen toten Frosch in der Biostunde. Mein verschrumpeltes dunkles Herz liegt für alle sichtbar da. Ich weiß, dass es egoistisch ist, nur wieder Angst um mich zu haben. Trotzdem frage ich: »Wollt ihr es jemandem sagen?«

Margaret und Doris sehen sich an. Mein Leben steht auf der Kippe. Dann schütteln beide den Kopf und ich lasse einen dicken Erleichterungsseufzer los.

»Ich finde, wir sollten dir helfen, da rauszukommen, und nicht alles noch schlimmer machen«, verkündet Margaret. »Wir brauchen einen neuen Plan.«

27.

In den Tagen danach denke ich angestrengt nach, aber wieder einmal kommt nichts dabei heraus. Ich habe keine Ahnung, wie man die Perücke zurückgeben und es so drehen könnte, dass Alyssa nicht mehr als die Übeltäterin infrage kommt. Ich kann nur hoffen, dass die überdimensionierten Hirne meiner Freundinnen einen Plan ausbrüten. Ich bin ja so dankbar, dass Margaret und Doris mir beistehen. Ich würde sofort bei allem mitmachen, was ihnen einfällt.

Außerdem will ich nicht über das Babyphone in meinem Kleiderschrank nachdenken. Nachdem ich mein Leben aufs Spiel gesetzt habe, um dieses Gerät aus dem Keller zu holen, traue ich mich einfach nicht, es wirklich einzusetzen. Ich habe Angst vor dem, was ich da hören könnte. Und ich bin nicht scharf darauf, neben meinen anderen Vergehen auch noch als Schnüfflerin Karriere zu machen.

Da konzentriere ich mich lieber auf meinen Film. Aufgeregt schaue ich mir die Schlussszene an. Einen Teil des Films habe ich schon geschnitten, aber jetzt geht es darum, ihn endgültig in Form zu bringen. Im Internet habe ich letztens gelesen, dass man einen Film auf keinen Fall länger als zwei Stunden machen sollte, es sei denn, man ist ein superberühmter Regisseur mit einem Megastar-Cast. Einen langen

Film können die Kinos nur einmal am Abend zeigen und dann nehmen sie weniger Geld ein. Es geht nämlich vor allem auch darum, dass die Popcornmaschine läuft und der Rubel rollt. Wenn die ganz Großen ihre Blockbuster auf zwei Stunden beschränken können, kann ich das auch. Aber ich muss schon arg die Zähne zusammenbeißen, als ich Szenen rausnehme, an denen ich tagelang geschrieben, geplant und gedreht habe. Fühlt sich ein bisschen so an, als würde man seine Kinder aussetzen.

Ich habe viel zu viele Szenen, in denen Alyssa von Zombies gejagt wird, aber zu wenig Aufnahmen von den Hühnern. Besser gesagt zu wenig gute Aufnahmen. Obwohl Alyssa und ich bemüht waren, Zombiehaftes einzufangen, rennen die Viecher auf den meisten Bildern vor der Kamera weg.

Wenn ich ein tolles Budget hätte, könnte ich so eine Filmtierfirma anrufen, und die würden mir ausgebildete Hühner schicken, ohne Probleme. Die haben sicher Hühner, die auf Kommando tot umfallen, im Kreis rennen oder ausrasten. Oder ich könnte so einen Spezialeffekte-Profi engagieren, der ihnen rot glühende Augen macht oder riesige, rasiermesserscharfe Klauen und Schnäbel. Weil ich aber mit wenig Geld auskommen muss, heißt es Selbermachen. Die Ladys müssen mir was zeigen.

Ich gehe mit meiner Kamera in den Hühnerstall und beobachte die Hühner unauffällig. In *Hennen rennen* haben die Viecher unter dem Stall einen geheimen Raum, in dem sie ihre Pläne aushecken. Ich hüpfe ein bisschen auf den Bodenbrettern. Die scheinen dicht zu sein. Unter dem Stroh in den Nestern ist auch nichts. Keine versteckten Falltüren.

Auf einmal komme ich mir reichlich blöd vor. Natürlich

sind da keine Falltüren. *Hennen rennen* ist ein Trickfilm über Hühner, die ein Flugzeug bauen, eine Scheune in die Luft sprengen und aus ihrer Hühnerfarm flüchten. Die Ladys hier sind echte Vögel, einfache Bauernhoftiere. Sie haben nicht vor, mir mein Leben zu ruinieren. Die können nur fressen, picken und kacken. Jetzt glotzen sie mich an, aber nur, weil sie gewohnt sind, dass ich ihnen Futter gebe. Sie kapieren bestimmt nicht, warum ich das jetzt nicht auch tue.

Meine Kamera steht auf einem Stativ in einer Stallecke. Ich schalte sie ein und hole mir eine Packung Bio-Haferflocken. Hühner lieben Haferflocken. Ich nehme zwei Hände voll und werfe sie in die Luft. Die Hühner spielen verrückt und schnappen nach den Flocken. Ich werfe noch eine Handvoll, und ein bisschen landet auch auf ihren Rücken, da fangen sie an, sich gegenseitig zu behacken. Sie verletzen sich dabei nicht, sie versuchen nur, an die Flocken zu kommen, aber in der Kamera sieht es aus wie ein wütender Hühnermob. Im Film kommt diese Szene dann, gleich nachdem die Hennen das verseuchte Futter gegessen haben und sich langsam in Zombies verwandeln.

Als alle Haferflocken verschwunden sind, kommt eine Henne namens Spike angelaufen und pickt an meinem Stativ, als wäre es ein dicker schwarzer Wurm, den sie noch verschlingen kann. Spike hat nicht viel im Hirn, aber sie steht in der Hackordnung ganz oben. Sie ist ein echt hartes Chick, mit fiesem Schnabel und schneller Kralle. Wundert mich, dass ihre Eier nicht gleich hart gekocht rauskommen.

Spike will auf meinen Schuh einhacken und ich schubse sie mit dem Fuß weg. Da fällt mir was ein. Ich habe schon so oft versucht, eine Super-Nahaufnahme nur von einem Auge mit Schnabel zu bekommen, wenn ich gerade ein Huhn vor der Kamera habe, aber bis jetzt sind alle weggerannt. Spike wirkt aber ziemlich unerschrocken. Vielleicht lässt sie mich die Aufnahme machen.

Ich öffne die Stalltür und die Hennen stürmen hinter mir nach draußen.

Ich schütte ein paar Haferflocken ins Gras, dann hocke ich mich auf Augenhöhe mit Spike und stelle die Kamera ein. Zuerst verpasst sie mir den bösen Blick, aber sie wird durch die Haferflocken abgelenkt. Die Aufnahme wäre noch besser, wenn Spike mit den Augen rollen und ihr dazu noch tollwütiger Schaum aus dem Schnabel triefen würde. Aber so pingelig kann ich nicht sein. Gerade als ich zu filmen anfange, höre ich hinter mir den Kies knirschen, und Derek ruft: »Was machst'n du?«

Spike rennt schreiend davon. Die anderen Vögel verteilen sich in alle Richtungen. Wieder ist ein toller Filmmoment dahin. »Derek!«, rufe ich. »Du hast sie verscheucht!«

»'tschuldige«, brummt er. »Wollte nur sehen, was du machst.«

Manchmal glaube ich, Spike hat einen höheren IQ als Derek. »Wenn ich meine Kamera auf etwas gerichtet habe und durch den Sucher gucke, dann heißt das, dass ich gerade filme.« Ich sage das supersarkastisch, aber er nickt nur und tritt ins Gras. Dann grinst er mich von der Seite an. »Willst du mal was Lustiges sehen?«

»Nö.«

»Komm schon«, jammert er. »Ist wirklich lustig.«

»Also gut. Aber mach schnell.«

Ich rechne damit, dass er irgendetwas Blödes in der Tasche hat, was er mir zeigen will, stattdessen aber steckt er den Finger in die Nase.

»Das ist doch nicht lustig«, teile ich ihm mit. »Das kenne ich schon.«

»Wart's ab.« Er beißt sich tatsächlich auf die Zunge, so konzentriert muss er rumbohren. Ich sehe ihm entsetzt zu. Wie soll ich je Freundinnen einladen mit so einem kleinen Bruder?

Dann zieht Derek den Finger raus und zeigt mir seine ekelerregende Beute. Er beugt sich runter und bietet das Fundstück der nächstbesten Henne an. Sie legt den Kopf schief. Vielleicht sieht das Zeugs aus wie zerquetschte Wurmeingeweide. Sie tänzelt nervös herum, kommt dann angeschossen und frisst es ihm vom Finger. Derek grinst mich an, als hätte er dem Vogel eben Französisch beigebracht.

Ich bin so angewidert, dass ich nichts mehr sagen kann. Trotzdem, ich kann nichts dagegen tun, dass meine Mundwinkel zucken. Der Gedanke, dass die Elitehennen meiner Mutter Dereks Popel essen, ist schon witzig.

Derek prustet los. »Trevor und ich haben denen gestern bestimmt ein halbes Pfund Popel gegeben. Die sind verrückt danach!«

»Du bist echt schräg«, sage ich. »Hast aber Glück gehabt, dass Mom dich nicht erwischt hat.«

»Ja, da wär sicher so was gekommen wie …« – er verzieht das Gesicht und fährt mit Kreischstimme fort: »Derek, diese Popel stammen nicht aus kontrolliert biologischem Anbau. Was fällt dir ein?«

Ich muss laut loslachen. Derek grinst.

»Was machst du denn da?«, fragt er noch mal. »Kann ich vielleicht helfen?«

»Ha. Helfen ist gut. Etwa so wie mit dem rohen Ei? Ne, eher nicht.«

»Ach komm, das war nur ein Scherz. Ich mach auch bestimmt alles, was du sagst.« Er sieht mich an und hüpft dabei auf der Stelle, als wäre ihm kalt, obwohl es ein ganz warmer Tag ist. »Och, bitte. Bitte, bitte. Ich krieg die Hühner dazu, dass sie alles machen, was du willst. Bittebittebitte ...«

»Na gut!«, rufe ich, nur damit er aufhört. Ich stöhne extralaut, aber eigentlich bin ich froh. Es macht mehr Spaß, zu zweit zu filmen.

Derek und ich treiben die Hühner zusammen, und ich erinnere mich, wie wir früher stundenlang zusammen gespielt haben. Seine Trolle waren dann die Sklaven in meinem Barbieschloss. Sie mussten den Barbiepuppen die Haare kämmen, für sie kochen und ihre Kleider waschen, weil sie von bösen Transformer-Außerirdischen verflucht wurden. In den letzten paar Jahren haben wir mehr gestritten als gespielt. Vielleicht ist Streiten das Einzige, was wir noch zusammen tun können – jetzt, wo ich nicht mehr mit Spielzeug spiele.

»Welche Einstellung brauchst du?«, fragt Derek jetzt ganz profimäßig.

»Wär super, wenn ein Huhn auf die Kamera zufliegt, als würde es angreifen. Aber das kriegt man nicht hin. Ich hab schon versucht, Haferflocken vor der Linse fallen zu lassen, oder auch Insekten ...«

Derek schnippt siegessicher mit den Fingern. »Kein Problem, ich werfe eins in Richtung Kamera. Das sieht dann aus wie ein Angriff.«

»Derek!« Ich mag die Hühner zwar nicht, aber ich kann trotzdem nicht fassen, dass er eins in die Kamera schleudern will. »Mom bringt uns um.«

»Ein kleiner Schubs macht denen nichts«, blafft er. »Wozu haben die Flügel. Die landen immer auf den Füßen.«

»Hast du das etwa schon mal gemacht?«

Er grinst. »Trevor und ich haben mal gewettet, welches am weitesten fliegt.«

»Und gewonnen hat?«

»Henrietta. Die ist ein paar Hundert Meter gesegelt, nur um von uns wegzukommen!«

Derek rennt Henrietta hinterher. Sie versucht wegzuflattern, aber er schnappt sie sich wie ein alter Hühnerhofprofi. Ich bin gegen meinen Willen beeindruckt. Ich habe selbst mal versucht, Spike einzufangen, und sie hat mich fies in die Hand gehackt. Seitdem habe ich es vermieden, den Ladys zu nahe zu kommen.

Derek nimmt Henrietta mit in den Stall, wo uns Mom nicht sehen kann. Ich positioniere meine Kamera im tiefen Winkel in der Ecke und er steht knapp am Bildrand. Auf mein Signal gibt er Henrietta einen sanften Schubs. Und wirklich, sie flattert wie wild mit den Flügeln und landet direkt vor der Linse. Sie schlittert ein bisschen, gackert und haut ab.

»Perfekt!«, rufe ich.

Derek grinst bescheiden. Mir geht auf, dass ich ihn schon viel früher hätte fragen sollen. So eine Szene hätte ich mit Alyssa nie hinbekommen. Sie hat noch mehr Angst als ich, die Hühner anzufassen.

Den Rest des Nachmittags verbringen wir mit dem Dreh.

Derek packt sich sogar Spike und hält sie fest, während ich ranzoome und endlich meinen irren Hühnerblick bekomme.

Ich hatte ganz vergessen, wie lustig so ein kleiner Bruder sein kann. Ich lasse Derek sogar meine Kamera halten und ein paar Aufnahmen machen. Als wir fertig sind, gibt er mir die Kamera und meint:

»Ich glaube, ich möchte auch einen Film drehen.«

Normalerweise wäre ich ausgerastet, weil er mir immer alles nachmacht. Jetzt aber geht mir auf, dass das wahrscheinlich das größte Kompliment ist, das er mir machen kann. Denn ein bisschen ist es so, als würde er sagen, er wäre gern wie ich.

Also klopfe ich ihm auf die Schulter. »Ja, aber tu dir den Gefallen und mache KEINEN Film über Hühner.«

»Ne«, antwortet er. »In meinem geht es um Vampire.«

»Gute Entscheidung.«

Er grinst mich von der Seite an. »Wer als Erster am Haus ist?«

Ich verdrehe die Augen. »Wir sind doch nicht mehr sechs!«

Er guckt auf seine Füße, und schon bin ich weg, mit Kamera und allem Zeugs, und renne, so schnell ich kann. Es fühlt sich gut an, auch wie er hinter mir brüllt und schreit und wie wir uns dann auf den Stufen zur Haustür fallen lassen. Und am besten fühlt sich an, vor ihm da zu sein. In gar nicht so vielen Jahren ist er auf einmal größer als ich und brummt mich mit einer unbekannten dunklen Stimme an. Ich sehe das an den Jungs in der Schule. Jetzt aber bewundert mich Derek noch. Und ich bin immer noch schneller als mein kleiner Flitzbruder.

28.

Seltsam, aber mir ist aufgefallen, dass mich kaum jemand noch Kack-Kate nennt. Meine alten Freundinnen kommen im Flur auf mich zu und wollen über Alyssa reden. Ich zucke dann nur mit den Achseln. Es kommt mir vor, als würde ich im falschen Film feststecken. Eigentlich sollte ich doch froh sein, aber ich bin es nicht. Ich kann die Wochen nicht vergessen, in denen ich Luft für sie war. Wir reden, und es ist alles ganz nett, aber mittags sitze ich immer noch mit Margaret und Doris zusammen.

Zum Glück sitzt nie jemand in der Nähe, denn wir unterhalten uns die ganze Zeit über Alyssa und die Perücke.

»Ich habe darüber nachgedacht … worüber wir am Samstag gesprochen haben«, meint Margaret zu mir. »Ich glaube, ich weiß, wie wir den betreffenden Gegenstand zurückgeben.«

Mir dreht sich der Magen um. Ich war ganz mit meinem Film beschäftigt und wollte diesen Gegenstand eigentlich vergessen.

Doris beugt sich herüber. »Dann sag mal.«

»Also, als Erstes habe ich mir gestern *Die*

Spur des Falken angeschaut. Nur um zu verstehen, was du meinst, Kate. Und du hast recht: toller Film. Dann habe ich im Internet über den *film noir* recherchiert. Um auf ein paar Ideen zu kommen.«

Ich kann nur erstaunt zuhören. Wenn es hier um ein Schulprojekt ginge, würde Margaret sicher eine Eins plus kriegen. Wahrscheinlich ist das ihre Durchschnittsnote.

»Jedenfalls«, fährt sie fort, »habe ich mich gefragt, was Bogie tun würde, und was die Schöne tun würde, und da ist mir was eingefallen. Denn wenn die harten Jungs aus dem *film noir* eins haben, dann ist es ein wasserdichtes Alibi!« Sie strahlt uns an und fügt bescheiden hinzu: »So stand es jedenfalls im Internet.«

»Du bist unglaublich, Margaret«, schwöre ich.

Sie wird knallrot. Mir geht auf, dass Margaret wahrscheinlich nicht besonders viele Komplimente bekommt.

Doris nickt nachdenklich. »Du hast recht. Alyssa braucht ein Alibi.«

»Ich dachte, wir machen es während der Chorstunde«, erklärt Margaret. »Ich schaue dann auf dem Weg zum Unterricht kurz in den Musikraum und lasse gegenüber jemandem die Bemerkung fallen, dass die Perücke immer noch fehlt. Alyssa könnte ja schlecht werden und dann muss sie früher aus dem Unterricht. Dann bringt Kate die Perücke zurück, und wir sorgen dafür, dass sie jemand entdeckt.«

Ich finde sofort den Haken an der Sache:

»Dann müssen wir es aber Alyssa sagen, damit sie weiß, dass sie früher gehen muss.«

Margaret saugt an ihrem Getränk und vermeidet jeden Blickkontakt. »Findest du nicht, du *musst* es ihr sogar sagen? Hat sie das nicht irgendwie verdient?«

Jetzt starren mich beide an.

»Nein«, wehre ich ab. »Ich kann es ihr nicht sagen. Sie weiß doch nicht, dass ich die Perücke geklaut habe, und sie muss auch nicht wissen, dass ich sie zurückgebe. Die Hauptsache ist doch, dass wir sie da rauskriegen.«

Ich muss ziemlich irre oder verzweifelt klingen, denn Margaret sagt schnell: »Ist ja gut, okay.« Sie spielt mit dem Strohhalm in ihrem Becher. Ich weiß, dass sie mit meiner Antwort gar nicht glücklich ist. Aber ich sage es Alyssa nicht. Auf keinen Fall.

Doris räuspert sich. »Es gibt da noch ein Problem. Alle werden denken, dass Alyssa die Perücke zurückgebracht hat, weil sie früher aus dem Unterricht gegangen ist. Sie würden sie dann immer noch für die Diebin halten.«

Ich seufze erleichtert. Ich muss nicht gestehen.

Margaret runzelt die Stirn. »Ja, du hast recht. Aber wann sollen wir es sonst machen? Die anderen müssen erst erfahren, dass die Perücke noch fehlt, und dann, nachdem wir Alyssa ein Alibi verschafft haben, müssen alle sehen, dass die Perücke zurückgegeben wurde. Dann ist klar, dass Alyssa es nicht gewesen sein kann.«

»Ich weiß ja nicht«, unke ich. »Am Montag ist doch das Vorsingen für *Annie*. Die Perücke muss schnell zurück.«

Doris glotzt mich an.

»Was ist?« Ich wische mir über den Mund, weil ich glaube, ich habe was im Gesicht.

Doris gackert los. »Das ist es.«

»Na klar!«, ruft Margaret.

Ich spiele offenbar in einer anderen IQ-Liga. »Klar was?«

Doris schiebt ihre Brille hoch, wie sie es auch macht,

wenn sie mir ein Matheproblem erklärt. »Wir geben sie während des Vorsingens zurück.«

Ich schnaube. »Wie bitte?« Einen schlechteren Zeitpunkt kann man sich ja wohl kaum ausdenken.

»Das funktioniert. Hör zu«, meint Doris. »Nachdem Alyssa vorgesungen hat, geht sie doch sicher nach Hause, oder? Sie will bestimmt nicht auf die anderen warten. Und sobald sie weg ist, sorgen du und Margaret dafür, dass alle mitbekommen, dass die Perücke noch weg ist. Dann wartest du ein bisschen, Kate, und schleichst dich rein und gibst die Perücke zurück. Und danach müssen wir nur wieder dafür sorgen, dass jemand merkt, dass sie wieder da ist. Alyssa ist dann lange weg. Und so merken dann alle, dass sie es nicht gewesen sein kann.«

Margarets Locken hüpfen, so heftig nickt sie. »Ja, das kann klappen.«

Ich schüttele gleich den Kopf. »Den anderen wird es komisch vorkommen, wenn ich während des Vorsingens rumhänge. Was sollte ich da auch wollen?«

Doris und Margaret sehen sich an.

»Ne, ne«, protestiere ich. »Kommt nicht infrage.«

»Anders geht es nicht«, meint Doris.

»Könnte doch lustig werden«, behauptet Margaret.

»Wohl eher eine Katastrophe«, stöhne ich.

Wenn ich bei dem Vorsingen dabei bin, um die Supersüße Rote Mähne zurückzugeben, braucht es einen guten Grund für meine Anwesenheit. Bei dem Gedanken flattert mir's im Bauch. Das ist bestimmt die Strafe dafür, dass ich die Perücke geklaut habe. Damit ich sie zurückgeben und wieder alles einrenken kann, muss ich für *Annie* vorsingen.

Den Rest der Woche verbringen wir damit, den Plan immer wieder durchzusprechen, damit wir auch ja alles bedacht haben. Ich weiß ganz genau, was ich am Montag zu tun habe. Und dann wirft der Samstag alle Pläne um.

29.

Ich sitze im Schlafanzug mit einer Schüssel Cornflakes vor dem Fernseher, wo Samstagmorgen-Zeichentricks laufen. Ich bin total entspannt, denn ich hab den ganzen langen Tag vor mir, an dem ich machen kann, was ich will. Dann kommt meine Mutter rein und gibt mir einen Umschlag. Die Handschrift erkenne ich sofort. Ich reiße den Umschlag auf und ziehe eine selbst gemalte Karte heraus, mit einem traurigen Gesicht, dem Tränen aus den Augen kullern. Einen Preis kann man damit nicht gewinnen, aber ich verstehe, was gemeint ist. Ich bin so geschockt, dass ich den Fernseher ausmachen muss. Damit habe ich nun gar nicht gerechnet. Noch überraschter bin ich, als ein paar Stunden später mein Handy klingelt. Ich überlege, ob ich das ignorieren soll, aber ich muss wissen, warum sie anruft.

»Hi.«

Stille. Der Anrufer holt tief Luft und ich höre eine Tür zugehen. »Ich bin so blöd.«

Ich betrachte meine Fingernägel und versuche gelassen zu klingen. »Ja, irgendwie schon.«

»Es tut mir leid, Kate. Ich weiß, dass du sauer auf mich bist, und ich mache dir daraus auch gar keinen Vorwurf. Ich wollte nur, dass du es weißt. Es tut mir wirklich leid.«

»Dir tut leid, dass dich alle hassen«, berichtige ich. »Weil du nicht mehr Lydias beste Freundin bist.«

»Ich wollte nie ihre beste Freundin sein.« Alyssa zögert. »Am Anfang hatten wir halt viel, worüber wir reden konnten. Weil sich ihre Eltern doch auch haben scheiden lassen und so. Aber dann haben wir uns eigentlich gar nicht mehr so gut verstanden. Nichts, was ich gesagt habe, war mehr lustig, aber über ihre dummen Witze sollte ich trotzdem immer lachen. Die meiste Zeit war sie mit Tina Turlick zusammen.«

Na klar, jetzt wäre Alyssa wieder gerne mit mir befreundet. Jetzt kommt sie angekrochen, weil Lydia sie abserviert hat. Alle hassen sie. Ihre Beliebtheit ist im Keller. Also ruft sie Kack-Kate Walden an. Ich bin ihr letzter Ausweg, ihre zweite Wahl, ihr Plan Z.

»Und warum erzählst du mir das? Ich bin doch die totale Loserin, vergessen? Die Bescheuerte mit der Hühnerkacke unterm Schuh.«

Stille. Einen Augenblick glaube ich schon, sie hat aufgelegt. »Ich kann verstehen, dass du mich hasst«, sagt Alyssa irgendwann. »Aber du bist keine Loserin. Du bist eine zehnmal bessere Freundin als Lydia.«

Einen kurzen Moment fühle ich mich besser, weil ich weiß, dass das stimmt. Dann aber packt mich der blanke Horror, weil ich weiß, dass es nicht stimmt.

»Ich wusste, dass ich mich blöd benehme, aber ich konnte irgendwie nichts dagegen tun«, erklärt Alyssa ganz leise. »Es war, als wäre ich auf Drogen oder so. Ständig hatte man alle Mädchen um sich rum, und auf einmal war alles, was man gesagt hat, superlustig, und alle haben sich gewünscht, sie wären ich …«

»Nicht alle«, unterbreche ich.

Ich höre ein leises Schniefen und weiß, dass sie weint.

»Ich muss aufhören«, sage ich schnell. Ohne auf eine Antwort zu warten, lege ich auf.

In meinem Kopf dreht sich alles. In dem kleinen Film in meinem Kopf ist das die Szene, in der ich superfroh bin. Als ich in den Spiegel sehe, kann ich da aber keine Freude erkennen. Ich bin eher verwirrt. Ein Teil von mir möchte seine beste Freundin zurück. Ich möchte mein altes Leben zurück. Aber es ist alles anders geworden. Vielleicht bin auch ich anders geworden. Ich habe jetzt andere Freunde und ich werde auf keinen Fall Margaret und Doris im Stich lassen. Ich weiß zu gut, wie sich das anfühlt.

Es gibt Mädchen, die in der Grundschule die dicksten Freundinnen waren und sich dann in der höheren Schule so verhalten, als würden sie sich gar nicht kennen. Meistens ist es so, dass sich die eine über die Sommerferien total verändert und die andere ganz die Alte bleibt. Auf einmal haben sie nichts mehr gemeinsam. Ist es das, was Alyssa und mir passiert ist? Sind wir jetzt andere Menschen? Oder war das Ganze nur eine vorübergehende geistige Verwirrung? Hat Alyssa sich jetzt wirklich berappelt oder lässt sie mich wieder fallen, wenn die Perückenkrise vorüber ist? Ein zweites Mal halte ich das nicht aus, dann explodiert mein Herz.

Trotzdem, Alyssa war sechs Jahre lang meine beste Freundin. Und jetzt sollen ein paar schlechte Wochen unsere Freundschaft zerstören? Was wäre gewesen, wenn Lydia sich stattdessen an mich rangeschmissen hätte? Vielleicht hätte ich mich genauso verhalten. Vielleicht wäre auch ich paralydia-siert worden.

Ich bin überhaupt nicht mehr entspannt. Stattdessen kaue

ich einen Fingernagel nach dem anderen ab und frage mich, was ich tun soll. Irgendwann schreibe ich ihr eine Nachricht: *Wir müssen reden. Kannst du morgen kommen?*

Sie ruft sofort an. »Meinst du das ernst?«

»Klar«, antworte ich schroff. »Dann können wir darüber reden, was für eine miese Freundin du warst und wie du es wiedergutmachen kannst.«

»Ja, ich war eine miese Freundin. Aber weißt du was, Alfred«, sagt Alyssa sehr ernst, »ich habe die Supersüße Rote Mähne nicht geklaut. Das war ich nicht.«

»Ich weiß.«

Ihre Stimme versagt fast. »Jetzt echt? Du glaubst mir?«

Die Perücke liegt in einem Karton in einer Tüte hinten in meinem Schrank unter einem Stapel alter Schuhe. Trotzdem habe ich so ein Gefühl, als würde sie ein seltsames Signal aussenden, dass Alyssa hören kann, wie ein Nebelhorn oder eine tickende Zeitbombe.

»Na klar glaube ich dir«, sage ich.

Da legt Alyssa los und erzählt mir, was für eine supertolle Freundin ich doch bin. Mit jedem Kompliment fühle ich mich ein bisschen schlechter. Irgendwas steigt in mir hoch, wie ein Heliumballon oder so. Aber es ist kein Helium. Sondern das schlechte Gewissen, das mir den Hals zudrückt. Ich bin es doch, die sich bei ihr entschuldigen sollte. »Ich muss dann«, unterbreche ich schließlich. »Wir sehen uns morgen.«

Ich laufe in meinem Zimmer auf und ab. Ich wünsche mir mehr als je zuvor, ich könnte die Zeit ein paar Wochen zurückspulen und die entscheidenden Szenen rausschneiden. Mein Plan kam mir gar nicht so schlimm vor. Wir waren alle Schauspieler in einem Stück. Aber das Leben ist anscheinend hundertmal komplizierter als jeder Film. Im *film noir* kriegt der Schurke immer sein Fett weg. Die ganze Zeit habe ich gedacht, Alyssa wäre der Schurke. Aber das Leben hat der Story eine andere Wendung gegeben. Es könnte nämlich sein, dass ich der Schurke bin.

Ich sehe mich im Spiegel an. Das schmale Rechteck sieht aus wie ein Gefängnis, in dem ich festsitze. Wenn das Leben tatsächlich ein Film wäre, müsste ich jetzt in Handschellen abgeführt werden, wegen Diebstahl, Fälschung, Lüge und allgemeinem Schlechtmenschentum. Mir geschieht es ganz recht, wenn die Cops mir die Tür eintreten und mich in den Knast sperren. Ich stelle mir vor, wie ich in der Zelle stehe und mich an den Gitterstäben festhalte, während die Kamera eine Rückwärtsfahrt macht, um einen langen Gefängnisflur zu zeigen, und ganz am Ende bin ich, verloren im Schatten …

Also gut, wahrscheinlich habe ich zu viele Noir-Filme geguckt.

Trotzdem kommt mir die Person im Spiegel fremd vor. Ich dachte immer, dass man sich in jemand anderen verwandelt, wäre nur ein netter Hollywoodgimmick, wie in *Ein voll verrückter Freitag*. Aber genau das scheint mir passiert zu sein, wenn auch ohne neuen Körper. Wie konnte ich nur zu dieser gemeinen, rachsüchtigen Diebin werden?

Ich gehe ans Fenster und sehe hinaus. Vielleicht hätte ich Alyssa einfach anrufen und mit ihr reden sollen, anstatt so auszurasten. Vielleicht hätte ich mich damit abfinden sollen, dass Menschen sich nun mal ändern.

Ich hole mein Telefon raus und schreibe Margaret: *A. hat sich gemeldet. Rede morgen mit ihr.*

Sie schreibt sofort zurück: *Wow! Viel Glück. Sagst du es ihr?*

Ich denke lange darüber nach. Und dann schreibe ich: *kA*. Das ist wahrscheinlich nicht die Antwort, die sie gerne hören möchte, aber eine bessere habe ich nicht.

30.

Nachdem ich die SMS an Margaret abgeschickt habe, laufe ich in meinem Zimmer auf und ab und grübele darüber nach, was ich sagen und tun soll, wenn Alyssa zu mir kommt. Ich habe das überwältigende Bedürfnis, mit meiner Mutter zu sprechen. Ich nehme an, sie zählt gerade ihre Hühner oder so, aber als ich nach unten komme, sitzt sie am Küchentisch und reibt sich die Schläfen. Sie hat anscheinend große Sorgen, und auf einmal komme ich mir blöd vor, sie auch noch zu belästigen. Es sieht so aus, als könnte sie auf jedes weitere Problem gut verzichten. Ich will gerade rückwärts wieder rausgehen, als sie aufsieht und mich anlächelt.

»Hallo, Süße.«

»Hi.« Ich setze mich und rätsele, warum sie so erschöpft aussieht. »Ist irgendetwas?«

Sie zögert kurz und zuckt dann mit den Schultern. »Ich habe heute meinen größten Restaurantkunden verloren. Sie schließen.«

»Burberry macht zu?«

Sie nickt. »Und die Bilanz für letzten Monat ist nicht das, was ich erhofft hatte. Und ein paar Hennen haben eine Pilzinfektion –« Sie wirft mir einen Blick zu und lächelt. »'tschuldige. Keine medizinischen Einzelheiten, versprochen.«

»Schon okay. Du kannst ruhig darüber reden. Letztens, da hab ich wohl etwas übertrieben.«

Meine Mutter schüttelt den Kopf. »Nein, du hattest recht. Ich war bis jetzt sehr mit meinem neuen Unternehmen beschäftigt, ich hab mich da enorm reingehangen. Ich habe ganz vergessen, dass ich noch einen anderen wichtigen Job habe.«

Ich bin verwirrt. »Welchen Job?«

»Mutter sein.« Sie lächelt. »Als ich so alt war wie du, Kate, habe ich mir immer gewünscht, auf einem Bauernhof zu wohnen. Ich liebe Tiere, aber deine Großmutter war gegen alles Mögliche allergisch. So bekam ich nur einen Goldfisch. Ich wollte dir und Derek die Chance geben, euch an Dingen zu freuen, die ich vermisst habe.« Sie sieht sich sehnsüchtig in der Küche um. »Wahrscheinlich ist des einen Traum des anderen Albtraum. Ich habe euch beide hierher aufs Land und von allem weggezerrt. Und jetzt hast du Schwierigkeiten mit deinen Freundinnen.« Sie seufzt. »Langsam glaube ich, das alles war ein großer Fehler.«

Ich bin kurz davor, ihr zuzustimmen. Beinahe platzt so etwas aus mir raus wie: *Heißt das, wir können die Hühner vergessen und wieder in die Stadt ziehen?*

Aber ich verkneife mir das. Meine Mutter sieht traurig aus, und das erinnert mich daran, wie es mir ging, als ich dachte, ich müsste mein Filmprojekt aufgeben. Oder als ich meine beste Freundin verloren habe. Es stimmt zwar, dass die »Himmlischen Hennen« meiner Mutter nur gefiederte Teufel sind. Statt einem Film über Zombie-Hühner hätte ich einen Krimi über Gangsterhühner drehen sollen, die bei Tag Eier ausbrüten und nachts ihre dreckigen Coups aushecken. Aber Alyssa und ich hatten auch viel Spaß, wenn wir ihnen hinterhergejagt sind. Hennen sind nicht die einfachsten Darsteller für einen Regisseur, aber wir haben echt viel Lustiges mit ihnen erlebt.

Es ist schön, dass sie immer noch findet, Muttersein wäre ein wichtiger Job. Es ist schön, dass sie sich noch um uns sorgt. Vielleicht haben die Hennen sie noch nicht ganz auf die dunkle Seite gezogen. Vielleicht hasst meine Mutter mich gar nicht so sehr, wie ich dachte. Vielleicht hasst sie mich überhaupt nicht.

»Ohne die Hühner hätte ich meinen Film nicht«, stelle ich fest. »Und du würdest immer noch in einem frustigen Job feststecken.«

Auf einmal wird mir eins klar: Meine Mutter und ich versuchen im Grunde das Gleiche. Wir sind einander auf die Nerven gegangen und haben dem anderen im Weg gestanden. Und wir sind beide gegen die Wand gefahren. Dabei haben wir aber beide nur versucht, das zu machen, was uns wirklich wichtig ist. Ihr Projekt ist zwar etwas schräg, aber manche Leute denken das sicher auch übers Filmemachen.

Anstatt sie zu unterstützen, habe ich meine ganze Energie dazu verschwendet, ihr Unternehmen zu hassen und mich darüber zu beschweren. Jetzt überlegt sie, alles hinzuwerfen, und daran bin teilweise vielleicht auch ich schuld. Ich muss wohl zu der Liste meiner grandiosen Leistungen hinzufügen, eine schlechte Tochter zu sein. Ich bin froh, dass der Tag bald vorbei ist. Ich halte das nicht aus, andauernd neue Charakterfehler bei mir zu entdecken.

Ich erinnere mich, wie froh meine Mutter war, als sie uns verkündet hat, was sie vorhat und dann ihre Jobklamotten verbrannt hat. Es tut weh, wenn man einen Traum hat, der dann so zerschellt. Ich hab es selbst erfahren. Also hole ich tief Luft.

»Du kannst jetzt nicht aufgeben, Mom. Derek und ich sind okay. Seinen Traum muss man doch weiterverfolgen. Wenn du es jetzt nicht machst, wann dann? Du und Dad werdet ja nicht jünger.«

Meine Mutter tut böse: »Findest du mich etwa alt?«

Ich ziehe die Schultern hoch. »Ich mein ja nur.«

Dann sieht sie mir ernst ins Gesicht. »Bist du sicher, Kate?«

Eine kleine Sekunde zögere ich. Das ist meine Chance, endlich diese blöden Hühner loszuwerden. Wenn ich Glück habe, machen die aus Spike eine Dose Hühnersuppe ...

Unsere Blicke treffen sich. »Ja, bin ich.«

Sie lächelt mich erleichtert an. »Keine Sorge, noch gebe ich nicht auf. Aber danke für die ermutigenden Worte. Die kann ich gut gebrauchen.« Sie sieht mich prüfend an. »Und was ist mit dir? Wie geht es mit deinem Film voran?«

»Ganz okay.« Ich spiele nervös mit einer Haarsträhne. Wenn ich ihr so gegenübersitze, weiß ich nicht mehr, was ich sagen soll.

Sie wirft mir einen dieser Besorgte-Mutter-Blicke zu. »Stimmt was nicht?«

Ich kriege wieder so einen Kloß im Hals und nicke. Dann sprudelt alles raus. Fast alles. »Ich habe diese beiden Freundinnen und die haben sich gestritten. Die eine ... hat sich was ausgeborgt. Die andere wusste nichts davon, aber am Ende hat gerade sie deswegen Ärger bekommen.« Ich vermeide es, meine Mutter anzusehen. Ich weiß, dass ich ihr mit dieser Zwei-Freundinnen-Geschichte nichts vormachen kann.

Meine Mutter nickt nachdenklich. »Und hat diese Freundin um Erlaubnis gebeten, bevor sie diesen Gegenstand ausgeliehen hat?«

Ich schüttele den Kopf. Ich spüre, wie meine Wangen rot werden.

»Dann ist das ja ein bisschen wie stehlen«, bemerkt meine Mutter freundlich. »Ich würde deshalb der Freundin, die sich den Gegenstand geborgt hat, raten, diesen wieder zurückzugeben und ihrer Freundin alles zu sagen.«

»Und was ist, wenn ihre Freundin sie dann auf ewig hasst?«

Meine Mutter nimmt meine Hand und drückt sie. »Manchmal fällt es schwer, das Richtige zu tun.« Sie starrt auf meine Fingernägel, die extrem runtergekaut sind, und ich rechne schon damit, dass sie mir gleich einen Vortrag hält. Aber nein, sie drückt nur noch mal meine Hand. »Weißt du, Kate, wir alle sind damit beschäftigt, uns eine Karriere, eine Familie und Freundschaften aufzubauen. Dabei vergisst man leicht, dass wir uns auch eine Identität aufbauen. Das machen wir jeden Tag. Und es nicht das, was andere über uns denken, was uns im Grunde ausmacht. Es ist das, was wir tun und wie wir uns verhalten. Ich glaube, deine Freundin muss sich überlegen, wer sie eigentlich sein möchte.«

Ich nicke. Ich dachte, meine Mutter würde ausrasten und wissen wollen, was gestohlen wurde und wie ich da mit drinhänge. Stattdessen beugt sie sich zu mir rüber, streicht mir über die Haare und fragt mich, ob ich einen Keks möchte.

Als ich klein war, haben ein Kuss und ein selbst gebackener Chocolate Chip Cookie von meiner Mum beinahe alles wiedergutgemacht.

»Ich hab keinen Hunger«, antworte ich. Sie küsst mich

auf die Stirn, steht auf und lässt mich allein darüber nachdenken, was für ein schlimmer Mensch ich geworden bin.

»Sind das Schokokekse?«, frage ich aus reiner Neugier.

Ein Chocolate Chip Cookie wird mir nicht weiterhelfen, aber er kann auch nicht schaden, beschließe ich.

31.

Als Alyssa am Sonntagnachmittag bei uns auftaucht, kriegt meine Mutter vor Freude fast einen Schreikrampf. Sie ist supererleichtert, und mir wird klar, dass ihr unser Streit wohl mehr Sorgen gemacht hat, als sie zugeben wollte.

»Wir schön, dich mal wieder zu sehen«, schwärmt sie. »Ich glaube, du bist gewachsen, seitdem du zum letzten Mal hier warst. Wie geht es deiner Mutter? Möchtest du eine Kleinigkeit essen?«

Irgendwie peinlich, und irgendwie süß. Ich kann Alyssa irgendwann aus Mums Fängen befreien und wir flüchten nach oben. Wir stehen in meinem Zimmer und sehen in alle Richtungen, nur bloß nicht einander in die Augen. Alyssa fängt an und sagt noch mal, wie leid es ihr tut. Sie spielt mit dem Kram auf meiner Kommode, doch plötzlich dreht sie sich zu mir um: »Alfred, ich hab die Perücke echt nicht geklaut. Obwohl es alle glauben. Aber ich war es nicht.« Sie druckst. »Ich war im Musikraum, weil ich da auf Jake Knowles gewartet habe. Er hat mir eine Nachricht geschrieben, aber dann ist er nicht aufgetaucht.«

An ihrer Stelle wäre ich gleich zu Jake gestiefelt und hätte ihn gefragt, was er sich dabei gedacht hat. Aber ich bin ja auch nicht in ihn verknallt. Alyssa kriegt kein Wort mehr raus, wenn Jake in der Nähe ist, wahrscheinlich hat sie ihn deswegen nicht angesprochen.

Ich spüre, wie dieser dicke Schuldklumpen in mir hochsteigt. Ich weiß, dass es richtig wäre, Alyssa alles zu erzählen. Doch ein Teil meines Hirns schreit: *Nein! Tu es nicht!* Mir fällt ein, was meine Mutter gesagt hat, und ich hole tief Luft. Noch einmal. Und noch einmal.

»Ich weiß das mit Jake«, gebe ich irgendwann zu.

Sie sieht mich überrascht an. »Hat er dir was gesagt?«

Der Schuldklumpen ist groß. Er drückt gegen meine Brust. Wenn ich Alyssa alles sage, habe ich einen Haufen Ärger. Wenn sie rumerzählt, was wirklich passiert ist, werden mich alle hassen. Mr Cantrell wird mich hassen. Alle in meiner Klasse werden mich für eine Lügnerin, Diebin und falsche Schlange halten. Meine Eltern werden mich wahrscheinlich enterben. Ich denke an Margaret und muss seufzen. Sie würde sicher das Richtige tun.

Dann auf einmal löst sich der Klumpen in meiner Brust. Ich lege die Hände vors Gesicht. »Ich weiß. Weil ich es war!«

Alyssa sieht verwirrt aus. »Was? Was warst du?«

Ich kriege kein Wort mehr raus. Ich gehe zu meinem Schrank und krame die Plastiktüte raus. Dabei stoße ich auf das Babyphone und kriege gleich so ein nervöses Zucken. Den Spionageangriff auf meinen Vater hatte ich schon fast vergessen. Gibt es überhaupt noch eine fiese Tat, zu der ich nicht fähig wäre?

Ich hole den Karton raus, öffne ihn und halte die Supersüße Rote Mähne hoch.

Alyssa bleibt die Luft weg. Ihre Augen werden tellerrund. Ein kleiner, abwegiger Teil von mir wünschte, ich hätte diese Szene auf Film.

»Du hast sie?« Alyssa schüttelt entgeistert den Kopf. »Warum?«

Ich erzähle ihr die ganze furchtbare Geschichte. Und sie wird wütend, aber so richtig wütend, als ich erkläre, dass ich den Zettel geschrieben habe, ihn über Margaret überbracht habe und dafür gesorgt habe, dass Mr Cantrell ihr im Flur über den Weg läuft.

»Mann, das ist ja so was von fies, ich kann mir nicht mal … Ich kann mir nicht vorstellen, dass du …«

»Du hast mich wegen Lydia abgesägt!«, platzt es aus mir heraus. »Du hast so getan, als wäre meine Familie irre. Und du warst überheblich und hast dich über Margaret lustig gemacht. Das hat sie nicht verdient.«

»Aber du hast das alles extra arrangiert«, entgegnet Alyssa mit zittriger Stimme. »Du hast das so geplant, damit ich Probleme bekomme. Und jetzt hassen mich alle.«

Sie funkelt mich wütend an, und ich frage mich schon, ob sie gleich die Polizei ruft. Denn im Grunde bin ich im Besitz von gestohlenem Eigentum. Alyssa stapft zur Tür, dann dreht sie sich noch mal um. Ihre Unterlippe zittert. »Du hast keine Ahnung, wie schrecklich die letzten paar Wochen waren.«

»Doch. Das habe ich«, antworte ich leise.

Sie stutzt kurz und bekommt so einen seltsamen Gesichtsausdruck. Dann schlägt sie die Tür zu. Es ist, wie ich befürchtet habe: Das verzeiht sie mir niemals.

Vom Treppenabsatz höre ich die Stimme meiner Mutter. »Du gehst doch nicht schon, Alyssa?«

»Doch, ich muss los. Mrs Walden.« Ich merke, wie Alyssa sich krampfhaft bemüht, normal zu klingen. Es gibt da so ein ungeschriebenes Gesetz, dass man sich nur vor den eigenen Eltern danebenbenimmt. Vor anderen spielt man immer den Engel.

»Wie schade.« Meine Mutter will sie anscheinend umstimmen. »Kate hat dich sehr vermisst in den letzten Wochen.«

Ich knirsche mit den Zähnen. Meine Mutter muss natürlich wieder was absolut Peinliches sagen. Ich rechne schon damit, dass Alyssa so was antwortet wie: *Ja klar, sie hat mich so vermisst, dass sie mir einen Diebstahl angedichtet und die ganze Schule gegen mich aufgehetzt hat.*

Als sie schließlich doch antwortet, ist ihre Stimme ganz leise: »Hm … ja, ich hab sie auch vermisst.«

»Sieh mal, was ich gefunden habe«, plappert meine Mutter weiter. »Ich habe ein paar Schubladen aufgeräumt und habe diese Geburtstagskarte gefunden, die du Kate zu ihrem siebten Geburtstag gebastelt hast. Ist die nicht hübsch?«

Ich weiß, welche Karte sie meint. Alyssa hat einen rosa Hasen draufgeklebt, mit riesigen Ohren und Pfeifenputzern als Schnurrhaaren. Auf das eine Hasenohr ist HAPPY gekritzelt, auf das andere BIRTHDAY, und auf dem Hasenbauch steht mein Name mit drei Herzen dahinter. Die Pfeifenputzer sind fast alle abgefallen. Ja, ich bin romantisch. Ich hänge an diesen alten Sachen.

Mein Ohr klebt an der Tür. »Und sie hat das aufbewahrt?« Alyssa klingt überrascht.

Ich höre meine Mutter lachen und irgendetwas murmeln, dann geht sie ins Schlafzimmer. Alyssa stampft die Treppe runter und kurz danach schlägt die Haustür zu.

Ich lasse mich aufs Bett fallen und halte dabei immer noch die Perücke fest. Ich bin traurig, wie betäubt. Es dauert ganze fünf Minuten, bevor mir dämmert: Alyssa wird ja gar nicht abgeholt. Ihre Mutter wollte erst in ein paar Stunden kommen. Ob sie zu Fuß losgelaufen ist? Wohl eher hat sie ihre Mutter angerufen und wartet draußen auf sie.

Ich gehe ans Fenster, aber Alyssa ist nicht auf der Veranda und auch nicht an der Garage. Am anderen Fenster entdecke ich sie unter einem Baum im Garten. Sie sitzt hier fest, obwohl sie wahrscheinlich lieber eine Million Kilometer weit weg wäre. Während ich noch überlege, was ich tun soll, steht sie auf und streicht sich das Gras von den Beinen. Vielleicht läuft sie jetzt doch nach Hause. Das sind mindestens fünfzehn Kilometer. Sie muss es krass nötig haben, von mir wegzukommen.

Alyssa geht nach vorn, stellt sich in die Einfahrt und kickt in den Schotter. Dann dreht sie sich auf einmal um, aber anstatt zur Straße zu laufen, kommt sie zurück ins Haus. Mein Ohr ist immer noch an meiner Zimmertür festgetackert. Ich frage mich, was sie vorhat. Aber hören kann ich nichts. Dann knarrt die Treppe. Da kommt jemand die Treppe hoch, hundertpro. Ich springe von der Tür weg, als wäre sie glühend heiß, werfe mich aufs Bett und schnappe mir eine Zeitschrift. Nein, das sieht blöd aus. Ich renne zum Schreibtisch, aber mein Computer ist aus, also warum sollte ich wohl da sitzen? Ich habe keine Zeit, ihn hochzufahren, also drehe ich ab und lande in meinem begehbaren Kleiderschrank. Ich wollte da schon seit Monaten mal aufräumen. Okay, vielleicht auch seit einem Jahr. Vielleicht fange ich jetzt mal an. Ich halte die Luft an und lausche.

Ich weiß, dass ich Alyssa hab hochkommen hören. Jede

Stufe knarrt anders, also kann man sich nicht unbemerkt hochschleichen. Mehrere Sekunden vergehen, ohne dass ich etwas höre. Steht sie etwa vor meiner Tür und lauscht? Überlegt sie sich, was sie mir noch Bitterböses mitgeben kann? Ruft sie per Handy die Polizei an? Die Tür geht langsam auf. Ich mache mich auf das Schlimmste gefasst.

Alyssas Blick klebt am Boden. Sie räuspert sich. »Ich finde, was du getan hast, war echt mies.« Sie tritt mit der Schuhspitze in den Teppichboden, dann sieht sie endlich zu mir hoch. »Aber was ich getan habe, war auch ziemlich scheiße. Ich schätze, wir sind damit quitt.«

Ein Tonnengewicht fällt mir von den Schultern. Ich nicke, weil ich nicht weiß, was ich sagen soll. Das heißt, eigentlich weiß ich es schon, aber es ist schon erstaunlich, wie schwer einem die paar Worte von den Lippen kommen. Wenn ich's jetzt nicht sage, dann vielleicht nie. Ich hole tief Luft. »Tut mir leid.«

»Mir auch.«

Wir lächeln, sehen uns aber nicht direkt an. Was sagt man jetzt noch? Ich durchforste mein Gehirn. Das Schweigen breitet sich zwischen uns aus. Dann auf einmal zittert Alyssas Mundwinkel. Sie legt ihre Hand darüber, aber ich kann es trotzdem sehen. Sie grinst, sie kichert! Ich bin dermaßen erleichtert, dass ich auch laut loslache, und kurz darauf kriegen wir beide kaum noch Luft von unserem nervösen und glücklichen Gelächter.

»Irgendwie ist es lustig«, hechelt Alyssa.

Ich schüttele den Kopf. »Nein. Schrecklich. Durchgeknallt.«

»Ja, das bestimmt. Aber wahrscheinlich habe ich es verdient.«

»Nur ein bisschen.« Ich weiß immer noch nicht, ob sie es allen sagen will.

Alyssa sieht mich an. »Bring die Perücke einfach zurück. Niemand muss wissen, was wirklich passiert ist. Ich helfe dir.«

»Das haben wir auch schon überlegt, aber dann denken immer noch alle, dass du sie geklaut hast.«

Alyssa zieht die Augenbrauen hoch. »Wir?«

»Margaret und Doris.«

»Die dusselige Margaret?«, sagt sie langsam. »Und die feuerrote Doris? Meinst du das ernst?«

Früher hätte ich darüber gelacht, jetzt macht mich so was einfach nur traurig. »Wir haben uns einen Plan zurechtgelegt … Aber von meinem ersten Plan wussten die beiden nichts«, füge ich schnell hinzu. »Das habe ich ihnen erst später erzählt. Die waren ganz schön sauer, dass ich das gemacht habe. Aber sie haben angeboten, mir zu helfen. Und jetzt haben wir einen neuen Plan.«

Ich erkläre Alyssa schnell unsere Strategie, aber die schüttelt nur den Kopf- »Spinnst du? Ich singe nicht vor.«

Das wundert mich. Ich dachte, sie könnte es gar nicht erwarten, sich für die Rolle zu bewerben. »Das ist aber die beste Gelegenheit. Du gehst gleich nach Hause, nachdem du dran warst. Und wir sorgen dafür, dass jemand sieht, dass die Perücke dann noch fehlt. Und sobald die Supersüße Rote Mähne zurück ist, denken alle, es war nur ein schlechter Scherz. Dann ist allen egal, wer sie hatte.« Ich kann nur hoffen, dass das stimmt.

»Ich singe NICHT vor«, wiederholt Alyssa. »Dann glotzen mich alle an und geben fiese Kommentare ab.«

Ich seufze. »Du kannst ja in der Bücherei warten. Ich

simse dich dann an, wenn du dran bist. Dann kommst du rein, singst vor und haust wieder ab.«

Alyssa ist einen Moment still. »Wir könnten auch einfach allen sagen, was passiert ist.«

»Ja, könnten wir.« Ich starre auf meine Hände. Das wird mein gesellschaftlicher Untergang, aber Alyssa darf entscheiden. Sie hat das Recht, allen zu beweisen, dass sie keine Diebin ist. Am besten suche ich mir schon mal ein Internat.

Ich spüre Alyssas Blick. »Okay, vergiss es«, sagt sie. »Blöde Idee. Ich singe vor.«

Ich atme erleichtert auf. Wieder einmal merke ich, dass Margaret recht hatte. Ich musste es Alyssa sagen. Das war das einzig Richtige. Außerdem wäre es eine Katastrophe gewesen, wenn sie am Montagnachmittag nicht zum Vorsingen erschienen wäre. Der Plan steht also wieder. Es ist sicher kein perfekter Plan: Man braucht das richtige Timing und viel Glück, aber was anderes fällt uns momentan nicht ein.

32.

Normalerweise darf niemand bei mir übernachten, wenn am nächsten Morgen Schule ist, aber meine Mutter erlaubt, dass Alyssa bei uns bleibt, nachdem ich ihr erzähle, dass wir für die *Annie*-Proben üben wollen. Sie ist so begeistert, dass Alyssa und ich uns wieder vertragen haben, dass sie Ja sagt, bevor ich die Frage überhaupt rausgebracht habe.

Alyssa und ich sehen uns einen Film an, nur um die Zeit totzuschlagen, und dann gehen wir mit Wilma in den Garten und werfen ihr den Tennisball. Alyssa erkämpft sich gerade den Ball von Wilma, als sie mich plötzlich von der Seite ansieht und fragt: »Und, hast du schon einen Schluss für *Die Nacht der Zombiehühner*? Vielleicht sollten wir ihn fertig drehen, bevor es draußen kalt wird.«

Ich muss geschockt aussehen, denn sie fängt an zu lachen. »Sag nicht, du hast alles gelöscht.«

Ich habe vergessen, dass Alyssa nichts von Margaret weiß. Ich druckse rum und versuche, mir eine Erklärung zu überlegen. »Äh, weißt du, ich dachte, du hättest keine Lust mehr, an dem Film zu arbeiten.«

Alyssa zieht eine Augenbraue hoch. »Du hast ihn wirklich gelöscht?«

»Natürlich nicht!« Ich spüre, wie mein Gesicht rot wird.

»Es ist nur so… ich habe Margaret gebeten, mir bei dem Schluss zu helfen. Und Doris.«

Alyssa fällt die Kinnlade runter. »Jetzt im Ernst?«

»Wir haben im letzten Monat viel Zeit miteinander verbracht«, erinnere ich sie, »während du mit Lydia zu tun hattest.« Ich lasse das ein bisschen wirken und hole dann tief Luft. »Die beiden sind gar nicht so schlimm. Ich glaube, du würdest sie mögen.«

»Kann sein.« Alyssa zuckt mit den Achseln. Ich ahne, dass sie nicht so ganz überzeugt ist. »Und, wie endet der Film jetzt?«

Ich muss es ihr also erzählen. Wie Mallory das Zombie-Ei isst und sich verwandelt. »Genial, oder?«

Alyssa rümpft die Nase. »Genial? Alfred, ich bin die Mallory. Das ist meine Rolle. Ich spiele sie schon seit einem Jahr. Und jetzt willst du, dass ich, Mallory, mich in *Margaret* verwandele?«

»Du hattest was Besseres zu tun, stimmt's?«, erinnere ich sie. »Du hast mich sitzen gelassen. Was sollte ich denn machen?«

Wilma hat den Ball in Alyssas Hand megafest im Blick. Sie zittert schon vom Anglotzen. Sie jault, springt hoch und dreht sich im Kreis. Alyssa holt aus und schon wetzt Wilma mit ihren kleinen Beinchen los.

Alyssas Arm ist immer noch in Wurfstellung. »Ich weiß. Warum drehen wir den Schluss nicht noch mal? Du musst doch nicht das Margaret-Ende nehmen, oder? Hört sich eh komisch an. Schreib doch ein neues Ende und dann drehen wir das.«

Wilma kommt hechelnd angerannt und sieht uns böse an. Ich schnappe mir den Ball von Alyssa und werfe ihn. Es kommt mir seltsam vor, noch einmal über das Ende meines Films nachzudenken. Es hat sich eigentlich sehr gut angefühlt, ihn fertig zu haben. Außerdem habe ich »*Alles im Kasten!*« gerufen, damit ist es im Grunde offiziell. Trotzdem klingt das, was Alyssa sagt, auch irgendwie logisch.

Es ist wirklich etwas schräg, dass Mallory sich am Ende in jemand anderen verwandelt. Wenn ich noch einmal mit Alyssa da rangehe, dann stimmt der Flow besser. Nach allem, was passiert ist, sind Alyssa und ich miteinander vorsichtig. Ich möchte nichts tun, was unsere Freundschaft wieder ins Wackeln bringt.

Da schlägt auf einmal wieder das schlechte Gewissen zu. Margaret freut sich total, dass sie in meinem Film dabei ist. Und Doris fragt mich andauernd, wie es mit dem Schnitt vorangeht. Ich bin die Regisseurin, ich muss die Entscheidungen treffen. Manchmal enden die besten Szenen auf dem Boden des Schnittraums, weil sie sich einfach nicht einfügen wollen. Aber wenn ich die Szene rausnehme, hätte das wirklich filmische Gründe?

Wilma bringt den Ball zurück und legt ihn mir vor die Füße. Ich kraule sie hinter den Ohren. Das letzte Mal, als ich ihr Bälle geworfen habe, hatte ich nachher Hühnerkacke unterm Schuh. Ich werfe einen kurzen Blick auf meine Schuhsohlen, nur um sicher zu sein. Sauber.

Seltsam, wie ein Krümel Scheiße so viel Schaden anrichten kann. Sofort läuten mir wieder die *Kack-Kate*-Rufe in den Ohren. Ich freue mich, dass Alyssa und ich wieder Freundinnen sind, aber ich weiß trotzdem nicht, ob ich ihr schon wieder ganz vertraue. Vertrauen ist so ähnlich wie ein Ei, beides zerbricht ziemlich schnell. Und wenn es einmal kaputt ist, gibt es eine eklige Schmiererei.

Ich werfe den Ball und sehe zu, wie Wilma hinterhergaloppiert. Ich spüre, dass Alyssa mich beobachtet. Also nicke ich. »Okay, ich denke drüber nach.«

33.

In der Nacht wache ich von Regenplätschern und Donnerkrachen auf. Die Blitze tauchen mein Schlafzimmer in ein unheimliches Zwielicht. Das muss ein Omen sein. Alyssa und ich sind den Plan immer wieder durchgegangen. Wir wissen beide, was wir zu tun haben. Trotzdem, mir fällt es schwer, sie nicht aufzuwecken und noch einmal zu fragen.

Ich habe die Perücke in einer Tüte in meinen Rucksack gepackt. Jetzt, mitten in der Nacht, kommt mir das wie eine superschlechte Idee vor. Ich weiß, dass meine Mom über den Mütterfunk erfahren hat, dass die Perücke gestohlen wurde. Und wenn ihr einfällt, morgens mal eben in meinen Rucksack zu gucken? Und wenn mein Vater den Rucksack von der Küchenablage reißt, wenn er zur Arbeit hetzt? Ich sehe den Taschensturz in Zeitlupe vor mir. Die Perücke quillt raus, und dann: Schnitt auf die entsetzten Gesichter meiner Eltern. So was passiert andauernd in Filmen. Ich werde den Rucksack gleich morgen früh sicher im Auto verstauen.

Es dauert lange, bis ich wieder einschlafen kann. Und dann sind es gefühlte zwei Sekunden bis zum Morgen. Sonnenlicht strömt durchs Fenster. Genau so ein Wetter hatte ich erhofft – strahlender Himmel, Heute-gelingt mir-alles-Wetter.

Sobald ich angezogen bin, bringe ich den Rucksack ins Auto. Als ich zurückkomme, liegt Alyssa immer noch im Bett. Sie starrt an die Zimmerdecke und die Bettdecke hat sie bis zum Kinn hochgezogen. »Ich bin so nervös, Alfred.«

»Du musst nur singen, mehr nicht«, versichere ich ihr. »Den Rest mach ich.«

»Genau davor habe ich ja Angst.«

»He, mein letzter Plan hat auch gut funktioniert.«

Alyssa sieht mich so komisch an. »Ja, ein bisschen zu gut.«

»Margaret hilft mir«, sage ich, aber das scheint sie nicht zu beruhigen.

Beim Frühstück kriegen wir beide kaum was runter. Mein Vater faltet die Zeitung zusammen und kippt den Rest Kaffee in sich rein. »Heute ist also der große Tag. Seid ihr nervös?«

Alyssa und ich zucken zusammen. Dann wird mir klar, dass er das Vorsingen meint. »Ja, ein bisschen.«

»Seid nur nicht schüchtern«, rät meine Mutter. »Stellt euch da hin und singt mit lauter Stimme. Das kommt gut an.«

Derek grinst fies. »Wenn Kate laut singt, kommt das sicher nicht gut an. Sie klingt wie ein sterbendes Walross.«

Das ist das Seltsame an kleinen Brüdern. Erst sind sie total süß, und kurz danach superfies. Ich beschließe, ihn jetzt gleich in Verhaltenstherapie zu schicken. Ich schiebe meinen Stuhl zurück und verziehe mein Gesicht, sodass es aussieht, als würde ich gleich losheulen.

»Derek hat recht«, japse ich. »Ich singe

nicht vor. Niemals!« Ich halte mir die Hände vor die Augen und beobachte durch die Finger, wie meine Mutter Derek böse anfunkelt.

»Da du dir so große Sorgen um Kates Vorsingen machst, Derek, darfst du heute die Hühner für sie füttern. Und nach der Schule machst du den Stall sauber.« Derek steht vor Entsetzen der Mund offen. »Den Stall ausmisten! Ich hab doch nur gesagt, dass ...«

»Wir haben gehört, was du gesagt hast«, unterbricht mein Vater streng. »Kate hat eine sehr schöne Stimme.« Ich öffne die Hände gerade so weit, dass ich eine Augenbraue hochziehen und Derek ein gemeines Grinsen rüberschicken kann. *Das hast du jetzt davon.*

»Jetzt grinst sie mich auch noch an!«, quengelt Derek.

»Es reicht!« Meine Mutter lässt den Pfannenheber fallen, und Derek hütet sich, noch was zu sagen. »Hör nicht auf deinen Bruder, Kate«, redet meine Mutter mir freundlich zu. »Du machst das sicher toll.«

Es fühlt sich gut an, meine Mutter hinter mir zu haben. Ich schenke Derek noch so einen Augenbrauen-Blick. Er beißt nicht an, aber in seinem knallroten Gesicht steht die angestaute Wut. Er macht Schlitzaugen und hebt das Kinn. *Warte nur. Meine Rache wird furchtbar.*

Ich blinzele. *Huch, hab ich aber Angst!*

Derek schiebt den Stuhl weg, steht auf und stapft aus dem Zimmer. Alyssa grinst. Meine Eltern haben natürlich nichts gemerkt.

Alyssa und ich gehen nach oben und machen uns fertig. Wie erwartet fängt der Tag an wie geschmiert. Dass Derek seine gerechte Strafe bekommt, macht mich schwindlig vor Schadenfreude. Vielleicht ist es aber auch die Aufregung.

Ich sehe zu, wie Alyssa ihre Haare bearbeitet und sich dann sehr sorgfältig mit Eyeliner schminkt. »Denk dran«, sage ich ihr. »Ich schicke dir eine Nachricht, wenn du als Nächste dran bist, also hast du nur ein paar Minuten, um in den Chorraum zu kommen.«

Alyssa nickt. »Ich weiß nicht, ob ich überhaupt einen Ton rausbekomme, so nervös werde ich sein.«

»Das macht nichts. Wichtiger ist, dass du gleich danach wieder gehst. Klar?«

»Ja, zum zehnten Mal, ich hab's kapiert.« Alyssa sieht aus dem Fenster. »Alfred, da sind Hühner in eurer Garage.«

Ich stöhne laut auf. »Dieser Idiot. Er hat sicher den Stall nicht zugemacht. Was soll's, er muss das allein sauber machen.«

Alyssa drückt sich die Nase an der Scheibe platt. »Ich glaube, die haben sich ein Kaninchen geschnappt oder so. Da ist überall Blut. Ärghs. Wusste gar nicht, dass Hühner Fleischfresser sind.«

Jetzt sehe auch ich aus dem Fenster. Die Hühner hacken wie wild auf etwas ein. Mir wird immer schlechter. Ich entdecke meinen halb offenen Rucksack in der halb offenen Autotür. Zwei Hennen streiten sich darum, ihren Kopf reinstecken zu dürfen. Derek muss am Auto gewesen sein und hat die Tür offen gelassen.

Halt mal. Ich habe meinen Rucksack ganz sicher zugemacht. Ich erinnere mich an unsere stumme Unterhaltung am Küchentisch. Das ist kein Zufall, das ist Rache. Ein Huhn dreht auf einmal den Kopf, und ich schwöre, es sieht zu mir hoch und zwinkert mir zu.

Dann renne ich, nehme zwei Stufen auf einmal, und Alyssa gleich hinterher. Als wir draußen sind, wird mir klar, dass die Hennen kein Kaninchen zerpflücken. Sondern die Supersüße Rote Mähne. Ein paar Hennen haben die Plastiktüte rausgerupft und mit den Schnäbeln zerfetzt. Jetzt zanken sie sich um die Perücke und zerren sie in den Dreck. Und ich kann klar und deutlich erkennen, wie sie auf einen frischen Hühnerkackhaufen zusteuern.

Wie konnte ich nur so dumm sein? Diese teuflischen Vögel waren noch nie einfache Nutztiere. Diese Ladys hassen mich und sie wollen mich fertigmachen. Daran gab es noch nie was zu bezweifeln. Sie haben wieder einmal hinter meinem Rücken einen finsteren Plan ausgeheckt – ein letzter schmutziger Trick, um mein Leben zu ruinieren.

Ich lege einen letzten Spurt ein, wetze durch Schlamm und Pfützen, kreische die Hühner an. Sobald ich bei ihnen ankomme, rennen sie mit triumphierendem Gegacker auseinander. Langsam ziehe ich einen nassen, dreckigen, verkackten Filzklumpen aus dem Dreck, der vor Kurzem noch eine tolle Perücke war. Ich höre jemanden stöhnen, aber ich weiß nicht, ob das ich oder Alyssa bin. Ich werfe einen Blick zurück aufs Haus. Zum Glück haben meine Eltern nichts bemerkt. Alyssa hält sich die Nase zu. Ich hole den Gartenschlauch und spüle schon mal den gröbsten Mist ab.

»Was machen wir jetzt?«, jammert Alyssa.

Mein Gehirn ist im Panikmodus. Ich hole tief Luft und versuche nachzudenken. »Wir haben noch Zeit. Die lässt sich wiederherstellen.«

»Wiederherstellen? Sieh dir das an! Das Ding ist hin!«

Die Supersüße Rote Mähne ist jetzt weder süß noch rot. Sie sieht eher aus wie eine ertrunkene Ratte. »Komm, gehen wir rein.«

Ich weiß, dass Derek uns wahrscheinlich vom Fenster aus

zusieht und sich kaputtlacht. Zum Glück ahnt er nichts von der Perücke oder er hätte es längst bei meinen Eltern ausgequatscht. Aber Derek ist jetzt nicht das Problem. Ich stecke die Perücke in meinen Rucksack und wir fetzen nach oben ins Bad und schließen ab. Alyssa schnappt sich den Fön und trocknet die Perücke, während ich sie mit dem Handtuch abrubbele. Die Locken verwandeln sich in eine üble Krause.

»Lockenstab!«, bellt Alyssa. Alyssa ist vielleicht nicht die Beste in Mathe, und auch nicht in Bio oder Englisch, aber im Haare stylen ist sie ein Genie. Sie kann schneiden, wellen, hochstecken und flechten wie ein Profi. Ich drücke ihr den Lockenstab in die Hand.

»Kate!«, ruft meine Mutter von unten. »Ihr müsst los!«

»Gleich!«, rufe ich zurück.

Alyssa nimmt eine Strähne der Perücke in die Hand. »Das ist irgendeine Kunstfaser«, murmelt sie. »Ich hoffe, die hält Hitze aus.« Sie testet, wie heiß der Stab ist und rollt dann eine Strähne Perückenhaar ein. Es fängt sofort an zu brutzeln und das ganze Bad stinkt nach verbranntem Plastik. Alyssa dreht die Haare schnell wieder raus, aber die halbe Strähne steckt im Lockenstab.

»Du hast sie skalpiert!«, keuche ich.

»Das ist nicht meine Schuld! Das ist billiges Plastik! Und ich habe es außerdem hinten getestet.« Alyssa dreht die Perücke. »Von vorne sieht man nichts.«

Sie stellt weniger Hitze ein und versucht sich mutig an einer weiteren Strähne. Dieses Mal brutzelt es nicht, aber es sieht aus wie eine gescheiterte Dauerwelle. Furchtbar.

»Kate!«, ruft meine Mutter von unten.

»Gleich!«, antworte ich. Ich weiß, dass sie jetzt nur noch ein Mal rufen wird, bevor sie hochkommt.

»Beeil dich«, dränge ich.

»Mach du's doch!«, zickt Alyssa. Das will ich nicht. Also sehe ich ihr über die Schulter. »Die lockt sich nicht wie echte Haare«, schimpft sie. »Ich glaube, die ist nicht zum Frisieren gedacht. Und nass werden darf sie schon gar nicht«, fügt sie schnippisch hinzu.

»Was sollte ich denn machen? Die Hühnerkacke dranlassen? Als Visitenkarte? Damit jeder weiß, dass Kack-Kate sie geklaut hat?«

»Hast du doch auch«, erwidert Alyssa.

Ich frage mich, ob sie irgendwelche Hintergedanken hat. Sie aber grinst mich an, dreht die Perücke und meint: »Kack-Kate hat wieder zugeschlagen.« Die komischen Locken wippen. Das Ding sieht jetzt eher aus wie ein zerfranster Wischmob.

»Der Plastikkopf für die Perücke steht doch ganz in der Ecke vor dem Fenster«, merke ich zu unseren Gunsten an. »Das merkt doch keiner.«

»Kate!«, brüllt meine Mutter von unten. »JETZT SOFORT!«

»Wir kommen!«

Ich stopfe die Perücke in eine neue Plastiktüte. Beim Verstauen kommt mir wieder in den Sinn, wie die Hühner sich um meinen Rucksack gestritten haben. Was haben die da drin gesucht? Als ich dann mal reinschaue, finde ich einen Haufen Brotkrümel. Derek. Ich muss zugeben, sein Plan offenbart eine gewisse böswillige Genialität.

Das hält mich aber nicht davon ab, meiner Mutter während der Autofahrt alles zu berichten. »Die haben meine Sachen in den Dreck gezerrt und alles kaputt gemacht!«

»Ich nehme an, Derek muss das Füttern der Hühner

noch besser üben«, erklärt meine Mutter. »Am besten bleibt er zwei Wochen lang dran.«

Derek will gleich losmaulen, hält aber lieber den Mund, nachdem meine Mutter ihm einen warnenden Blick zugeworfen hat. Er und ich giften uns stumm an.

»Habt ihr letzte Nacht auch den Donner gehört?«, fragt meine Mutter mit *Wir sind alle lieb*-Stimme. »Heute Nachmittag soll es noch einmal schwere Gewitter geben.«

Die Sonne glitzert auf der Windschutzscheibe, es ist keine Wolke in Sicht. Für Oktober ist es heiß und schwül. Alle sagen, wir bekommen dieses Jahr einen extralangen Sommer. Die Blätter an den Bäumen sind jetzt normalerweise immer leuchtend orange und gelb, aber es hat sich noch nichts in der Richtung getan. Nur ein paar Farbpunkte sind an manchen Stellen zu sehen, als hätte jemand mit einem Paintballgewehr rumgeballert.

Auf einmal packt mich so was wie Nostalgie. Wir haben vor fast genau einem Jahr mit dem Dreh von *Die Nacht der Zombiehühner* begonnen. In einer der ersten Szenen kommt ein Zombie über die Straße gerannt und sucht nach Mallory. Sobald er außer Sicht ist, springt Alyssa aus einem großen bunten Laubhaufen und rennt in die andere Richtung. Ein sehr szenischer Moment des Films. Und dann sehe ich vor mir, wie Margarets Haare wie Feuer leuchten, als sie über die Straße dem Sonnenuntergang entgegengeht. Auch eine ganz schön spektakuläre Szene.

Ich frage mich, ob Margaret immer noch so gerne helfen würde, die Perücke zurückzubringen, wenn sie wüsste, dass Alyssa den Schluss des Films noch mal drehen möchte. Wenn ich das Ende mit Margaret nehme, wird Alyssa beleidigt sein. Wenn ich das Ende rausschneide und noch mal neu filme, wird Margaret enttäuscht sein. Mein Herz schlägt aufgeregt, und ein dumpfer Schmerz pochert gegen meinen Hinterkopf, als wir an der Schule ankommen. Ich beschließe, dass ich mir immer nur um eine Sache Sorgen machen kann. Mein Film muss warten. Zuerst müssen wir meinen Hals aus der Schlinge ziehen und Alyssas Ehre wiederherstellen. Also wird jetzt vorgesungen.

34.

Alyssa und ich haben uns getrennt. Sie geht zu ihrem Fach und ich laufe direkt zum Musikraum. Obwohl wir vergangene Woche so viel hin und her geplant haben, habe ich mich immer noch nicht zum Vorsingen eingetragen. Zum Glück hängt die Liste noch an der Tür. Sieht ganz so aus, als wären alle weiblichen Siebtklässler vertreten. Ich kritzele auch meinen Namen darunter.

»Hallo, Kate.«

Ich hüpfe wohl zehn Zentimeter hoch, als ich genau hinter mir Mr Cantrells Stimme höre. Er hat so einen stummen Blick, der einen richtig nervös machen kann, so als wüsste er was und würde nur darauf warten, dass man es endlich zugibt.

»Hallo, Mr Cantrell. Ich habe mich zum Vorsingen eingetragen.«

»Schön, schön«, murmelt er. »Ich wollte eben die Liste holen.«

Ich nehme sie von der Tür und gebe sie ihm.

»Oha.« Er überfliegt das Papier und lächelt schwach. »Scheint viele Interessentinnen zu geben.«

»Schade wegen der Perücke«, sage ich und möchte mich am liebsten treten deswegen. Es ist eine altbekannte Tatsache, dass Täter gerne an den Ort des Verbrechens zurückkehren. Außerdem haben sie den Drang, über ihre Tat zu sprechen. Und jetzt stehe ich hier, zehn Meter von dem kahlen Plastikkopf entfernt und fasele von der roten Mähne. Aber Mr Cantrell nickt nur.

»Ja, wirklich schade.«

»Wissen Sie, ich glaube nicht, dass Alyssa die Perücke gestohlen hat«, lasse ich ihn rasch wissen. »Sie ist gar nicht der Typ für so was. Und was soll sie auch mit der Perücke?«

»Ich hoffe, du hast recht, Kate.«

»Es war bestimmt jemand, der sich einen Scherz erlauben wollte«, rede ich blind weiter. »Wenn jetzt die Proben anfangen, wird dieser jemand die Perücke sicher zurückbringen.«

Mr Cantrell lächelt mich noch einmal traurig an und verschwindet dann mit der Liste. Ich könnte mich dafür schlagen, dass ich die gesamte Handlung verraten habe wie der letzte Amateur. Sein trauriges Gesicht hat meine Schuldgefühle verdreifacht. Der arme Mr Cantrell hat den Diebstahl wahrscheinlich persönlich genommen, wie einen Schlag ins Gesicht. Es macht ihm bestimmt schwer zu schaffen, dass jemand so tief sinken kann und die rote Perücke für sein Musical stiehlt. Ich hoffe nur, es geht ihm besser, wenn die Perücke wieder da ist.

Ich esse mit Margaret und Doris zu Mittag, wie üblich. Alyssa und ich haben beschlossen, weiter die Zerstrittenen zu spielen, bis die Perücke wieder sicher auf ihrem Plastikkopf sitzt.

»Ich wünschte, ich könnte helfen«, sagt Doris zum hundertsten Mal. »Aber ich kann absolut nicht singen. Außerdem habe ich nachher noch Mathe-AG.«

Ich wusste noch gar nicht, dass an unserer Schule so etwas wie eine Mathe-AG existiert. Ich bin kurz davor zu fragen, was die da genau machen, aber Doris hat den Mund voll, und daran möchte ich nichts ändern.

»Schon gut. Du bist der Kopf der ganzen Sache«, versichere ich ihr. »Das Brain macht sich nie die Hände schmutzig mit der Kleinarbeit.«

»Hast du Alyssa erzählt, welchen Schluss dein Film jetzt hat?«, fragt mich Margaret.

Sie sagt es so dahin, aber ich spüre, wie sich ein Finger in meinen Magen bohrt. Margaret hat mitbekommen, dass ich und Alyssa uns wieder vertragen haben und *Die Nacht der Zombiehühner* deswegen ein Alyssa-Ende bekommen könnte.

Ich hab mir immer gewünscht, mein Leben wäre ein Film, aber jetzt bin ich mir da nicht mehr so sicher. Selbst ich komm mit diesen vielen Handlungssträngen nicht zurande. »Äh, ja. Sie fand, es hört sich ganz … interessant an. Wenn sie die Aufnahmen erst mal sieht, wird sie begeistert sein«, quatsche ich.

Margaret lächelt begeistert.

Ich versuche, auch zu lächeln, aber es fällt mir echt schwer. Es ist, als würden Frösche in meinem Bauch rumhüpfen, und bei dem Gedanken, dass ich vor Mr Cantrell singen muss, wird mir ganz anders. Ich schiebe mein Sandwich außer Reichweite. Heute kriege ich garantiert nichts runter.

Der Nachmittag schleppt sich dahin. In Geschichte starre ich aus dem Fenster und verstecke ein Gähnen. Dicke Wolken ziehen langsam vorbei, die wie schwebende Vorschlaghammer aussehen. Ich sehe auf die Uhr und könnte schwören, sie geht rückwärts.

In der letzten Stunde, Berufskunde, haben sich die Wolken verbunden und das letzte Stück blauer Himmel ist verschwunden. Der Wind fegt durch die Bäume und reißt Blätter und Zweige ab. Regen schlägt gegen die Fenster.

Als wir aus dem Klassenraum gehen, stößt Alyssa mich an und flüstert: »Es gab eine Sturmwarnung. Ich hoffe, Mr Cantrell sagt das Vorsingen nicht ab!«

Ich zucke mit den Achseln, als ginge mich das nichts an. Ein Teil von mir wünscht sich sogar, er würde alles absagen, dann muss ich mich nicht vor allen zum Affen machen. Ich schleppe mich zum Chorraum, und wie es aussieht, hockt die gesamte weibliche Siebtklässler-Bevölkerung im Flur. Alle beobachten mich, als ich auf der Liste nachschaue, wann ich dran bin. Mit einem Nachnamen wie Walden bin ich die Vorletzte, gleich vor Margaret Yorkel.

»Die haben eine Tornadowarnung ausgegeben«, informiert mich Margaret. Sie lächelt und ich spüre die Blicke aller Mädchen auf mir.

»Cool«, antworte ich laut. »Vielleicht werden wir alle weggeblasen.«

Es sieht aus, als müssten wir lange warten. Zum Glück liegen die Musikräume am Ende des Flurs, wo die meisten Mädchen sich einfach auf dem Boden verteilt haben und quatschen, simsen oder Hausaufgaben machen. Ich lasse meinen Rucksack fallen, ziehe die Schuhe aus und hocke mich dazu. Es kostet mich enorme Konzentration, die Entspannte zu spielen. Mr Cantrell lässt das Vorsingen im Chorraum stattfinden. Der Musikraum, in dem der kahle Plastikschädel steht, ist zwei Türen weiter.

Ein gewaltiges Donnerkrachen lässt alle zusammenzucken. Lydia und Tina Turlick brechen kreischend zusammen. Mr Cantrell kommt aus dem Raum gerannt und verzieht das Gesicht.

»Bitte, Mädchen, versucht es mal leise. Jennifer Adams?« Jennifer hüpft hinter Mr Cantrell in den Chorraum. Der hat beschlossen, dass jeder dasselbe Lied singen soll, das vereinfacht die Sache. Wir hören, wie das Klavier »Tomorrow« spielt. Bei den hohen Tönen muss Jennifer arg kreischen.

Lydia mimt eine stumme Opernsängerin und alle lachen. Mir wird bewusst, dass es gar nicht mal so schlecht ist, die Zweitletzte zu sein.

Ich hatte schon Angst, dass ich den Text nicht kann, weil ich ja nicht wirklich geübt habe, aber nachdem ich ihn fünfzehn Mal hintereinander gehört habe, beherrsche ich die Worte im Schlaf. Als Debbie Jacobs reingeht, verschwinde ich aufs Klo und simse Alyssa: *Du bist dran.*

Als Alyssa angelaufen kommt, ist Debbie gerade fertig. Mr Cantrell steckt seinen Kopf zur Tür raus. »Alyssa Jensen?«

Alle Blicke sind auf Alyssa gerichtet, die durch den voll besetzten Flur zur Tür stapft. Zum Glück wartet Mr Cantrell auf sie, denn die Mädchenmeute ist ziemlich fies drauf. Ich glaube, ich wäre unter dem Gewicht all dieser Blicke zusammengebrochen und im Boden versunken. Alyssa hält den Kopf hoch und sieht starr nach vorn, aber ihre Wangen sind tiefrot gefleckt.

Sobald die Tür hinter den beiden zugegangen ist, zieht Tina Turlick eine schlimme Fresse, die sich nicht sehr von ihrem normalen Gesichtsausdruck unterscheidet. »Ich fass es nicht, dass er sie vorsingen lässt! Sie sollte von der Aufführung ausgeschlossen werden.«

»Wir sollten ihr die Haare abschneiden, sie rot färben und eine neue Perücke daraus machen«, fällt Sarah Perkins ein.

Lydia schnappt nach Luft, weil ihr wohl eben die absolute Topidee gekommen ist: »Ja, skalpieren wir sie! Ich wollte schon immer mal jemanden skalpieren.«

Alle verstummen, als Alyssas Stimme den Refrain von »Tomorrow« singt. Sie klingt vielleicht ein wenig piepsig, aber daraus kann man ihr kaum einen Vorwurf machen. Sie weiß, dass alle zuhören und sich das Maul zerfetzen über sie. Ich mache die Augen zu und bete, dass unser Plan funktioniert. Ich muss Alyssa schnellstens von jedem Vorwurf befreien oder sie bricht unter all dem Druck noch zusammen. Doch mir wird ganz anders, als ich an den Zustand der Elenden Roten Mähne denke. Selbst wenn wir es schaffen, sie zurückzubringen – niemand wird diesen Fetzen tragen wollen. Der Ärger wird also weitergehen, nur dass es darum gehen wird, wer das tolle Ding so zugerichtet hat. Ich kann also nur dafür sorgen, dass keiner mehr Alyssa verdächtigt.

Alyssa schwebt aus der Tür und ich halte den Atem an. Kann sie ihren Text noch?

»Danke, Mr Cantrell!«, ruft sie. »Ich muss schnell weg, ich hab noch einen Arzttermin! Bin jetzt schon spät dran!«

Sehr schön. Jetzt hat jeder gespeichert, dass sie das Gebäude verlässt.

»Maddie Long?«, bittet Mr Cantrell. Er hält die Tür offen, und wir sehen, wie heftiger Regen gegen die Fenster schlägt.

Der Regen hat mich auf eine Idee gebracht. Ich schnappe

mir meinen Rucksack. Einen superkurzen Moment sehe ich Margaret in die Augen, dann gehe ich die paar Schritte zum Musikraum. Die Tür hat eine Glasscheibe, durch die ich die Fensterfront auf der gegenüberliegenden Seite gut sehen kann. Der Regen und der peitschende Wind draußen sehen echt krass aus.

»Wow!«, rufe ich. »Sieht schlimm aus da draußen.«

Ein paar Mädchen sehen rüber, aber auf der Beliebtheitsskala bin ich zu weit unten, als dass mir besondere Aufmerksamkeit geschenkt werden müsste. Ich brauche Lydia. Ich hole tief Luft und drehe Lautstärke und Intensität auf.

»He, Lydia«, rufe ich so laut, dass alle rübersehen. »Gleich wirst du gegen den Tornado ansingen müssen.« Ich nicke Richtung Musikraumfenster.

»Cool«, meint Lydia. »Vielleicht pustet der mich weg und ich muss gar nicht erst vorsingen.«

Genau das habe ich befürchtet: Eine Millisekunde kriege ich ihre Aufmerksamkeit, aber bis sie aufsteht und rüberkommt, muss ich schon mehr abliefern. Ich muss hier eine oskarreife Performance bieten, und das alles unter krassem Zeitdruck. Lydia ist nämlich als Nächste dran. Zum Glück sind inzwischen die meisten ziemlich genervt von der »Tomorrow«-Endlosschleife.

Ich zucke zusammen, als wäre eben was Riesiges am Fenster vorbeigeflogen. »Heilige Scheiße, was war das denn?«, quieke ich. »Da ist eben ein Haus vorbeigeflogen! Nur schade, dass wir nicht den *Zauberer von Oz* proben!«

Ich singe ein stummes *Halleluja*, als Lydia lacht, aufspringt und herübertrottet. Sofort tapsen fünf Mädchen hinter ihr her, und dann noch mal vier. Bald versuchen alle, durch das schmale Türfenster zu linsen. Hühner verhalten sich ganz ähnlich. Man kann sie nur schwer zusammentreiben, aber wenn man die Anführerin kriegt, kommt der Rest hinterhergewackelt.

Ich packe den Türknauf, damit wir alle reingehen können – und da merke ich, dass die Lage tausendmal vermasselter ist als geplant. Die Tür ist abgeschlossen. Bestimmt schließt sie Mr Cantrell seit dem Diebstahl ab. In meinem Hirn wirbelt es so heftig wie draußen in den Bäumen. Wenn die Tür abgeschlossen ist, kann ich die Perücke nicht zurückbringen. Ich tausche einen Blick mit Margaret. Sie beißt sich auf die Lippe und sieht ziemlich besorgt aus.

»Das ist echt krasses Wetter, mal im Ernst«, stimmt Lydia zu, nachdem sie durch die Tür geschaut hat.

Gerade da steckt wieder Mr Cantrell seinen Kopf zur Tür raus und befragt seine Liste: »Lydia Merritt?«

Mein Gehirn blockiert. Ich weiß nicht, was ich tun soll. Da höre ich Margarets Stimme:

»Mr Cantrell, haben Sie gesehen, wie schlimm das Gewitter ist? Wir würden gern durch die Fenster sehen, aber wir kommen nicht in den Raum rein.«

Ich rüttele zur Effektverstärkung an der Tür. Ein paar der anderen steigen ein und auf einmal wird es zu einem Spiel. Die Mädchen am Rand springen hoch, weil sie auch was sehen wollen. »Bitte, Mr Cantrell!«, rufen sie. »Wir wollen das Gewitter sehen.«

Mr Cantrell guckt auf seine Namensliste. Zum Glück kann man bei Lehrern in einer Sache sicher sein: Im Grunde wären sie alle gerne cool. Sie wollen von ihren Schülern gemocht werden. Wahrscheinlich deshalb zuckt Mr Cantrell irgendwann mit den Schultern und lächelt. »Es ist tatsächlich ein ganz schönes Unwetter da draußen.«

Vor Erleichterung knicken mir beinahe die Knie ein, als er dann doch die Tür aufschließt. Margaret hat's mal wieder gerettet. Alle stolpern in den Raum und es gibt lauter *Oohs* und *Aahs* wegen der schwarzen Regenwand. Die Fenster beben, als hätten bösartige Monsterhühner von ihnen Besitz ergriffen.

Ich gehe mit den anderen zum Fenster und schubse dann aus Versehen absichtlich den Plastikkopf um. »Huch«, rufe ich gut gelaunt. »Du armer kahler Plastikkopf.«

Margaret lacht laut. »Wir sollten ihm einen Hut besorgen!«

Niemand findet uns besonders lustig, aber wir haben eins klargemacht: Die Perücke fehlt noch immer.

»Na schön, Mädchen«, meint da Mr Cantrell. »Wir haben noch einiges vor. Also weiter im Takt. Lydia, du bist die Nächste.«

Lydia grinst, und plötzlich drängen alle hinter ihr aus dem Musikraum, weil natürlich alle zuhören wollen. Margaret passt auf, dass alle raus sind, und nickt mir dann zu, bevor auch sie den Raum verlässt. Sie macht für mich den Türsteher. Ich krame die Perücke aus meinem Rucksack, versuche die schlaffen Locken ein bisschen aufzuschütteln, stülpe das Ding über den Plastikkopf und schiebe den ans Fenster. Wenn die Perücke nur in Umrissen zu sehen ist, merkt vielleicht niemand, in welch üblem Zustand sie ist.

Zum Glück sind alle ganz gebannt von Lydias Gesinge. Ich schiebe die Tür auf und husche raus, ohne dass irgendjemand was bemerkt.

In der kurzen Zeit, die ich bisher auf Erden verbracht habe, habe ich bereits festgestellt, dass im Leben einfach vieles falsch läuft. Denn die hübschesten Mädchen kriegen auch noch immer die schönsten Stimmen ab, sie sind die Tollsten in Sport oder glänzen als Ballerina in der *Nussknackersuite* – gerne auch alles zusammen. Ich weiß nicht, wer da die Regeln aufstellt, aber *Das Leben sei gerecht* gehört sicher nicht dazu. Ich habe mir schon gedacht, dass Lydia die *Annie* spielen wird. So läuft das eben.

Normalerweise. Ich sehe mich um. Niemand traut sich zu kichern, aber ich entdecke eindeutiges Grinsen. Eine Wolke der Erleichterung steigt aus dem zusammenhockenden Mädchenknäuel auf, als Lydia sich durch den Refrain jodelt. Das klingt vielleicht lustig, aber bestimmt nicht wie das kleine Waisenkind Annie.

Als Lydia dann aus Mr Cantrells Büro gewackelt kommt und ihr Kaugummi knallen lässt, fangen alle an zu lachen, als hätte sie eben einen supertollen Witz gemacht. »*Sayonara*, Mädels«, ruft Lydia und winkt. »Ich geh jetzt sturmsurfen.« Wie aufs Stichwort kracht der Donner. »Ertrink nicht«, krakeelt Tina ihr nach, und alle lachen nervös.

Mr Cantrell ruft wieder einen Namen auf und das nächste Opfer folgt ihm in den Chorraum. Ungefähr die Hälfte der Mädchen ist jetzt durch. Ich beschließe, noch ein paar Durchgänge zu warten, bis ich die Perücke »entdecke.« Es müssen sie ja nur ein paar Mädchen sehen. Die anderen erfahren innerhalb einer Nanosekunde davon, sobald die erste SMS raus ist.

Als wir bei den S-Namen angelangt sind, erzählt mir Margaret auf einmal, wie sie ihr Zimmer umgestalten will. »Willst du es dir mal ansehen, wenn es fertig ist?« Sie spricht extrem schnell, und ihr Blick irrt wild umher. Wir sind beide nervös. Sie grübelt sicher darüber nach, wie wir die Perücke »entdecken« können, ohne Verdacht zu erregen. Da bricht der Sturm mit einem wahnsinnigen Donnerkrachen los.

Margaret zuckt zusammen und kreischt: »Habt ihr das gehört?«

Sie rennt zurück zur Musikraumtür und sieht durchs Fenster. Ich gehe ihr nach und ein paar Mädchen folgen. Wir staunen, wie dunkel es geworden ist – es ist inzwischen echt richtig finster und Angst einflößend. Ich würde gerne irgendwas über die Perücke sagen, aber ich muss vorsichtig sein. Schließlich habe ich vorhin auf den kahlen Plastikkopf aufmerksam gemacht. Wenn ich jetzt auf die Perücke zeige, ist das zu »explizit«, so sagt man beim Film für zu offensichtlich.

Margaret muss ebenfalls darauf hoffen, dass jemand anders die Perücke entdeckt, denn auch sie sagt nichts. Blöd an der Sache ist nur, dass es draußen so dermaßen dunkel ist, dass man in dem Raum kaum was sehen kann. Selbst ich erkenne die Perücke kaum – und ich weiß immerhin, dass sie da ist.

Es ist immer gut, Gott im Team für Spezialeffekte zu haben, denn gerade in diesem Moment lässt er gewaltige Blitze sprühen. Der Musikraum ist weiß-blau erleuchtet. Margaret hält die Luft an. Hat sie bemerkt, wie übel die Perücke aussieht? Ich konnte es ihr noch nicht beichten. Donnergrollen rüttelt an den Fenstern. Ich komme mir vor wie in einem Horrorstreifen oder wie in *Wallace & Gromit – Auf der Jagd nach der Riesenperücke.*

»Habt ihr das gesehen?«, fragt Cindy Syvert.

»Ja, das hat gekracht«, sage ich unschuldig.

Cindy drückt ihr Gesicht an die Scheibe. »Nein, ich meine die Perücke! Ich glaube, sie ist wieder da!«

»Niemals!«, quiekt Holly Taylor.

Wir linsen alle durch das Fenster in der Tür. Einen Moment warten (Zweifel und so), dann rufe ich: »Du hast recht, jetzt sehe ich sie auch!« Vielleicht sollte ich von der Regie ins Schauspiel wechseln. Ich habe sicher Talent.

»Wie kann das sein?«, piepst Margaret. »Vor zwanzig Minuten war sie noch nicht da, stimmt's?«

Holly öffnet die Tür und wieder flutet eine Blitzwelle den Raum.

»Halt!«, rufe ich.

Sie sollen jetzt bloß nicht die Perücke begutachten. Ich wollte die Tür schon ins Schloss fallen lassen, damit so was nicht passiert, aber dann habe ich sie doch lieber angelehnt gelassen. Damit es so aussieht, als wäre jemand reingeschlichen und hätte die Perücke zurückgebracht, ohne dass wir was gemerkt haben.

»Das müssen wir Mr Cantrell sagen!«, fordert Margaret schnell. »Bevor irgendjemand wieder was mit ihr anstellt.«

Holly starrt noch immer auf den Plastikkopf. »Ist das echt die Perücke? Findet ihr nicht, dass sie reichlich seltsam aussieht?«

»Die Supersüße Rote Mähne, hundertpro«, versichere ich ihr. »Ist nur ein bisschen dunkel da drin. Kommt, sagen wir's Mr Cantrell.« Ich ziehe die Tür zu, bis sie klickend ins Schloss fällt. Jetzt ist die Perücke sicher vor neugierigen Blicken.

Mr Cantrell hat wieder einmal den Kopf zur Tür herausgesteckt, um das nächste Mädchen reinzuwinken. Er sieht erschöpft aus, und seine Haare sind ganz zerzaust, als hätte er mit den Fingern drin gewühlt.

»Mr Cantrell!«, kreischt Holly. »Die Perücke ist wieder da! Jemand hat sie zurückgebracht!«

»Wahnsinn!«, brüllt Tina Turlick. Sie und noch fünf andere Mädchen stehen jetzt auch auf und trotten zum Musikraum.

Alle starren vom Flur aus auf die Perücke. Nur gut, dass das Ding hinten im Raum im Schatten steht.

»Alyssa hat sie wieder reingeschmuggelt!«, sagt Tina.

Ich halte die Luft an. Das ist jetzt der schicksalhafte Moment. Es gibt nichts Schlimmeres für einen Regisseur, als sorgfältig Hinweise in einem Film unterzubringen, die die Zuschauer dann nicht kapieren. Hat denn keiner aufgepasst?

Da schüttelt Holly den Kopf. »Alyssa kann es nicht gewesen sein. Sie war doch schon weg.«

»Richtig«, stimmt Linda Uecker zu. »Wir sind rein, weil wir aus dem Fenster sehen wollten, und es war keine Perücke da. Das war doch, nachdem Alyssa gegangen ist, oder?«

Jetzt bin ich dran. Ich bringe mich ein, als würde ich gerade eben erst der Logik folgen. »Ja, stimmt. Da war sie schon weg. Sie musste zum Arzt oder so.«

Jetzt echt mal, das hätte Angelina Jolie nicht besser abliefern können. Da war genau die richtige Dosis gelangweilte Coolness drin, damit es glaubhaft klingt. Nicht, dass ich angeben will oder so.

»Au weia!«, jammert Margaret. »Das heißt ja, dass Alyssa die Perücke echt nicht geklaut hat. Und wir haben ihr die Schuld gegeben, obwohl sie es gar nicht war!«

Wow. Ihr unschuldiges Erstaunen toppt beinahe meine Vorstellung.

»Komisch«, sagt Tina mit einem Achselzucken. »Wer kann es denn dann gewesen sein?«

Paff, wir haben gesiegt.

Jetzt kann ich mich von der Perücke abwenden. »Äh, Mr Cantrell, ich will ja nicht drängeln, aber das Wetter wird immer schlimmer, und ich muss bald weg. Können Sie sagen, wie lange wir noch brauchen?«

Mr Cantrell hat die ganze Zeit mit so einem seltsamen Gesichtsausdruck auf die Perücke gestarrt. Keine Ahnung, ob er erstaunt, misstrauisch, erleichtert oder einfach nur benommen ist, weil er sechsunddreißig Mal hintereinander »Tomorrow« gehört hat. Er stellt sich zu uns, sieht auf die Uhr. »Ja, es wird spät. Kommen wir zum Schluss.«

»Ist das nicht komisch, Mr Cantrell?«, plappert Margaret los. »Ich wette, jemand wollte sich einen Scherz erlauben, und jetzt hat er die Perücke zurückgebracht. Und wir haben alle gedacht, Alyssa wäre es gewesen, dabei ist sie unschuldig.«

»Ja, das ist ein Ding, oder?«, meint Mr Cantrell.

Wir trotten zurück zum Chorraum. Die anderen haben schon ihre Handys gezückt, und ich weiß, dass innerhalb von Minuten sämtliche siebte Klassen auf dem Laufenden sind. Die Geschworenen haben ihr *Schuldig*-Urteil im Fall Alyssa Jensen zurückgenommen. Die Gerichtsverhandlung wird vertagt.

35.

Ich lasse mich an der Wand runterrutschen und sinke zu Boden. Auf einmal bin ich furchtbar erschöpft. Im Chorraum haut Mr Cantrell noch einmal die ersten Akkorde von »Tomorrow« in die Tasten. Ich wünschte, es wäre wirklich morgen.

Alle werden weiter über die Perücke reden und was mit ihr passiert ist, aber niemand wird mehr Alyssa verdächtigen. Oder mich. Eigentlich müsste ich mir jetzt richtig toll vorkommen. Mein Plan ist aufgegangen. Alyssas Ehre ist wiederhergestellt. Aber irgendetwas nagt an mir, tief drinnen. Ich vermute, dass es Hunger ist, und ziehe einen Schokoriegel aus dem Automaten, an dem ich lustlos mampfe. Aber das dumme Gefühl geht nicht weg. Irgendetwas stimmt nicht, und ich muss noch eine Weile vor mich hinkauen, bis ich weiß, was los ist.

Meine Mutter hat mir geraten, dieser »Freundin« zu sagen, sie soll den gestohlenen Gegenstand zurückgeben und die Wahrheit sagen. Ich habe es Alyssa erzählt, aber eigentlich habe ich ja Mr Cantrell bestohlen. Wieder habe ich diesen Kloß im Hals. Ich möchte das Richtige tun. Aber ich möchte auch keinen Ärger, weil ich gestohlen habe.

Mein toller Plan ändert nichts daran, dass die Perücke

vollkommen hinüber ist. Ich könnte den Hühnern die Schuld geben, oder Derek, aber so armselig bin ich nun auch nicht. Das Drücken im Magen wird immer heftiger, als mir klar wird, dass Mr Cantrell das Recht hat zu wissen, was mit seiner Perücke passiert ist.

Ich wünschte, es wären noch mehr Mädchen vor mir dran, damit mir noch etwas Zeit bleibt bis zu diesem grausamen Moment, aber wir sind nur noch zu dritt. Ich dachte, das Gewitter könnte nicht schlimmer werden, aber genau das ist passiert. Ich kann Linda Ueckers Zittersopran kaum hören, so laut heult der Wind. Dann kommt sie kreidebleich rausgerannt und schon bin ich dran. Ich habe das Lied jetzt x-mal gehört, aber ich kann mich auf einmal nicht mehr an die erste Zeile erinnern. Ich kann mich an kein Wort außer *tomorrow* erinnern. Und noch was Seltsames: Ich kann nicht aufstehen. Es fühlt sich an, als hätte mich jemand am Boden festgeklebt.

Margaret beugt sich zu mir runter. »Keine Sorge, du machst das. Du brauchst nicht nervös zu sein.«

»Kate?« Mr Cantrell steht im Türrahmen. Ich raffe mich auf und folge ihm in den Raum. Wir starren beide aus dem Fenster. Ich hab noch nie dermaßen schwarze Wolken gesehen, die dermaßen viel Regen abwerfen. Ich beschließe, erst vorzusingen und dann mein Geständnis abzulegen.

Mr Cantrell sitzt am Klavier und schlägt die tausendmal gehörten Akkorde an, aber der Sturm und die klappernden Fenster sind viel lauter als ich. Wenigstens kann Margaret mich so nicht hören. Aber Mr Cantrell auch nicht. Ich muss lauter singen. Ich presse die Worte so heftig aus meinem Hals, wie ich nur kann, und hoffe, ich treffe derweil ein paar Töne. Mr Cantrells Auge zuckt, aber er spielt munter weiter.

Kurz vor dem Refrain höre ich von draußen ein seltsames, unterdrücktes Stöhnen. Zuerst vermute ich, das ist der Wind. Als das Geräusch aber zu einem Heulen anschwillt, erkenne ich die Tornado-Sirene. Wir sind aber fast durch, und deswegen bricht keiner von uns beiden ab. Die Sirene, der Wind und ich, wir kreischen zusammen weiter, bis es endlich vorbei ist.

»Äh, danke, Kate.« Mr Cantrell wischt sich die Stirn ab.

Da klickt der Lautsprecher und verkündet, dass es eine Tornadowarnung gab und alle Personen im Gebäude sich in einen innen liegenden Flur begeben sollen. Bevor ich irgendetwas erklären kann, schiebt Mr Cantrell mich und Margaret in den Gang. Wir hocken uns zu ein paar verstreuten Schülern. Das aufgeregte Geplapper bricht ab, als über uns der Donner kracht. Es fühlt sich an, als würde der Flur wackeln. Irgendwo zerbricht mit lautem Klirren Glas. Mein Herz beginnt zu pochen. Ein Mädchen schreit, ein Junge will sich in einem der Schließfächer verkriechen und bleibt stecken. Mr Cantrell versucht uns zu beruhigen, aber sein Gesicht ist megableich und von einem Schweißfilm überzogen. Wirkt nicht gerade vertrauenerweckend.

Ich hole tief Luft. Wenn ich es Mr Cantrell gleich jetzt sage, ist er vielleicht so abgelenkt durch den Sturm, dass er vergisst, mir einen Schulverweis zu geben.

»Mr Cantrell?« Margaret hebt die Hand und meldet sich, als wären wir im Unterricht. »Kann ich Ihnen vorsingen, während wir hier warten?«

Ich kann sie nur fassungslos anstieren. Ist sie von einem anderen Stern? Glaubt sie im Ernst, er schiebt jetzt das Klavier in den Flur? Mr Cantrell nickt benommen. Margaret steht auf und streicht ihren Rock glatt. Und dann fängt sie an zu singen, mitten im Tornado, und alle sehen sie an, und Mr Cantrell schwitzt. Und es zeigt sich, dass Sommersprossen-Margaret singen kann.

Ich glaube, mir fällt tatsächlich die Kinnlade runter. So was wie Erleichterung macht sich in Mr Cantrells Gesicht breit, während er Margaret zuhört. Ich bin mir ziemlich sicher, dass er gerade seine Annie gefunden hat.

Viele Schüler haben wahrscheinlich gehofft, der Tornado würde unsere Schule wegfegen, aber am Ende hört er ganz einfach auf. Der Wind ebbt ab und die Lautsprecherstimme gibt Entwarnung. Mr Cantrell, Margaret und ich gehen über den Flur und sehen nach, woher das Glassplittergeräusch kam.

Der Musikraum sieht aus, als hätte da ein Privattornado gewütet. Zwei der großen Fensterscheiben sind zerbrochen und überall liegen Glasscherben. Papier und Müll wurden quer durch den Raum gefegt. Wir drängeln uns rein, um den Schaden zu begutachten, und ich bemerke ihn als Erste: Der verbeulte Plastikkopf auf dem Boden. Ich sehe aus dem kaputten Fenster und entdecke gerade noch, wie der Wind einen roten Fetzen über den Parkplatz treibt. Wir drei sehen schweigend zu, wie er über den Boden schleift, in die Luft springt, übers Fußballfeld wirbelt und über die Bäume davonfliegt.

Er wird zu einem kleinen Punkt und verschwindet. Nach allem, was ich wegen ihr aushalten und aushecken musste, ist die Supersüße Rote Mähne jetzt endgültig dahin. Ich weiß nicht, ob ich heulen oder lachen soll. Mr Cantrell macht ein ähnlich verblüfftes Gesicht. Selbst Margaret hat es die Sprache verschlagen.

»Ist das zu glauben?«, murmelt sie irgendwann.

Mr Cantrell lächelt schwach. »Ich nehme an, diese Perücke sollte einfach nicht Teil unseres Musicals sein.« Margaret und Mr Cantrell sehen aus dem Fenster, als würden sie hoffen, der rote Wischmopp würde wieder auftauchen. Ich dagegen weiß, dass er auf ewig verschwunden bleibt. Ich muss grinsen, als der Wind durch Margarets Haare fährt. Ich bin sicher, wir brauchen keine rote Perücke mehr.

Und dann wird mir noch etwas klar: Ich komme frei! Ich habe versucht, das Richtige zu tun, aber die Perücke ist weg, obwohl ich mich doch echt bemüht habe. Hat Gott mich etwa begnadigt? *Mach was draus*, sagt eine Stimme in meinem Kopf.

Bin ich noch mal davongekommen? Kann sein. Eigentlich bin ich aber doch ganz schön hart bestraft worden. Und ich habe einiges gelernt. In meinen wildesten Träumen wäre ich nicht darauf gekommen, einen Sturm als letzten Dieb einzusetzen. Wer braucht eigentlich Filme? Das Leben liefert die verrücktesten Geschichten. Und genau wie schrullige Figuren einen Film lustiger machen, tun das schrullige Freunde im Leben. Darum braucht jeder mindestens eine Freundin, die in der Mathe-AG ist und lacht wie eine erkältete Gans.

Mr Cantrell wendet sich vom Fenster ab. »Das war's dann wohl«, sagt er.

Selbst mir fällt kein besserer Schlusssatz ein.

36.

Am nächsten Tag sind alle ganz besonders nett zu Alyssa, um wiedergutzumachen, dass man sie für eine niederträchtige Diebin gehalten hat. Als ich mich mittags mit Margaret und Doris an einen Tisch setze, bemerke ich, wie Alyssa zögert. Neben Lydia ist ein Platz frei und sie winkt Alyssa.

Ich freue mich ehrlich, dass Alyssa und ich wieder befreundet sind, aber es ist nicht mehr so wie vorher. Ich schätze, das kann es auch nicht, denn wir sind auch nicht mehr so wie vorher. Vorher war es so, dass mir meine paar Freundinnen reichten und ich mich nicht unbedingt in den Vordergrund drängeln wollte. Aber dann war ich auf einmal raus aus dem Spiel und die Karten wurden neu gemischt. Mein altes Ich hätte sich vielleicht Sorgen gemacht, ob Alyssa was dagegen hat, neben Doris und Margaret zu sitzen. Jetzt aber warte ich gelassen ab, wie sie sich entscheiden wird.

Alyssa winkt Lydia zurück, kommt dann aber rüber und setzt sich zu mir. Mimi und Lizzy glotzen erst verdutzt, dann kommen sie aber mit. Zuerst ist es ein bisschen komisch, aber eigentlich verstehen sich alle ganz gut. Habe ich mir auch so gedacht.

Alyssas Freundschaft mit Lydia ist für mich inzwischen so was Ähnliches wie eine Krankheit – ein seltener, exotischer

Virus, den sie überstanden hat. Manchmal scheint sie rückfällig zu werden, aber eigentlich ist sie jetzt immun gegen Lydia. Manchmal, wenn wir was vorhaben, bleiben wir zwei unter uns. Aber manchmal machen auch Mimi und Lizzy und Margaret und Doris mit, und dann ist es echt crazy. Besonders, wenn Doris beschließt, dass etwas lustig ist.

Und Lydia bleibt Lydia, na klar. Richtig schlimm kann ich sie nicht finden. In kleinen Dosen ist sie ganz lustig. Man darf sich nur nicht auf sie verlassen, auch nicht auf ihre Freundschaft. Sie hat jetzt doppelte Ohrlöcher und rote Strähnchen im Haar und mich nennt sie immer noch Frau Meisterregisseurin.

Eine Sache liegt mir immer noch schwer im Magen. Oben in meinem Zimmer im Kleiderschrank ist immer noch das Babyphone. Bis jetzt habe ich mich nicht getraut, es einzuschalten. Jetzt, wo das Perückenproblem gelöst ist, wird es langsam Zeit. Ich weiß, dass es gemein ist, meinen Vater zu belauschen. Aber ich muss gemein sein, ich kann nicht anders. Ich muss es wissen.

An einem Nachmittag nach der Schule schleiche ich mich in sein Büro und platziere da den Sender in einer buschigen Zimmerpflanze neben seinem Schreibtisch.

Abends fragt meine Mutter meinen Vater, wie sein Tag war.

Er starrt aus dem Fenster und hört sie nicht mal, bis sie die Frage wiederholt.

»Ermüdend«, antwortet er. »Genau wie gestern. Zu viele Meetings, zu viele Zahlen. Ich glaube, ich brauche Urlaub. Oder einen nagelneuen Mustang-Cabrio.« Er zwinkert Derek zu.

»Juchu!«, kreischt Derek.

Ich kneife die Augen zusammen. Mein Vater sehnt sich nach Abwechslung und Abenteuer. Er will sich ein neues, teures Spielzeug zulegen. Klingt absolut nach Midlife-Krise. Will er zum neuen Auto auch eine neue Familie?

»Übrigens«, sagt mein Vater nebenbei. »Ich muss noch mal mit der Firma weg.«

Meine Mutter freut sich. »Wir hatten doch überlegt, dass ich dich auf eine der nächsten Geschäftsreisen begleite. Vielleicht ist das jetzt …«

»Dieses Mal nicht«, unterbricht sie mein Vater. »Ich muss nach Indiana. Das wird furchtbar langweilig.«

Nach dem Essen verschwindet er in seine Bude. Meine Mutter sieht ihm nach und zwischen ihren Augen kräuseln sich kleine Falten. Sie hat es also auch gemerkt.

Ich renne hoch in mein Zimmer, schließe die Tür ab und schalte das Babyphone ein. Es knistert kurz, dann springt mich Dads Stimme an, als würde er neben mir im Zimmer stehen. »Das dritte Quartal sieht schlecht aus. Ja. Sechs Komma zwei Prozent. Das ist ein Unterschied von? Und wie sieht es in Howies Bereich aus? Fünf Komma neun. Das tut weh. Okay.«

Ich höre zu, wie er weiter irgendwelche Zahlen runterrattert, und es klingt fast wie moderne Lyrik. Ich stoße den weltgrößten Erleichterungsseufzer aus. Er arbeitet also wirklich für seinen Job. Und es hört sich verdammt langweilig an.

»Gut, John. Bis dann.«

Ich höre das leise Piepen von seinem Handy, dann knarzt sein Stuhl. Also kann ich wohl ausschalten.

»Ach, hallo Junie. Wie geht es dir an diesem wunderschönen Abend?«

Ich zucke zusammen. Seine Stimme klingt so anders. Irgendwie albern, als wollte er flirten, völlig unväterlich.

»Bitte, sag mir was Schönes. Sag mir, dass du die Tickets nach Bali hast. Ich hab den ganzen Tag an nichts anderes gedacht.« Er lacht leise.

Da haben wir's. Ich sinke zu Boden. Ich kann nicht atmen und nicht denken. Diese miese, verlogene Ratte. Wenn ich an meine nichts ahnende Mutter denke, hab ich Tränen in den Augen. Das wird sie fertigmachen. Er will unsere Familie auseinanderreißen, wegen irgendeiner blöden Tusse namens Junie.

»Ja, das hat mir auch einen Schreck eingejagt«, sagt er jetzt. »Ich dachte schon, sie hat's rausgefunden. Aber keine Sorge.« Er macht eine Pause. »Ja, den Kindern wird es nicht gefallen, allein gelassen zu werden, aber ich werde es ihnen schon erklären.«

Er klingt so … gleichgültig. Wie kann ein Mensch so hinterhältig sein? Ich bin so dermaßen wütend, dass ich nach unten rennen und ihm das Babyphone über den Schädel ziehen möchte. Dann aber packt mich Traurigkeit, und ich kann nur noch zuhören, während mir die Tränen übers Gesicht laufen.

Mein Vater jubelt: »Ich kann nicht glauben, dass es endlich doch wahr wird, nachdem wir so lange Pläne geschmiedet haben.« Er kichert. »Ich sage Jean, dass das alles dir zu verdanken ist.«

Hä, was ist ihr zu verdanken? Dass sie unsere Familie zerstört? Kennt meine Mutter diese Frau?

»Sie wird außer sich sein. Man wird nur einmal vierzig,

stimmt's? Ja, das wird eine Überraschung, bestimmt. Und das Hotel ist auch gebucht? Super. Ich weiß, dass du damit viel mehr Arbeit hattest als gedacht, nachdem die erste Reise ausgefallen ist. Du bist ein Schatz, Junie, dass du das alles in deiner freien Zeit für mich machst. Aber du regelst das so genial mit unseren Geschäftsreisen, da dachte ich, du bist auch hierfür genau die Richtige.«

Ich starre auf das Babyphone. Was soll das jetzt heißen? Warum hat das Ding keine Rückspultaste? Was hat er gesagt? Dann dämmert es mir. Meine Mutter hat im Januar Geburtstag, das sind nur noch ein paar Monate hin. Mein Vater verreist tatsächlich, aber nicht mit Junie. Er plant einen Überraschungsurlaub zu Mums Vierzigstem.

Wie ein Wasserfall überschwemmt mich die Erleichterung. Mein Vater ist also doch der, für den ich ihn immer gehalten habe. Ich hocke einen Moment mit geschlossenen Augen da, bis alle Angst verflogen ist. Ich fühle mich wunderbar leicht. Und dann schlägt das schlechte Gewissen zu. Wie konnte ich nur annehmen, dass mein Vater so was Gemeines tut?

Ich werfe das Babyphone in die Ecke, reiße meine Zimmertür auf, renne nach unten und platze in sein Büro. Er steht auf und guckt erschrocken, wegen der Tränen in meinem Gesicht. »Kate, was ist?«

Ich stürze mich in seine Arme und umklammere ihn. Er legt die Arme um mich, und ich wünschte, ich könnte ewig so bleiben.

Er streicht mir übers Haar und fragt besorgt: »Schatz, was hast du? Was ist los? Sag's mir.«

Ich fange gleich noch mal an zu heulen, weil er sich solche Sorgen um mich macht und das einfach furchtbar lieb ist und ich so erleichtert bin. Dann aber lache ich und schwöre, dass nichts ist. »Ich bin nur so glücklich«, sage ich ihm.

Mein Vater lehnt sich zurück. »Glücklich? Bist du sicher, Katie? Du hast mir einen ganz schönen Schreck eingejagt.«

»Ich bin richtig glücklich, mehr nicht.«

Ich küsse ihn auf die Stirn, und wenn er jetzt denkt: *Schon wieder diese Teenagerhormone*, dann sagt er es wenigstens nicht laut.

37.

Wie erwartet ist Alyssa sauer, weil ich beschließe, den Schluss von *Die Nacht der Zombiehühner* nicht noch einmal zu drehen. Aber zum Glück lernt sie Margaret immer besser kennen und es scheint ihr immer weniger auszumachen. Es wäre einfach nicht in Ordnung, Margaret rauszuschneiden. Denn dann würde es so aussehen, als wäre sie nur eine Notlösung gewesen, um meinen Film irgendwie zusammenzukleistern. Vielleicht war es das am Anfang auch, aber je öfter ich mir die letzten Szenen anschaue, desto besser finde ich sie. *Die Nacht der Zombiehühner* hat ein absolut perfektes Ende bekommen.

Es dauert einen Monat, bis ich den Film endgültig fertig habe, mit Musik und Geräuscheffekten und allem. Meine Eltern bieten sogar an, das alte Roxy Theater für einen Abend zu mieten, damit ich eine richtige Premiere feiern kann. Zuerst dachte ich, ich würde kaum genug Leute zusammenbringen, dass es sich lohnt. Als ich dann aber eine Liste mit allen mache, die mitgespielt haben, wird die ganz schön lang. Und dann weiß auf einmal die Zeitung, dass ich einen Film gedreht habe. Ich schätze mal, meine Mutter hat denen das gesteckt.

Es ruft mich tatsächlich so ein Reporter an und interviewt mich. Sie machen ein Foto von mir mit einem Huhn auf dem Arm, und der Artikel über mich erscheint auf Seite drei unter der Überschrift: »Junge Regisseurin strebt nach Hollywood«. In der Schule fragen mich auf einmal alle nach meinem Film und finden Hühner auf einmal supercool. Ach ne.

Am Premierenabend vor dem Kino strahlt meine Mutter mich an und holt dann ein Pappschild raus, auf dem steht: *Eintritt: Erwachsene 3 Dollar, Schüler 2 Dollar.* Und darunter: *Mit dem Geld finanziert Kate ihren nächsten Film.*

»Ich wollte eigentlich keinen Eintritt nehmen«, sage ich.

»Unsinn. Ist doch sozusagen für einen guten Zweck. Die Leute geben sicher gerne was.« Meine Mutter stellt das Schild auf den Tisch und platziert daneben eine Spendendose.

»Ist doch supergünstig«, meint mein Vater. »Dein Film ist viel mehr wert.«

Er holt einen Zwanziger aus der Tasche und steckt den in die Dose.

Ich werfe die Arme um meine Mutter und drücke sie. Ich bin überrascht, wie glücklich sie aussieht, als sie mich ebenfalls umarmt. Mein Vater lächelt meiner Mutter zu, und ich kann nicht fassen, dass ich je geglaubt habe, er würde sie betrügen. Sicher haben sie ihre Probleme, aber eine Geliebte gehört nicht dazu. Ich umarme auch meinen Vater, und er flüstert mir ins Ohr: »Wir sind wirklich stolz auf dich.«

Ich bin supernervös. Ich weiß einfach, dass keiner kommen wird. Der Reporter kann dann ein Foto vom leeren Kino schießen und es in der Zeitung abdrucken, damit es auch die ganze Stadt weiß.

Langsam tröpfeln die Menschen in den Saal. Und schon

bald kann ich kaum glauben, wie viele auftauchen. Die Picknick-Zombies winken mir zu. Sogar Mr Cantrell ist gekommen, mit ein paar anderen Lehrern. Überhaupt sind viele aus der Schule da, auch Lydia und ihre Gang. Und alle holen ihr Geld raus, als wäre das kein Ding. Nachdem sie das Schild gelesen haben, spenden manche sogar noch mehr.

Und dann kommt der große Moment. Der Saal wird dunkel. Die Stimmen ebben ab. Ich höre ein lautes Kichern, das garantiert von Lydia kommt.

Die Nacht der Zombiehühner ist kein Blockbuster, aber mein Film erntet einige Lacher, meistens an den richtigen Stellen, und auch die paar Gruselszenen funktionieren. Als Mallory am Ende die Skimaske abnimmt und Margaret druntersteckt, geht ein überraschtes Raunen durch den Saal. Ich bin froh, dass mein Twist am Ende ankommt.

Meine Eltern meinten, ich als die Regisseurin sollte anschließend nach vorn gehen und mich bei allen bedanken, die mir bei dem Film geholfen haben. Als das Licht angeht, wanke ich also die Stufen zur Bühne hoch. Ich hab das Gefühl, meine Knie geben nach. Erst mal muss ich mich räuspern, dann danke ich allen, dass sie gekommen sind. Als ich bei meinen Eltern anlange und ihnen für ihre Hilfe danke, muss ich richtig schlucken. Tränen kitzeln mir in den Augen. Jetzt ist es also endgültig geschafft. Mein erster Film ist fertig. Wenn ich mal eine große Hollywoodregisseurin bin, sagen die Leute vielleicht, *Die Nacht der Zombiehühner* wäre in meiner »Reifezeit« entstanden. Hört sich doch gut an.

Ich bitte Alyssa nach oben und stelle sie als Mallory vor. Sie bekommt eine dicke Runde Applaus. Dann rufe ich Margaret, als die zweite Mallory, und sie kommt auch hoch.

Ihre Wangen sind fast so rot wie ihre Haare. Auch sie wird wild beklatscht, auch von allen aus der Schule. Alyssa grinst zu Margaret rüber, fasst ihre Hand, und dann heben sie die Arme über den Kopf. Ich habe Margaret noch nie so glücklich lächeln sehen. Okay, wir haben keine berühmten Schauspieler und roten Teppiche, aber ich habe das Gefühl, meine erste Filmpremiere ist ein toller Erfolg.

Als ich nachher nachschaue, bin ich verblüfft, wie viel Geld zusammengekommen ist. Für meinen nächsten Film habe ich ein echtes Budget!

Alle außer mir sind entsetzt, als Margaret Yorkel die Hauptrolle in *Annie* bekommt. Tina Turlick ätzt sogar, das käme nur, weil sie rote Haare hat und Mr Cantrell sich nicht noch eine Perücke leisten kann. Aber als Tina dann Margaret singen hört, hält sie zum Glück den Mund. Zwei Wochen nach meiner Filmpremiere gehen Alyssa, Doris und ich zur ersten Aufführung unseres Schulmusicals. Margaret reißt alle mit – ich wusste, dass sie der Star des Abends wird. Und ich erzähle gerne rum, dass ich sie zuerst entdeckt habe.

Später gehen wir vier zu *Twisters* zum Burgeressen.

»Ist das nicht irre?«, sagt Margaret, während wir auf unser Essen warten. »Was wir nicht alles gemacht haben, und dann fliegt die Supersüße Rote Mähne einfach davon?«

Und da gibt es in meinem Kopf auf einmal so was wie einen Vulkanausbruch. Mir bleibt fast die Luft weg, als ich es vor mir sehe: Zombies in Perücken. Die perfekte Fortsetzung. *Rote Mähne im Sturm*, so werde ich sie nennen. Jetzt brauche ich nur noch einen Tornado, ein großes Fenster und Blut. Viel Blut.

Dank

Besonders bedanken möchte ich mich bei:

Meinen Töchtern Daniela und Rebecca, die mir erlaubt haben, an ihrem Leben teilzuhaben – an den Tränen, dem Durcheinander und vor allem auch dem Spaß.

Meiner Erstkritikerin Diane Swanson für ihre unschätzbaren Einblicke, dank derer ich diese Geschichte aus dem Ei pellen konnte, und für ihre Freundschaft.

Meinen Zweitlesern, die sich tapfer durch frühe Entwürfe gekämpft und mir wohlüberlegtes Feedback geliefert haben: Annika Swanson, Carly und Lauri Miranda, sowie Sofia und Colleen White.

Ben und Lyssa King, dir mir mit ihrer Freundschaft, Unterstützung, ihrem klugen Rat und köstlichem Essen beigestanden haben, in allen kritischen Momenten entlang des Weges.

Meiner Agentin Catherine Drayton und meiner Lektorin Emily Meehan für den Kenntnisreichtum, mit dem sie dieses

Projekt verwirklicht haben – und dafür, dass sie die Stimmung erfasst und an das Buch geglaubt haben.

Und natürlich Henrietta, Agatha und allen Ladys, ohne die dieses Buch nie ausgebrütet worden wäre.

Drehbuchwortschatz

Die Kennzeichnungen EXT und INT in den Drehbuch-Passagen beschreiben den Standpunkt der Kamera, nämlich außen (EXT) oder innen (INT). Die jeweilige Szene wird dementsprechend entweder im Freien oder in einem geschlossenen Raum gefilmt.

© Tony Mata

Julie Mata ist Mitbesitzerin einer Film- und Videoproduktionsfirma, wo sie als Producerin und Drehbuchautorin tätig ist. Sie lebt mit ihrem Mann und zwei Töchtern in Wisconsin und zu ihrem Haushalt gehören auch drei Hunde, zwei Frettchen, eine bärtige Dracheneidechse und ein Papagei. Sie hat sogar schon mal Hühner gehalten, aber soweit sie weiß, waren da keine Zombies darunter. »Mein Sommer unter Hühnern« ist ihr Debütroman.